SUPERBUR
SAGGI

CARLOS CASTANEDA in SUPERBUR SAGGI

L'ISOLA DEL TONAL
IL SECONDO ANELLO DEL POTERE
IL FUOCO DAL PROFONDO
IL POTERE DEL SILENZIO
L'ARTE DI SOGNARE
IL DONO DELL'AQUILA

Carlos Castaneda

TENSEGRITÀ

traduzione di ALESSANDRA DE VIZZI

Biblioteca Universale Rizzoli

Proprietà letteraria riservata
© 1997 by Laugan Productions, Incorporated all rights reserved.
Tensegrity™ is a registered trademark through Langan Productions.
© 1997, 1999 RCS Libri S.p.A., Milano

ISBN 88-17-25817-2

Titolo originale dell'opera:
TENSEGRITY

prima edizione Superbur Saggi: marzo 1999

I due praticanti di Tensegrità che illustrano i passi magici sono Kylie Lundahl e Miles Reid.

Fotografie by Photo Vision and Graphics in Van Nuys, California.

Per evitare il rischio di lesioni, consultate il vostro medico prima di iniziare questo programma di esercizi fisici. Particolare attenzione deve essere prestata dalle donne in stato di gravidanza, che per poter eseguire i movimenti devono ottenere il beneplacito del loro medico. Le istruzioni di seguito presentate non vogliono in alcun modo sostituirsi a qualunque consulenza medica. L'autore, l'editore e il possessore dei diritti d'autore non hanno alcuna responsabilità per ciò che riguarda i movimenti sopra descritti.

TENSEGRITÀ

A tutti i praticanti di Tensegrità che, radunando le loro forze attorno a essa, mi hanno messo in contatto con le formulazioni energetiche che non sono mai state disponibili a don Juan Matus e agli sciamani del suo lignaggio.

INTRODUZIONE

Don Juan Matus, un maestro stregone, un *nagual*, come vengono chiamati coloro che guidano un gruppo di altri stregoni, mi fece conoscere il mondo cognitivo degli sciamani che vivevano nell'antico Messico. Nato a Yuma, in Arizona, era di origine indiana: suo padre era un indiano Yaqui originario di Sonora, in Messico, e sua madre era probabilmente un'indiana. Visse in Arizona fino all'età di dieci anni, quando suo padre lo portò con sé a Sonora e rimase ucciso in seguito ai conflitti in corso tra Yaqui e messicani. Fu così che a dieci anni andò a vivere nel Messico del sud con alcuni parenti.

A vent'anni entrò in contatto con un maestro stregone di nome Julian Osorio, che lo fece entrare in un lignaggio di stregoni che, si diceva, andasse indietro nel tempo per ben venticinque generazioni. Julian non era un indiano, ma il figlio di emigranti europei che si erano trasferiti in Messico. Don Juan mi raccontò che il nagual Julian era stato attore e mimo, una persona elegante, abile nel raccontare, adorata da tutti, influente e decisa. Durante una serie di spettacoli teatrali in provincia, l'attore Julian Osorio cadde sotto l'influenza del nagual Elias Ulloa, che gli trasmise la conoscenza del suo lignaggio di stregoni.

Seguendo la tradizione del suo lignaggio di sciamani, don Juan Matus insegnò ai suoi quattro discepoli (Taisha Abelar, Florinda Donner-Grau, Carol Tiggs e me) alcuni movimenti corporei che chiamava *passi magici*. Ce li mostrò con lo stesso spirito con il quale erano stati tramandati una generazione dopo l'altra, con un'unica notevole differenza: eliminò infatti l'eccessivo rituale che aveva sempre circondato l'insegnamento e l'esecuzione dei passi magici. A tale proposito don Juan commentò che il rituale stesso aveva perso la sua intensità perché le nuove generazioni di praticanti si interessavano sempre più all'efficenza e alla funzionalità. Mi raccomandò di non parlarne mai con nessuno, nemmeno con gli altri discepoli, perché i passi magici riguardano esclusivamente un certo individuo, e il loro effetto è così sconvolgente che è meglio eseguirli senza metterli in discussione.

Don Juan Matus mi insegnò tutto quello che sapeva sugli stregoni del suo lignaggio; dichiarò, stabilì, affermò e mi spiegò ogni sfumatura della sua conoscenza, e di conseguenza tutto ciò che io stesso dico a proposito dei passi magici deriva direttamente dalle sue istruzioni. I passi magici non sono stati inventati: furono infatti scoperti dagli sciamani del lignaggio di don Juan che vivevano nell'antico Messico quando si trovavano nello stato sciamanico della *consapevolezza intensa*. La scoperta dei passi magici è stata quasi casuale, e ha avuto inizio da serie di semplici domande riguardanti la natura dell'incredibile benessere che gli sciamani provavano in quelle condizioni di *consapevolezza intensa*, quando assumevano determinate posizioni con il corpo o spostavano in maniera specifica gli arti. Tale sensazione di benessere era così intensa che essi concentrarono i loro sforzi sulla possibilità di ripetere quei movimenti anche in stato di coscienza normale.

A quanto pare riuscirono nel loro intento, diventando così i possessori di una serie molto complessa di movimenti che assicuravano ottimi risultati per quanto riguardava le capacità fisiche e mentali. I risultati così ottenuti erano talmente intensi che decisero di chamarli *passi magici*; per generazioni intere li insegnarono solo agli sciamani iniziati, sempre a livello personale, seguendo rituali elaborati e cerimonie segrete.

Insegnando i passi magici, don Juan Matus si è discostato in maniera radicale dalla tradizione; un tale distacco lo ha costretto a riformulare il loro scopo pragmatico. Mi presentò tale obiettivo non come il raggiungimento dell'equilibrio fisico e mentale, come si era verificato in passato, ma come la possibilità pratica di *ridistribuire l'energia*: tale distacco dalla tradizione era dovuto all'influenza dei due nagual che lo avevano preceduto.

Gli stregoni del lignaggio di don Juan credevano che in ognuno di noi esistesse un'energia la cui quantità non aumenta o diminuisce in seguito all'intervento di forze esterne; per loro questa dose di energia era sufficiente a ottenere qualcosa che ritenevano fosse l'ossessione di ogni uomo sulla faccia della terra, e cioè la capacità di infrangere i parametri della normale percezione. Don Juan Matus era convinto che la nostra incapacità di ottenere tale risultato fosse provocata dalla società e dall'ambiente in cui viviamo, che ridistribuiscono completamente la nostra energia interiore imponendo i modelli comportamentali già stabiliti che non ci permettono di spezzare i parametri della normale percezione.

"Per quale motivo io o qualcun altro dovremmo rompere questi parametri?" chiesi una volta a don Juan.

"Perché è una questione che il genere umano non può evitare di affrontare", mi rispose. "Tale rottura rappresenta l'entrata nei mondi inimmaginabili di un valore pragmatico che non è affatto diverso dai valori della vita quotidiana. Possiamo accettare o meno questa premessa, ma siamo comunque ossessionati dall'idea di infrangere questi parametri, un compito che falliamo miseramente. Da qui deriva l'abuso da parte dell'uomo moderno di droghe, eccitanti, rituali e cerimonie religiose."

"Per quale motivo credi che abbiamo fallito così miseramente?" gli chiesi.

"L'incapacità di realizzare il nostro desiderio subliminale è dovuta al fatto che lo affrontiamo in maniera approssimativa; gli strumenti a nostra disposizione sono rudimentali ed è come cercare di abbattere un muro sbattendoci contro la testa. L'uomo non prende mai in considerazione questa rottura in termini di energia. Per gli stregoni il successo viene determinato dall'accessibilità o meno dell'energia."

"E poiché non si può aumentare l'energia interiore, l'unica possibilità che avevano gli stregoni dell'antico Messico era quella di *ridistribuirla*. Per loro il processo di *ridistribuzione* iniziava con i passi magici e il modo in cui influenzavano il corpo fisico."

Quando impartiva i suoi insegnamenti, don Juan sottolineava in tutti i modi che l'enorme enfasi attribuita dagli sciamani del suo lignaggio alla capacità fisica e al benessere mentale si erano protratte fino al presente. Potei corroborare la validità della sua affermazione osservando lui e i suoi quindici compagni stregoni: l'incredibile equilibrio fisico e mentale che possedevano era infatti la loro caratteristica più evidente.

Poiché lo avevo sempre considerato un uomo spirituale, rimasi sbalordito dalla risposta che mi diede quando gli chiesi per quale motivo gli stregoni attribuivano tanta importanza al lato fisico.

"Sono individui molto pratici, nient'affatto spirituali", mi spiegò. "È risaputo che in genere vengono considerati eccentrici, o addirittura pazzi. Forse è per questo che a te sembrano spirituali. Appaiono pazzi perché cercano sempre di spiegare cose che non possono essere spiegate. Nel corso di tali futili tentativi di fornire spiegazioni complete che non possono essere completate in alcuna circostanza, essi perdono la coerenza e dicono vere e proprie follie."

"Se vuoi ottenere il benessere fisico e l'equilibrio mentale hai bisogno di un corpo flessibile", riprese. "Queste sono le due questioni più importanti nella vita di uno sciamano, perché conducono alla sobrietà e al pragmatismo, gli unici requisiti fondamentali per poter entrare negli altri regni della percezione. Per avanzare nell'ignoto occorre assumere un atteggiamento coraggioso ma non imprudente; al fine di stabilire una sorta di equilibrio tra audacia e avvedutezza, uno stregone deve essere estremamente sobrio, prudente, capace e in ottime condizioni fisiche."

"Ma perché in ottime condizioni fisiche, don Juan"? volli sapere. "Non bastano il desiderio o la volontà di viaggiare nell'ignoto?"

"Non nella tua stupida vita", ribatté in tono brusco. "Il solo pensiero di affrontare l'ignoto, per non parlare poi di entrarci dentro, richiede palle d'acciaio, e un corpo in grado di sostenere palle del genere. A che cosa servirebbe avere coraggio se mancano la prontezza mentale, la capacità fisica e i muscoli adeguati?"

Le ottime condizioni fisiche che don Juan aveva sempre tanto decantato, fin dal primo giorno della nostra associazione, derivate dalla rigorosa esecuzione dei passi magici, secondo tutte le indicazioni era il primo passo verso la *ridistribuzione* dell'energia interiore. Secondo don Juan, questa *ridistribuzione di energia* è la questione fondamentale della vita degli sciamani, così come di tutti gli altri individui: è un processo che consiste nel trasportare da un punto all'altro l'energia che già esiste dentro di noi e viene spostata dai centri vitali del corpo che ne hanno bisogno per raggiungere l'equilibrio tra la prontezza mentale e la capacità fisica.

Gli sciamani del lignaggio di don Juan erano profondamente impegnati con la *ridistribuzione* della loro energia interiore. Questo coinvolgimento non era un impegno intellettuale, e nemmeno il prodotto di induzioni, deduzioni o conclusioni logiche: era invece il risultato della loro capacità di percepire l'energia come fluisce nell'universo.

"Questi sciamani chiamavano la capacità di percepire l'energia che fluisce nell'universo *vedere*", mi spiegò don Juan. "Definivano l'atto di *vedere* come lo stato di *consapevolezza intensa* grazie al quale il corpo umano è in grado di percepire l'energia come un flusso, una corrente, una vibrazione simile a un vento. *Vedere* così l'energia è un atto dovuto al blocco momentaneo del sistema di interpretazione caratteristico di ciascun essere umano."

"Che cosa sarebbe questo sistema di interpretazione?" gli domandai.

"Gli stregoni dell'antico Messico scoprirono che ogni singola parte del corpo umano è impegnata, in un modo o nell'altro, nel trasformare questo flusso vibratorio, questa corrente di vibrazioni, in una sorta di immissione di dati sensoriali. Per mezzo della sua utilizzazione, l'insieme globale di questo bombardamento di informazioni sensorie si trasforma nel sistema di interpretazione che permette agli esseri umani di percepire il mondo nella maniera in cui lo percepiscono."

"Gli stregoni dell'antico Messico ricorrevano a una tremenda disciplina per interrompere questo sistema di interpretazione, e chiamavano tale arresto *vedere*, base fondamentale della loro conoscenza. Per loro *vedere* l'energia che fluisce nell'universo era uno strumento essenziale che utilizzavano per elaborare i loro schemi di classificazione. Grazie a questa capacità, per esempio, essi consideravano l'universo esposto alla percezione degli esseri umani come una sorta di cipolla composta da migliaia di strati; solo uno dei quali rappresenta il mondo quotidiano degli esseri umani. Di conseguenza, gli altri strati non solo sono accessibili alla percezione umana ma sono anche parte integrante del retaggio dell'uomo."

Un'altra questione di notevole valore nell'ambito della conoscenza di questi stregoni, che era anche una conseguenza della loro capacità di *vedere* l'energia che scorre nell'universo, fu la scoperta della configurazione energetica umana: un conglomerato di campi di energia tenuti insieme da una forza vibratoria che li lega in una sfera di energia luminosa. Gli stregoni del lignaggio di don Juan credevano che gli esseri umani avessero una forma allungata simile a quella di un uovo, o rotonda come una palla, e di conseguenza li chiamavano *uova luminose* o *palle luminose*. Questa sfera luminosa era considerata il vero sé, la cui veridicità è dovuta al fatto che è irriducibile dal punto di vista energetico: l'insieme delle risorse umane è infatti impegnato a percepirlo direttamente come energia.

Questi sciamani scoprirono che sul lato posteriore della *palla luminosa* c'è un punto che brilla con maggiore intensità; osservando direttamente l'energia, giunsero alla conclusione che questo punto è fondamentale per la trasformazione dell'energia in dati sensoriali e per la loro successiva interpretazione. Per questo motivo lo chiamarono il *punto d'unione* e ritennero che la percezione venisse davvero elaborata in quel punto preciso situato dietro le scapole, a una distanza di circa un braccio da esse. Scoprirono inoltre che nell'intera razza umana il *punto d'unione* ha la stessa locazione e fornisce a ciascuno una visione del mondo alquanto simile.

Per loro e per gli sciamani delle generazioni seguenti è stato molto importante scoprire che la locazione del *punto d'unione* deriva dalle consuetudini e dalla socializzazione. Per questo motivo lo consideravano una posizione arbitraria che si limita a dare l'illusione di essere finale e definitiva. Da questa illusione deriva la convinzione degli uomini, all'apparenza incrollabile, che il mondo che affrontano ogni giorno sia l'unico esistente, oltre che definitivo.

"Credimi, questo senso di finalità a proposito del mondo è una semplice illusione", mi disse una volta don Juan. "Poiché non è mai stata messa in discussione, questa visione rimane l'unica possibile. *Vedere* l'energia che fluisce nell'universo è lo strumento che permette di metterla in discussione, grazie al quale gli stregoni del mio lignaggio sono giunti alla conclusione che numerosi mondi sono a disposizione della percezione umana. Li hanno descritti come inclusivi, all'interno dei quali un individuo può agire e lottare, dove in pratica si può vivere e morire, proprio come accade nella nostra vita quotidiana."

Durante i tredici anni della nostra associazione, don Juan mi ha insegnato i passi fondamentali mirati all'ottenimento della capacità di *vedere*, argomento da me discusso nei miei precedenti libri; finora però non mi sono mai occupato dei *passi magici*, che in realtà sono la questione fondamentale dell'intero processo. Don Juan me ne mostrò molti ma, oltre all'insieme della sua conoscenza, egli mi lasciò anche la certezza che io ero l'ultimo del suo lignaggio. L'accettazione di tale fatto ha automaticamente comportato per me il compito di trovare nuovi modi per diffondere la conoscenza del suo lignaggio, la cui continuità non è più da prendersi in considerazione.

A questo proposito devo chiarire un punto molto importante: a don Juan Matus non è mai interessato insegnare la sua conoscenza, ma solo ed esclusivamente perpetuare il suo lignaggio. Gli altri tre discepoli e io eravamo i mezzi, scelti direttamente dallo spirito (almeno secondo lui, che riteneva di non aver svolto un ruolo attivo in merito) e che avrebbero assicurato tale perpetuità. Di conseguenza, si impegnò nel compito titanico di insegnarmi tutto ciò che sapeva sulla stregoneria o sciamanesimo, e sullo sviluppo del suo lignaggio.

Durante il mio addestramento si rese conto che la mia configurazione energetica era molto diversa dalla sua, e ciò poteva voler dire solo la fine del suo lignaggio. Gli dissi che non mi andava per nulla a genio la sua interpretazione dell'eventuale differenza invisibile che esisteva tra noi. Il fatto di essere l'ultimo del suo lignaggio era per me un fardello insostenibile e non capivo nemmeno i ragionamenti che l'avevano portato a tale conclusione.

"Gli stregoni dell'antico Messico credevano che la scelta, così come la vedono gli esseri umani, fosse la condizione primaria del mondo cognitivo dell'uomo, e che fosse solo un'interpretazione benevola di qualcosa che si scopre quando la consapevolezza si avventura al di là dei limiti protetti del nostro mondo, un'interpretazione benevola di acquiescenza. Gli esseri umani si trovano in balia di forze che li tirano da tutte le parti. L'arte degli stregoni non sta nello scegliere, quanto nell'essere abbastanza sottili da acconsentire."

"Anche se danno l'impressione di non fare altro che prendere decisioni, in realtà gli stregoni non ne prendono mai. Io non ho deciso di sceglierti, e nemmeno che saresti stato così come sei. Poiché non ho avuto la possibilità di stabilire a chi avrei impartito la mia conoscenza, ho dovuto accettare chiunque lo spirito mi offrisse. Quella persona eri tu, anche se dal punto di vista energetico eri capace solo di finire, e non di continuare."

Don Juan dichiarò che la fine del suo lignaggio non aveva niente a che fare con lui o i suoi sforzi, o con il suo successo o fallimento in qualità di stregone alla ricerca della libertà totale: era qualcosa che aveva a che fare con una scelta esercitata al di là del livello umano, non da esseri o entità, ma dalle forze impersonali dell'universo.

Alla fine riuscii ad accettare quello che don Juan definiva il mio destino. Tale accettazione mi pose davanti un'altra questione che lui definì come *chiudere la porta quando te ne vai*: cioè voleva dire assumersi la responsabilità di decidere che cosa fare con tutto quello che mi aveva insegnato, realizzando in maniera impeccabile la mia decisione. Prima di tutto, posi a me stesso la domanda cruciale di come utilizzare i passi magici, la parte della conoscenza di don Juan più intrisa di pragmatismo e funzione. Alla fine decisi di usarli e insegnarli a mia volta a chiunque volesse impararli. Naturalmente, la mia decisione di porre fine alla segretezza che li aveva avvolti per un periodo di tempo indefinito fu il corollario della mia completa convinzione che io rappresenti davvero la fine del lignaggio di don Juan. L'idea di portare con me segreti che non mi appartenevano divenne per me inconcepibile: poiché non avevo alcuna intenzione di avvolgere i passi magici in un manto di segretezza, decisi di porre fine a tale condizione.

Da quel momento in poi mi sforzai di elaborare una manifestazione più generica per ciascun passo magico, rendendolo adatto a chiunque. Questa decisione mi portò a una configurazione di forme leggermente modificate di ognuno di tali passi. Ho chiamato questa nuova configurazione *Tensegrità,* un termine che appartiene all'architettura e significa: "la proprietà della struttura muraria che combina componenti di tensione continua insieme a componenti di compressione discontinua in maniera che ciascuno di essi agisca con la massima efficacia ed economia".

Per spiegare cosa sono i passi magici degli stregoni che vissero nell'antico Messico, vorrei chiarire che per don Juan il termine "antico" si riferisce a un periodo che risale a più di diecimila anni fa, un numero che sembra incongruo se esaminato dal punto di vista degli schemi di classificazione dei moderni studiosi.

Quando feci notare a don Juan la discrepanza tra la sua valutazione e un'altra che io ritenevo invece più realistica, egli rimase inamovibile: era infatti convinto che gli esseri umani vissuti nel Nuovo Mondo diecimila anni fa si preoccupassero profondamente per questioni legate all'universo e alla percezione che l'uomo moderno non immagina nemmeno.

Nonostante la diversità delle nostre interpretazioni cronologiche, non posso negare l'efficacia dei passi magici, e mi sento obbligato a illustrarli nello stesso modo in cui mi sono stati presentati. L'immediatezza dell'effetto che tali passi hanno avuto su di me ha profondamente influenzato il mio modo di affrontarli. In questo libro ho raccolto una riflessione intima riguardante la loro influenza.

PASSI MAGICI

La prima volta che don Juan mi parlò a lungo dei passi magici fu quando fece un commento poco favorevole sul mio peso. "Sei decisamente troppo in carne", esclamò, squadrandomi da capo a piedi e scuotendo il capo con disapprovazione. "Ti manca poco per poter essere definito grasso. Cominci a mostrare i primi segni di tensione e stanchezza: come tutti gli altri membri della tua razza, hai un inizio di deposito di grasso sul collo, al pari dei tori. È arrivato per te il momento di prendere sul serio una delle più grandi scoperte degli stregoni: i passi magici."

"Ma di quali passi magici stai parlando?" gli chiesi. "Non mi hai mai accennato a niente di simile e, ammesso che tu l'abbia fatto, dev'essere stato un riferimento così vago che non riesco proprio a ricordarmelo."

"Te ne ho parlato molto in passato, e tu ne conosci già molti", ribatté lui. "È da quando ci siamo incontrati che te li insegno!"

Per quanto ne sapevo io, non era affatto vero, e protestai quindi con una certa veemenza.

"Non difendere con tanta passione il tuo splendido sé", mi prese in giro, facendo con le sopracciglia un gesto ridicolo che avrebbe dovuto esprimere le sue scuse. "Volevo semplicemente dire che tu imiti tutto ciò che faccio, e di conseguenza io ho approfittato di questa tua capacità di imitare. Fin dall'inizio ti ho mostrato alcuni passi magici, e tu hai sempre pensato che io mi stessi divertendo a far schioccare le giunture del mio corpo. Mi piace proprio il modo in cui li hai interpretati: far schioccare le giunture! D'ora in poi ci riferiremo a essi con questa definizione."

"Ti ho mostrato dieci modi diversi di far schioccare le mie giunture", riprese. "In realtà, ognuno di essi è un passo magico che si adatta perfettamente al mio corpo e anche al tuo; si potrebbe dire che sono nel tuo lignaggio, oltre che nel mio. Ci appartengono a livello personale e individuale, così come appartenevano ad altri stregoni che erano perfettamente uguali a noi nelle venticinque generazioni che ci hanno preceduto."

Come lui stesso aveva dichiarato, i passi magici a cui si riferiva erano i modi in cui io pensavo facesse schioccare le giunture: era infatti solito muovere le braccia, le gambe, il torace e le anche in vari modi specifici che, almeno secondo me, dovevano creare la massima tensione di muscoli, ossa e legamenti. Dal mio punto di vista, il risultato di questi movimenti di stretching era una successione di schiocchi che io avevo sempre pensato producesse per divertirmi o stupirmi. A dire il vero, lui mi aveva chiesto più volte di imitare i suoi gesti e, con atteggiamento di sfida, mi aveva persino chiesto di memorizzarli e ripeterli a casa finché non fossi riuscito a produrre con le giunture gli stessi rumori che faceva lui.

Pur non avendo mai ottenuto tali risultati, avevo involontariamente imparato tutti i movimenti. Adesso so che non riuscire a fare quei suoni in realtà è stato un bene, perché i muscoli e i tendini delle braccia e della schiena non dovrebbero *mai* essere tesi in quel modo. Don Juan era dotato fin dalla nascita dell'incredibile capacità di far schioccare le giunture delle braccia e della schiena, così come altra gente fa schioccare le nocche delle dita.

"Come hanno fatto gli antichi stregoni a inventare questi passi magici?" volli sapere.

"Nessuno li ha inventati", mi ripose in tono severo. "Pensare che siano stati inventati implica l'intervento della mente, e questo è un concetto del tutto sbagliato. I passi magici sono stati scoperti dagli antichi sciamani. Mi è stato detto che ha avuto tutto inizio con la straordinaria sensazione di benessere che questi individui provavano quando si trovavano nello stato sciamanico della *consapevolezza intensa:* il tremendo ed eccitante vigore che li animava era tale che fecero di tutto per rivivere tali sensazioni anche nello stato di veglia."

"In un primo tempo credevano che si trattasse di un benessere generico creato dalla *consapevolezza intensa,* ma ben presto si resero conto che non sempre questo stato faceva nascere in loro il medesimo benessere. Un'analisi più attenta della questione permise loro di capire che ogni volta che avevano provato quel benessere specifico, erano sempre stati impegnati in alcuni specifici movimenti fisici. Si resero conto che mentre erano in uno stato di *consapevolezza intensa* il loro corpo si muoveva spontaneamente in certi modi che erano in realtà la causa delle insolite sensazioni di appagamento fisico e mentale che provavano."

Don Juan aveva sempre pensato che tali movimenti involontari fossero una sorta di retaggio nascosto del genere umano, qualcosa che era stato celato in profondità e veniva riportato alla luce solo da coloro che ne andavano alla ricerca. Paragonò questi sciamani a sommozzatori che si immergono nelle profondità del mare e recuperano involontariamente un tesoro.

Sempre secondo don Juan, questi stregoni iniziarono faticosamente a mettere insieme alcuni dei movimenti che ricordavano, e i loro sforzi portarono i risultati desiderati: furono infatti capaci di ricreare quei movimenti che avevano giudicato reazioni spontanee del corpo in uno stato di *consapevolezza intensa.* Incoraggiati dai successi ottenuti, riuscirono a ricreare centinaia di movimenti che si limitarono a eseguire senza mai cercare di classificarli in uno schema comprensibile. Essi credevano che nello stato di *consapevolezza intensa* i movimenti avvenissero in maniera spontanea e che ci fosse una forza che ne guidava l'effetto, senza l'intervento della loro volontà.

La natura delle loro scoperte aveva sempre fatto pensare a don Juan che gli stregoni dei tempi antichi fossero persone straordinarie, perché i movimenti che scoprirono non vennero mai rivelati nello stesso modo agli sciamani moderni che avevano accesso alla *consapevolezza intensa*. Forse ciò avveniva perché gli sciamani moderni avevano imparato i movimenti di prima mano, in un modo o nell'altro, dai loro predecessori, o forse perché gli stregoni dei tempi antichi possedevano una maggiore *massa energetica*.

"Che significa questa storia della *massa energetica*?" chiesi a don Juan. "Vuoi forse dire che erano fisicamente più grandi?"

"Non credo, ma posso dirti che dal punto di vista energetico apparivano agli occhi del veggente come una forma allungata, e si autodefinivano *uova luminose*. In tutta la mia vita non ho mai *visto* un solo *uovo luminoso*, ma sempre e solo *palle luminose*. Questo mi fa pensare che una generazione dopo l'altra l'uomo abbia perso parte della sua *massa energetica*."

Don Juan mi spiegò che un veggente vede l'universo come un insieme composto da un numero infinito di campi di energia, che gli appaiono come filamenti luminosi che si diramano in ogni direzione e attraversano le palle luminose, cioè gli esseri umani. Si può presumere che se un tempo gli uomini erano forme allungate simili alle uova, erano anche molto più alti di una palla. Di conseguenza, i campi di energia che sfioravano gli uomini alla sommità dell'uovo luminoso non li toccano più ora che sono palle luminose. Don Juan riteneva inoltre che tale fatto fosse da spiegare con una perdita di *massa energetica* che sembrava essere stata cruciale per ciò che riguardava il recupero del tesoro nascosto costituito dai passi magici.

"Per quale motivo gli antichi sciamani li hanno chiamati passi magici?" gli domandai un giorno.

"Non si tratta semplicemente di un nome: lo sono davvero! Producono un effetto che non può essere spiegato in base ai normali criteri della vita di tutti i giorni. Questi movimenti non sono esercizi fisici o semplici posture del corpo, ma veri e propri tentativi di raggiungere una condizione ottimale."

"La *magia* dei movimenti", confermò, "è data dal sottile cambiamento vissuto dai praticanti mentre li eseguono. È una qualità effimera che il movimento porta alle loro condizioni fisiche e mentali, una specie di luccicchio o luce nello sguardo. Questo sottile cambiamento è il *tocco dello spirito*: è come se, attraverso i movimenti, i praticanti potessero ristabilire un legame inutilizzato con la forza vitale che li sostiene."

Un altro motivo per cui vengono definiti *magici* è che eseguendoli gli sciamani vengono portati a livello percettivo in altri stati dell'essere, nei quali percepiscono il mondo in maniera indescrivibile.

"Grazie a questa qualità, a questa magia, i passi devono essere eseguiti non come esercizio, ma come un modo di riconoscere il potere", dichiarò don Juan.

"Ma possono essere considerati come movimenti fisici, anche se finora non l'ha ancora fatto nessuno?" gli chiesi.

"Puoi eseguirli nella maniera che preferisci. Essi ampliano la consapevolezza, in qualunque modo tu li consideri. La cosa più intelligente da farsi è prenderli per quello che sono, cioè passi magici che se vengono eseguiti permettono ai praticanti di lasciar cadere la maschera della socializzazione."

"Che cos'è la maschera della socializzazione?"

"È la maschera che tutti noi difendiamo, e per la quale moriamo", mi spiegò. "Quella che acquisiamo al mondo, che ci impedisce di utilizzare tutto il nostro potenziale e che ci fa credere di essere immortali. L'*intento* di migliaia di stregoni permea questi movimenti. Eseguirli anche in maniera casuale ferma la mente."

"Cosa vuol dire che fermano la mente?" chiesi.

"Noi riconosciamo e identifichiamo", disse, "tutto ciò che facciamo al mondo convertendolo in linee di similarità, che sono linee di oggetti che vengono allineati insieme per uno scopo preciso. Per esempio, se io ti dico 'forchetta', questa parola ti fa subito venire in mente il concetto di cucchiaio, coltello, tovaglia, tovagliolo, piatto, tazzina e piattino, bicchiere di vino, chili con carne, banchetto, compleanno, festa. Potresti senz'altro andare avanti, magari all'infinito, nominando cose raggruppate insieme per un motivo ben definito. Tutto ciò che facciamo è collegato in questo modo. Gli stregoni *vedono* che tutte queste linee di affinità, intese come linee di cose unite per una data motivazione, sono associate alla convinzione tipica dell'uomo che queste stesse cose siano immutabili ed eterne, come la parola di Dio."

"Non capisco per quale motivo tu debba tirare in ballo la parola di Dio in questo frangente: che cosa c'entra con quello che mi stai spiegando?"

"Tutto!" esclamò don Juan. "Sembra che nella nostra mente l'intero universo sia come la parola di Dio, assoluto e immutabile. È questo il modo in cui ci comportiamo. Nel profondo della nostra mente c'è un congegno di controllo che non ci permette di fermarci a considerare che la parola di Dio, così come la accettiamo e crediamo, appartiene a un mondo ormai morto. Un mondo vivo è invece in flusso continuo, si muove, cambia e si rovescia."

"La ragione più astratta per cui i passi degli stregoni del mio lignaggio sono magici è che mettendoli in pratica il corpo dei praticanti si rende conto che ogni cosa, invece di essere una catena ininterrotta di oggetti che possiedono una certa affinità l'uno con l'altro, è invece una corrente. E se tutto nell'universo è un flusso, una corrente, è chiaro che può essere fermato, erigendo magari una diga che lo devi o interrompa del tutto."

In una specifica occasione don Juan mi spiegò l'effetto generale che la pratica dei passi magici aveva sugli stregoni del suo lignaggio, e lo mise in relazione con ciò che sarebbe accaduto ai moderni praticanti.

"Gli stregoni del mio lignaggio", raccontò, "rimasero sconvolti quando si accorsero che l'esecuzione dei loro passi magici interrompeva il flusso normalmente ininterrotto delle cose. Crearono una serie di metafore per descrivere questo blocco e, proprio cercando di spiegarlo e prenderlo nella giusta considerazione, finirono per fare una gran confusione: si lasciarono infatti intrappolare dal rito e dalla cerimonia, e si misero a recitare l'atto di fermare il flusso delle cose. Erano infatti convinti che se determinate cerimonie e rituali si fossero concentrati su un aspetto specifico dei loro passi magici, questi stessi passi avrebbero portato risultato specifici. Ben presto il numero e la complessità di riti e liturgie superò quello dei passi magici.

"È molto importante", continuò, "concentrare l'attenzione dei praticanti su alcuni aspetti definiti dei passi magici; tale fissazione deve essere lieve, divertita, priva di qualunque morbosità e severità. Bisognerebbe infatti agire per il puro piacere di farlo, senza aspettarsi nulla in cambio."

Mi fece poi l'esempio di uno dei suoi compagni, uno stregone di nome Silvio Manuel, che si divertiva ad adattare i passi magici degli stregoni dei tempi antichi ai passi della danza moderna; don Juan me lo descrisse come un superbo acrobata e ballerino che danzava i passi magici.

"Il nagual Elias Ulloa fu il più grande innovatore del mio lignaggio", don Juan riprese. "Fu lui a eliminare tutti i rituali, e a praticare i passi magici esclusivamente per lo scopo per cui venivano usati in origine, e cioè per *ridistribuire l'energia*."

"Il nagual Julian Osorio, che venne dopo di lui, diede il colpo di grazia al rituale. Poiché era un attore che si era guadagnato da vivere recitando in teatro, attribuiva enorme importanza a quello che gli stregoni chiamavano il *teatro sciamanico,* che lui definiva il *teatro dell'infinito,* facendovi confluire tutti i passi magici che aveva a disposizione. Ogni movimento dei suoi personaggi era intriso di passi magici, e inoltre trasformò il teatro in un nuovo strumento per insegnarli. Il nagual Julian, l'attore dell'infinito, e Silvio Manuel, il danzatore dell'infinito, riuscirono insieme a distruggere l'intera sovrastruttura. Una nuova epoca si affacciava all'orizzonte... l'era della pura e semplice *ridistribuzione!*"

In base alla spiegazione di don Juan sulla *ridistribuzione*, gli esseri umani, percepiti come conglomerati di campi energetici, sono unità energetiche saldate che hanno confini ben definiti che non permettono all'energia di entrare o uscire. Di conseguenza, l'energia che esiste all'interno del conglomerato dei campi di energia è tutto ciò su cui può fare affidamento ogni essere umano.

"Gli uomini hanno la tendenza naturale ad allontanere l'energia dai centri vitali, che sono situati sul lato destro del corpo, proprio al limite della cassa toracica nella zona del fegato e della cistifellea; sul lato sinistro del corpo, sempre al bordo della cassa toracica, sono nella zona del pancreas e della milza; sulla schiena, dietro agli altri due centri, intorno ai reni, e sopra di essi, nell'area delle ghiandole surrenali; alla base del collo sul punto a forma di V formato dallo sterno e dalla clavicola; e nelle donne intorno all'utero e alle ovaie."

"In che modo gli esseri umani spingono via questa energia, don Juan?" gli domandai.

"Preoccupandosi", rispose, "lasciandosi sopraffare dalla tensione della vita quotidiana. La durezza delle azioni quotidiane impone un pesante tributo all'organismo."

"E che cosa succede a questa energia?"

"Si raccoglie alla periferia della palla luminosa, a volte fino a creare un deposito piuttosto spesso, simile a una sorta di corteccia. I passi magici si riferiscono all'essere umano nel suo insieme come a un corpo fisico e un conglomerato di campi di energia e agitano l'energia che si è accumulata nella palla luminosa per poi restituirla al corpo fisico. I passi magici impegnano sia il corpo in quanto entità fisica che subisce la dispersione di energia, sia come entità energetica capace di *ridistribuire* l'energia dispersa."

"Avere l'energia non ridistribuita ai bordi della palla luminosa è inutile ed equivale a non averne del tutto. Un eccesso di energia immagazzinata e bloccata, e quindi inutilizzabile per qualunque scopo pratico, è una situazione terrificante: è come trovarsi nel deserto, quasi morti di disidratazione, con una tanica di acqua che non si può aprire perché non si ha un solo arnese utile a disposizione e non c'è nemmeno un sasso da batterci contro."

La vera magia dei passi magici sta nel fatto che essi immettono di nuovo nei centri vitali l'energia bloccata, e da questo deriva il benessere che provano i praticanti. Prima di abbracciare un eccessivo ritualismo e cerimonialità, gli stregoni del lignaggio di don Juan avevano formulato le basi per la *ridistribuzione:* la chiamarono *saturazione*. Avevano infatti sommerso il loro corpo con una profusione di passi magici per permettere alla forza che ci tiene insieme di guidare tali passi affinché provocassero la maggiore *ridistribuzione* possibile di energia.

"Don Juan, stai cercando di dirmi che ogni volta che tu fai schioccare le giunture e io ti imito, noi stiamo davvero *ridistribuendo l'energia?*" gli chiesi un giorno, senza voler essere sarcastico.

"Ogni volta che eseguiamo un passo magico, noi alteriamo le strutture basilari del nostro essere; l'energia che di solito è ammassata sul fondo viene lasciata andare e inizia a entrare nei vortici di vitalità del corpo. Solo grazie a questa energia possiamo erigere una barriera capace di contenere un flusso che è invece incontenibile e sempre deleterio."

Chiesi a don Juan di spiegarmi cosa significava alzare una diga per quello che lui definiva un flusso deleterio, e gli dissi che avrei voluto visualizzarlo nella mia mente.

"Ti faccio un esempio: alla mia età io dovrei essere afflitto da problemi di pressione alta. Se dovessi consultare un medico, questi giungerebbe subito alla conclusione che sono un vecchio indiano afflitto da incertezze e frustrazioni, vittima di una cattiva dieta: tutto ciò dovrebbe portare naturalmente ai disturbi dell'alta pressione, un corollario del tutto accettabile alla mia età."

"E invece io non ho alcun problema di pressione alta", continuò, "non perché sono più forte della media o per via della mia struttura genetica, ma solo perché i miei passi magici hanno permesso al mio corpo di spezzare qualunque modello comportamentale che avrebbe potuto provocare la pressione alta. Posso dire in tutta sincerità che ogni volta che faccio schioccare le giunture, seguendo i dettami dei passi magici, blocco il flusso delle aspettative e il comportamento che porta ad avere problemi di pressione alta alla mia età."

"Un altro esempio che posso proporti riguarda l'agilità delle mie ginocchia", riprese. "Non ti sei accorto che sono molto più agile di te? Quando si tratta di muovere le ginocchia, sono un ragazzino! Grazie ai miei passi magici, creo una diga sulla corrente di comportamento e fisicità che con il passare degli anni fa irrigidire le ginocchia di uomini e donne."

Una delle cose che più mi infastidivano era il fatto che don Juan Matus avrebbe potuto essere mio nonno, ma in realtà appariva molto più giovane di me. In confronto a lui, io apparivo rigido, pieno di pregiudizi, ripetitivo, in una parola senile. Lui era invece agile, pieno di inventiva e risorse: in pratica possedeva la giovinezza, qualcosa di cui io, pur essendo giovane, ero del tutto sprovvisto. Si divertiva a ripetermi che l'età giovane non è sinonimo di giovinezza e non è affatto un deterrente alla senilità. Sottolineò il fatto che se osservavo gli altri uomini con attenzione e senza pregiudizi, mi sarei accorto che giunti all'età di vent'anni erano ormai senili e continuavano a ripetersi in maniera insensata.

"Com'è possibile, don Juan, che tu sia più giovane di me?" gli domandai.

"Ho sconfitto la mia mente", mi rispose, spalancando gli occhi come se volesse mostrare il suo sbalordimento. "Non ho una mente che mi dice che è ora di diventare vecchio, e non rispetto accordi a cui non ho preso parte. Ricordati sempre che dichiarare di non rispettare gli accordi a cui non si è preso parte non è un semplice motto degli stregoni: essere afflitti dalla vecchiaia, per esempio, è uno di questi accordi."

Restammo a lungo in silenzio. Pensai che don Juan stava aspettando di vedere la reazione che le sue parole avevano suscitato in me. Quella che pensai fosse la mia unità psicologica venne ulteriormente fatta a pezzi da una risposta chiaramente duplice da parte mia: se da una parte rifiutavo con tutta la mia forza le sciocchezze che stava dicendo, dall'altra non potevo fare a meno di notare quanto fossero accurate le sue annotazioni. Don Juan era vecchio e al tempo stesso non lo era affatto, anzi, era addirittura più giovane di me. Era libero da pensieri ingombranti e modelli comportamentali, vagabondava per mondi incredibili ed era libero, mentre io ero imprigionato da pesanti modelli e abitudini di pensiero, oltre che da futili e meschine considerazioni su me stesso che, per la prima volta, capii non mi appartenevano affatto.

Un giorno chiesi a don Juan qualcosa a cui pensavo da tempo. Mi aveva infatti raccontato che gli stregoni dell'antico Messico avevano scoperto i passi magici che erano una specie di tesoro nascosto, celato da qualche parte affinché l'uomo lo trovasse: volevo sapere chi era stato a nasconderli. L'unica ipotesi che mi venne in mente era legata al cattolicesimo: pensai che poteva averlo fatto un angelo custode o lo Spirito Santo.

"Non è lo Spirito Santo, che è santo solo per te, che sei segretamente cattolico", ribatté lui. "E nemmeno Dio, che tu intendi come un padre benevolo. Molta gente crede che sia opera di una dea, una madre che dona nutrimento e controlla l'andamento degli affari degli uomini, ma non è neanche questo. Si tratta invece di una forza impersonale che ha in serbo un'infinità di cose per coloro che osano cercarle. È una forza dell'universo, al pari della luce e della gravità, un fattore agglutinante, una forza vibratoria che unisce il conglomerato di campi di energia che corrispondono agli esseri umani in una unità concisa e coesiva. Questa forza vibratoria è il fattore che impedisce all'energia di entrare e uscire dalla palla luminosa.

"Gli stregoni dell'antico Messico", continuò, "credevano che l'esecuzione dei loro passi magici fosse l'unico fattore che preparava e permetteva al corpo la corroborazione trascendentale dell'esistenza di quella forza agglutinante."

Le spiegazioni di don Juan mi portarono alla conclusione che la forza vibratoria di cui parlava, e che agglutina i nostri campi di energia, all'apparenza fosse simile a ciò che i moderni astronomi ritengono avvenga nel fulcro delle galassie del cosmo, dove ci sarebbe una forza di incalcolabile potenza che tiene al loro posto le stelle delle galassie. Tale forza, chiamata "buco nero", è un costrutto teoretico che sembra essere la spiegazione più ragionevole del fatto per cui gli astri non volano via, guidati dalla loro velocità di rotazione.

Secondo don Juan, gli antichi stregoni sapevano che gli esseri umani, considerati come conglomerati di campi energetici, sono tenuti insieme non da legamenti o strutture energetiche, ma da una sorta di vibrazione che rende ogni cosa al tempo stessa viva e al proprio posto. Don Juan mi spiegò che grazie alla loro pratica e alla loro decisione gli stregoni divennero capaci di gestire quella forza vibratoria, dopo esserne divenuti consapevoli. La loro esperienza nel trattare con essa divenne così straordinaria che le loro azioni vennero trasformate in leggende, cioè avvenimenti mitologici che esistevano solo in qualità di favole. Per esempio, una delle storie che don Juan mi raccontò sugli antichi stregoni era che erano capaci di dissolvere la loro massa fisica ponendo semplicemente la loro piena consapevolezza e l'*intento* su tale forza.

Don Juan affermò che sebbene fossero letteralmente capaci di infilarsi attraverso la cruna di un ago se lo ritenevano necessario, non erano mai soddisfatti del risultato del dissolvimento della loro massa. Tale scontento era dovuto al fatto che quando la loro massa veniva dissolta, la loro capacità di agire svaniva, e loro non potevano fare altro che assistere ad avvenimenti a cui non potevano partecipare. La frustrazione che ne derivava, nata dall'incapacità di agire, secondo don Juan diventava una pecca che li faceva dannare: l'ossessione di scoprire la natura di quella forza vibratoria era animata dalla concretezza che li caratterizzava e che faceva desiderare loro di trattenere e controllare tale forza. Provavano il forte desiderio di colpire pur trovandosi nella condizione di fantasmi privi di massa e, a detta di don Juan, un risultato del genere era irraggiungibile.

I praticanti del giorno d'oggi, eredi culturali degli stregoni dell'antichità, dopo aver scoperto che non è possibile essere concreti e utilitaristi in rapporto a quella forza vibratoria, hanno optato per l'unica alternativa razionale: diventare consapevoli della forza senza alcun altro scopo che l'eleganza e il benessere portati da tale conoscenza.

"L'unico momento ammissibile in cui gli stregoni moderni usano il potere di questa forza vibratoria agglutinante è quando bruciano dall'interno e cioè quando arriva per loro il momento di lasciare questo mondo", mi spiegò una volta don Juan. "Per gli sciamani è semplicissimo concentrare la loro consapevolezza assoluta e totale sulla forza agglomerante con l'*intento* di ardere, ed ecco che subito spariscono, simili a un soffio d'aria."

TENSEGRITÀ

Tensegrità è la versione moderna dei passi magici degli sciamani dell'antico Messico. La parola *Tensegrità* è una definizione molto accurata perché nasce dall'unione di due termini, *tensione* e *integrità*, che connotano le due forze trainanti dei passi magici. L'attività creata dalla contrazione e dal rilassamento dei tendini e dei muscoli del corpo è la *tensione*. L'*integrità* è invece l'atto di considerare il corpo come un'unità perfetta, completa e integra.

Tensegrità viene insegnata come un sistema di movimenti perché è l'unico modo in cui l'argomento vasto e misterioso dei passi magici può essere affrontato in un'ottica moderna. Le persone che mettono ora in pratica Tensegrità non sono praticanti in cerca delle alternative sciamaniche che comportano una disciplina rigorosa, sforzo e impegno. Di conseguenza, l'enfasi dei passi magici deve essere posta sul loro valore in qualità di movimenti, e su tutte le conseguenze che tali movimenti comportano.

Don Juan Matus aveva spiegato che il desiderio primario degli stregoni del suo lignaggio che vivevano nell'antico Messico era quello di saturarsi con i movimenti. Essi organizzarono i gesti e le posture che riuscivano a ricordarsi in vari gruppi; credevano che più lungo era ciascun gruppo, maggiore era il suo effetto di *saturazione,* e più grande era anche lo sforzo che dovevano compiere i praticanti per tenerlo a mente.

Dopo aver organizzato i passi magici in lunghi gruppi e averli eseguiti in sequenza, gli sciamani del lignaggio di don Juan ritennero che questo criterio di *saturazione* avesse adempiuto il suo scopo, e lo lasciarono perdere. Da quel momento in poi, ricercarono invece l'opposto e cioè la frammentazione dei gruppi lunghi in singoli frammenti, che vennero eseguiti come unità indipendenti e individuali. Il modo in cui don Juan Matus insegnò i passi magici ai suoi quattro discepoli – Taisha Abelar, Florinda Donner-Grau, Carol Tiggs e me – derivava da questa spinta alla frammentazione.

L'opinione personale di don Juan era che il beneficio di mettere in pratica i gruppi lunghi era ovvio: tale pratica constringeva gli iniziati a usare la loro memoria cinetica, un fattore per lui molto positivo nel quale gli sciamani si erano imbattuti per puro caso, e che aveva il meraviglioso effetto di placare la mente, facendo cessare il rumore del *dialogo interiore*.

Don Juan mi aveva spiegato che il modo in cui rinforziamo la nostra percezione del mondo e la teniamo fissa a un certo livello di efficienza e funzionalità consiste nel parlare con noi stessi.

In una particolare occasione mi rivelò: "La razza umana mantiene un determinato livello di funzionalità ed efficienza grazie al *dialogo interiore*, uno strumento fondamentale per fissare il *punto d'unione* stazionario nella posizione comune all'intero genere umano, e cioè all'altezza delle scapole, a un braccio di distanza da esse."

"Ottenendo il *silenzio interiore* che è il contrario del *dialogo interiore*, i praticanti possono rompere la fissazione dei loro *punti d'unione*, acquisendo così una straordinaria fluidità di percezione."

La pratica della Tensegrità è stata organizzata basandosi sull'esecuzione dei gruppi lunghi, ai quali io ho attribuito il nome di *serie* per evitare l'implicazione generica di chiamarli semplicemente *gruppi*, come li chiamava don Juan. Per ottenere tale sistemazione era necessario ridefinire il criterio di *saturazione* che aveva portato alla creazione dei gruppi lunghi. I praticanti di Tensegrità ebbero bisogno di anni di lavoro meticoloso e concentrato per riunire un gran numero dei gruppi disciolti.

Ridefinire il criterio di *saturazione* eseguendo le serie più lunghe portò a un risultato che don Juan aveva già definito come il moderno obiettivo dei passi magici, cioè la *ridistribuzione dell'energia*. Don Juan era convinto che questo fosse sempre stato l'obiettivo nascosto dei passi magici, anche all'epoca dei vecchi sciamani che sembravano ignorare tale concetto, e anche se lo conoscevano, non lo espressero mai in questi termini. Tutte le indicazioni relative fanno pensare che l'obiettivo che cercavano avidamente di ottenere era una sensazione di benessere e appagamento che provavano quando eseguivano i passi magici: in pratica era l'effetto dell'energia non utilizzata che veniva reclamata dai centri di vitalità del corpo.

Nell'ambito di Tensegrità, i gruppi lunghi sono stati rielaborati, e molti frammenti sono stati conservati come unità singole e funzionanti, unite per uno scopo preciso, per esempio lo scopo dell'*intento*, della *ricapitolazione* o del *silenzio interiore,* creando così le serie Tensegrità. In questo modo si è ottenuto un sistema nell'ambito del quale i risultati migliori si ottengono eseguendo lunghe sequenze di movimenti che sottopongono a duro sforzo la memoria cinetica dei praticanti.

Sotto ogni altro aspetto, il modo in cui si insegna Tensegrità è la fedele riproduzione del modo in cui don Juan ha insegnato i passi magici ai suoi discepoli: egli li ha sempre inondati con una profusione di dettagli, sbalordendo le loro menti con la quantità e la varietà di passi magici che insegnò loro, oltre che con l'implicazione che preso singolarmente, ognuno di essi rappresentava un sentiero verso l'infinito.

I suoi discepoli trascorsero anni interi sentendosi sopraffatti, confusi e soprattutto avviliti, perché avevano l'impressione che essere così sommersi era sbagliato nei loro confronti.

Una volta lo interrogai in proposito, e don Juan mi rispose: "Quando ti insegno i passi magici, io seguo lo strumento tradizionale degli stregoni di *offuscare* la tua visione lineare. Saturando la tua memoria cinetica, io creo un sentiero che ti porta al *silenzio interiore*".

"Poiché tutti noi siamo pieni fino all'orlo con le incombenze della vita quotidiana, ci resta ben poco spazio per la memoria cinetica. Può darsi che tu ti sia già accorto di non possederne. Quando vuoi imitare i miei movimenti, non puoi restare di fronte a me, ma devi metterti a fianco, in modo da stabilire nel tuo stesso corpo che cos'è la destra e cos'è la sinistra. Se ti venisse presentata una lunga sequenza di movimenti, avresti bisogno di ripeterli per settimane intere al fine di ricordarli tutti. Mentre cerchi di memorizzarli, devi fare spazio per loro nella tua memoria cacciando fuori altre cose. Questo è l'effetto che volevano ottenere gli antichi stregoni."

Don Juan dichiarava che se i suoi discepoli continuavano a esercitare in maniera costante i passi magici, nonostante la loro confusione, avrebbero raggiunto un punto tale in cui la loro energia *ridistribuita* sarebbe stata l'elemento fondamentale ed essi sarebbero riusciti a gestire i passi magici con assoluta chiarezza.

Quando don Juan faceva queste dichiarazioni, io gli credevo a stento, finché un giorno, proprio come aveva previsto lui, smisi di sentirmi confuso e avvilito. In una maniera profondamente misteriosa, i passi magici, proprio perché sono magici, si sistemarono in sequenze straordinarie che chiarirono ogni cosa. Don Juan spiegò che la chiarezza che stavo sperimentando era il risultato della *ridistribuzione* della mia energia.

La preoccupazione dei discepoli che si dedicano oggi a Tensegrità rispecchia esattamente quella che io stesso e gli altri discepoli abbiamo provato quando abbiamo iniziato a eseguire i passi magici. Si sentono sbalorditi dal numero dei movimenti e io ripeto loro ciò che don Juan mi ha ripetuto più volte: è di fondamentale importanza eseguire qualunque sequenza di Tensegrità si ricordi. Alla fine la *saturazione* ottenuta darà i risultati ricercati dagli sciamani dell'antico Messico, cioè la *ridistribuzione dell'energia* e le sue tre concomitanze, l'esclusione del *dialogo interiore,* la possibilità del *silenzio interiore* e la fluidità del *punto d'unione*.

Per quanto mi riguarda, posso dire che saturandomi con i passi magici, don Juan ha ottenuto due risultati fantastici: ha fatto affiorare in superficie molte risorse nascoste che possedevo senza conoscerne però l'esistenza, come per esempio la capacità di concentrarmi e di ricordare i dettagli, e ha interrotto con dolcezza la mia ossessione nei confronti del modo di pensare lineare.

"Stai semplicemente avvertendo l'arrivo del *silenzio interiore*, ora che il tuo *dialogo interiore* è stato ridotto al minimo", mi spiegò don Juan quando chiesi spiegazioni in merito a quello che stavo provando. "Un nuovo flusso di cose ha cominciato a entrare nel tuo campo di percezione: si trovano sempre al limite della tua consapevolezza generale, ma tu non hai mai avuto abbastanza energia per esserne deliberatamente consapevole. Non appena fai tacere il tuo dialogo interiore, altri oggetti di consapevolezza cominciano a riempire lo spazio rimasto vuoto.

"Il nuovo flusso di energia", continuò, "che i passi magici hanno portato ai tuoi centri di vitalità sta rendendo più fluido il tuo punto d'unione. Non è più rigidamente delimitato, e tu non sei più guidato dalle nostre paure ancestrali che ci rendono incapaci di compiere un solo passo in qualunque direzione. Gli stregoni dicono che l'energia ci rende liberi e che è la verità assoluta."

La condizione ideale dei praticanti di Tensegrità, in relazione con i movimenti di Tensegrità, equivale allo stato ideale di un praticante dello sciamanesimo in rapporto all'esecuzione dei passi magici: in entrambi i casi si è guidati dai movimenti stessi verso un culmine senza precedenti. Da quel punto in poi i praticanti di Tensegrità riescono a eseguire da soli, per qualunque effetto ritengano adatto e senza alcuna forma di addestramento da fonte esterne, qualunque movimento tra quelli grazie ai quali hanno raggiunto la saturazione. Saranno in grado di eseguirli con precisione e velocità mentre camminano, mangiano, riposano o fanno qualcosa, perché avranno l'energia per farlo.

L'esecuzione dei passi magici mostrati in Tensegrità non richiede necessariamente uno spazio particolare o un orario specifico. I movimenti devono essere eseguiti lontano da correnti d'aria. Don

Juan era terrorizzato dall'effetto che una corrente d'aria può avere su un corpo sudato; era fermamente convinto del fatto che non tutte le correnti d'aria sono prodotte da un abbassamento o rialzo della temperatura nell'atmosfera, e che alcune di loro in realtà sono causate da conglomerati di campi di energia consolidata che si muovono nello spazio con uno scopo ben preciso.

Egli era convinto che tali conglomerati possedessero un tipo preciso di consapevolezza, particolarmente deleterio perché gli essere umani di solito non sono in grado di percepirli, e si espongono così a essi in maniera discriminata. L'effetto deleterio di tali conglomerati di campi di energia è visibile soprattutto nelle grandi metropoli, dove tra le altre cose possono venire facilmente confusi con lo spostamento d'aria creato dalle auto che passano veloci.

Quando si eseguono i movimenti di Tensegrità, occorre tenere a mente che, poiché l'obiettivo dei passi magici è qualcosa di sconosciuto all'uomo occidentale, bisognerebbe sforzarsi di mantenere la pratica di Tensegrità staccata dalle preoccupazioni della vita quotidiana, evitando di mischiarla con elementi a noi già familiari, come per esempio la conversazione, la musica, il suono di una radio o la voce di un annunciatore televisivo che legge il notiziario, per quanto possano essere sommessi.

L'ambiente della moderna vita urbana facilita la formazione di gruppi, e in queste circostanze l'unico modo in cui Tensegrità può essere insegnata e realizzata nei seminari e nei laboratori è in gruppi di praticanti. Esercitarsi in gruppo è benefico sotto molti aspetti e deleterio per altri: è benefico perché permette la creazione di un consenso di movimento e l'opportunità di imparare con l'analisi e il confronto. È deleterio perché favorisce la tendenza ad appoggiarsi agli altri, oltre all'emergere di comandi sintattici e sollecitazioni legate alla gerarchia.

Don Juan riteneva che, poiché il comportamento umano è regolato dal linguaggio, gli uomini hanno imparato a reagire a quelli che lui chiamava *comandi sintattici*, formule di apprezzamento o deprezzamento costruite con il linguaggio, per esempio le risposte che ogni individuo fornisce o sollecita negli altri ricorrendo a frasi fatte come: *Non c'è problema, È una sciocchezza, C'è da preoccuparsi, Potresti fare meglio, Non me la cavo a farlo, Ho il sedere troppo grosso, Sono il migliore, Sono il peggiore del mondo, Potrei sopportarlo, Me la cavo, Andrà tutto bene, ecc*. Secondo Don Juan, quello che gli stregoni hanno sempre voluto è proprio fuggire dalle attività che derivano dai comandi sintattici.

In origine i passi magici venivano insegnati ed eseguiti dagli sciamani dell'antico Messico a livello individuale e in perfetta solitudine, in base a un entusiasmo momentaneo o in caso di necessità. Don Juan li insegnò ai suoi discepoli con le stesse modalità. Per i praticanti la sfida è sempre stata quella di eseguire i passi magici alla perfezione, tenendo in mente solo la visione astratta della loro perfetta esecuzione. In teoria, Tensegrità dovrebbe essere insegnata e praticata nello stesso modo; le condizioni della vita moderna e il fatto che l'obiettivo dei passi magici è stato formulato per essere applicato a un gran numero di persone rende imperativo il ricorso a un nuovo approccio. Bisognerebbe praticare Tensegrità in qualunque forma risulti più facile: in gruppo, da soli o in entrambi i modi.

Nel mio caso specifico, la pratica di Tensegrità in grossi gruppi si è rivelata ideale, perché mi ha fornito l'opportunità unica di assistere a qualcosa che don Juan Matus e tutti gli sciamani del suo lignaggio non hanno mai visto, e cioè l'effetto della *massa umana*. Don Juan e gli stregoni del suo lignaggio, che lui riteneva risalissero a ventisette generazioni fa, non furono mai in grado di assistere agli effetti della *massa umana*: praticavano i passi magici da soli o in gruppi che potevano comprendere al massimo cinque praticanti. Per loro i passi magici erano quindi qualcosa di altamente individualistico.

Se i praticanti di Tensegrità sono centinaia, tra loro si forma quasi subito una corrente energetica, che uno sciamano potrebbe facilmente *vedere*, e che crea in loro un senso di urgenza. È come un vento vibratorio che scorre, fornendo loro gli elementi primari dello scopo. Io stesso ho avuto il privilegio di *vedere* qualcosa di miracoloso, e cioè il risveglio dello scopo, la base energetica dell'uomo. Don Juan Matus lo chiamava *l'intento inflessibile* e mi insegnò che è lo strumento essenziale per tutti coloro che viaggiano nell'ignoto.

Quando si pratica Tensegrità, occorre tenere in considerazione il fatto che i movimenti devono essere eseguiti con l'idea che il beneficio dei passi magici arrivi da sé, un concetto che deve essere sottolineato a tutti i costi. All'inizio è piuttosto difficile rendersi conto che Tensegrità non è un normale sistema di movimenti mirati allo sviluppo del corpo. A dire il vero lo sviluppa, ma in questo caso specifico si tratta di una conseguenza di un effetto più trascendentale. *Ridistribuendo* l'energia non utilizzata, i passi magici possono condurre i praticanti a un livello di consapevolezza nell'ambito dei quali i parametri della percezione normale e tradizionale vengono cancellati dal fatto di essere espansi. È a questo punto che i praticanti possono accedere a mondi inimmaginabili.

"Per quale motivo dovrei aver voglia di entrare in questi mondi?" chiesi a don Juan quando mi descrisse questo effetto successivo ai passi magici.

"Perché tu sei una creatura di consapevolezza, in grado di percepire, al pari di tutti noi. Gli esseri umani compiono un viaggio di consapevolezza che è stato momentaneamente interrotto da forze esterne. Credimi, noi siamo creature magiche di consapevolezza. Se non abbiamo questa convinzione, non possediamo nulla."

Continuò poi a spiegarmi che dal momento in cui il loro *viaggio di consapevolezza* è stato interrotto, gli uomini si sono ritrovati in una sorta di vortice e continuano a girare in tondo, e hanno l'impressione di muoversi con la corrente mentre invece restano fermi.

"Devi credere alle mie parole, perché non sono affatto arbitrarie", continuò don Juan. "Sono invece il risultato di quanto hanno scoperto gli sciamani dell'antico Messico, e io stesso ho potuto constatare: siamo tutti esseri magici!"

Mi ci sono voluti trent'anni di dura disciplina per raggiungere un livello cognitivo nel quale le affermazioni di don Juan sono riconoscibili e la loro validità è stabilita al di là di qualunque possibile dubbio. Ora so che gli uomini sono creature di consapevolezza, coinvolte in un *viaggio* evolutivo *di consapevolezza,* che in realtà non conoscono la propria essenza e sono colmi di incredibili risorse che non utilizzano mai.

SEI SERIE DI TENSEGRITÀ

Le serie analizzate sono le seguenti:

1. la serie per preparare l'*intento*;
2. la serie per l'Utero;
3. la serie dei Cinque Argomenti: la serie Westwood;
4. la separazione del corpo sinistro e del corpo destro: la serie del calore;
5. la serie maschile;
6. la serie degli oggetti usati in concomitanza con specifici passi magici.

I particolari passi magici di Tensegrità che costituiscono ciascuna delle sei serie si conformano a un criterio di massima efficacia. In altre parole, ogni passo magico è l'ingrediente preciso di una determinata formula. Questa è una riproduzione del modo in cui la lunga serie di passi magici è stata usata in origine; ogni serie era sufficiente per produrre da sola il rilascio della massima *energia dispersa* possibile.

Eseguendoli occorre tenere nella giusta considerazione alcuni dettagli, in modo da realizzare i movimenti assicurando loro la massima potenza:

1. tutti i passi magici delle sei serie possono essere ripetuti finché si desidera, a meno che non venga altrimenti specificato. Se

vengono eseguiti prima con la parte sinistra del corpo, devono essere poi ripetuti lo stesso numero di volte con quella destra. Di regola, ogni serie inizia con il lato sinistro.

2. I piedi devono essere distaccati, a una distanza pari all'ampiezza delle spalle. In questo modo il peso del corpo risulta distribuito in maniera equilibrata. Se le gambe sono troppo scostate, l'equilibrio viene a mancare, e lo stesso accade se sono invece troppo vicine. Il sistema migliore per individuare la distanza ideale consiste nel partire da una posizione a piedi uniti (fig. 1): tenendo i calcagni fermi, aprire leggermente le punte per formare una specie di lettera V (fig. 2). Spostando poi il peso alle punte stesse, i calcagni vengono spinti all'infuori a una distanza uguale (fig. 3).

Le punte dei piedi sono così parallele, e la distanza tra i piedi è quasi uguale a quella che separa le spalle. Può darsi che si rendano necessarie ulteriori sistemazioni per ottenere il distacco ideale e quindi il perfetto equilibrio del corpo.

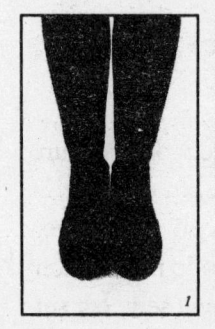

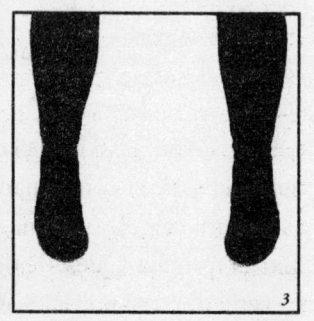

3. Durante l'esecuzione di tutti i passi magici di Tensegrità, le ginocchia devono essere leggermente piegate, in modo che quando il soggetto guarda in basso, le rotule gli impediscono di vedere la punta dei piedi (figure 4 e 5), tranne che nelle occasioni specifiche in cui si richiede che le ginocchia siano serrate; tali casi vengono indicati nella descrizione dei passi. Tenere le ginocchia chiuse non significa sottoporre a una tensione nociva i tendini,

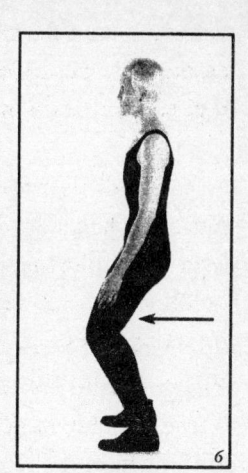

ma tenerli invece bloccati con gentilezza, senza imporre una forza inutile.

Questa posizione, che implica la curvatura delle ginocchia, è una moderna aggiunta all'esecuzione dei passi magici, derivata dall'influenza dei tempi moderni. Una figura prominente del lignaggio di don Juan era il nagual Lujan, un marinaio cinese il cui nome in origine era qualcosa di simile a Lo-Ban, arrivato intorno alla metà del diciannovesimo secolo in Messico, dove rimase fino alla fine dei suoi giorni. Una delle streghe che facevano parte del gruppo di discepoli di don Juan Matus andò in Oriente a studiare le arti marziali; lo stesso don Juan raccomandava loro di imparare a muoversi con una postura disciplinata sottoponendosi all'addestramento di tali discipline.

Un altro argomento da prendere in considerazione per ciò che riguarda la posizione leggermente piegata delle ginocchia è che quando le gambe si spostano in avanti, come per dare un calcio, le ginocchia non si spostano. L'intera gamba dovrebbe venire mossa dalla tensione dei muscoli della coscia: in questo modo i tendini non rischiano mai di venire danneggiati.

4. I muscoli posteriori delle gambe devono essere tesi (fig. 6). Questo è un risultato molto difficile da ottenere. La maggior par-

te degli individui impara facilmente a tendere i muscoli anteriori delle gambe, ma quelli posteriori rimangono flaccidi: secondo don Juan, questa è la zona del corpo umano in cui viene immagazzinata la storia personale del soggetto, e dove i sentimenti si trovano come a casa, e finiscono per ristagnare. La difficoltà a cambiare i modelli comportamentali può essere attribuita proprio alla flaccidità dei muscoli posteriori delle cosce.

5. Durante l'esecuzione dei passi magici, le braccia vanno tenute leggermente piegate all'altezza del gomito, e quindi mai del tutto tese, quando vegono mosse per colpire, per impedire qualunque irritazione ai tendini del gomito stesso (fig. 7).

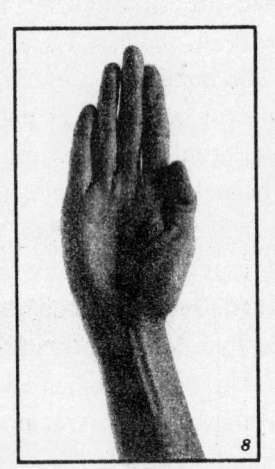

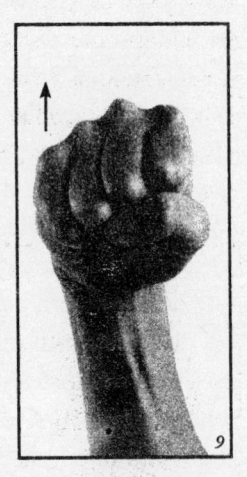

6. Il pollice dev'essere tenuto in una posizione *bloccata*, nel senso che viene piegato sopra il bordo della mano, senza mai sporgere all'infuori (fig. 8). Gli stregoni del lignaggio di don Juan consideravano il pollice un elemento cruciale per ciò che riguarda l'energia e la funzione; alla sua base esistono punti dove l'energia può stagnare, o che possono regolare il flusso dell'energia nel corpo intero. Per evitare un'inutile tensione sul pollice stesso, o una ferita causata da un movimento brusco della mano, gli antichi stre-

goni adottavano la precauzione di premere i pollici contro il bordo interno delle mani.

7. Quando le mani sono chiuse a pugno, bisogna alzare il mignolo per evitare un pugno angolare (fig. 9), nel quale indice, anulare e mignolo scendono. Facendo invece un pugno quadrato (fig.10), occorre sollevare anulare e mignolo, creando all'altezza dell'ascella una tensione particolare che favorisce un estremo benessere.

8. Ogni volta che si rende necessario aprire le mani, bisogna farlo allargandole completamente, e il palmo deve presentarsi come una superficie piatta e liscia (fig. 11). Don Juan preferiva questa postura contrapposta alla tendenza stabilita, egli avvertiva, all'abitudine di presentare la mano con il palmo incavo (fig. 12): riteneva infatti che quest'ultima fosse la posizione di un mendicante, mentre invece chi esegue i passi magici è un guerriero, e quindi una figura ben diversa.

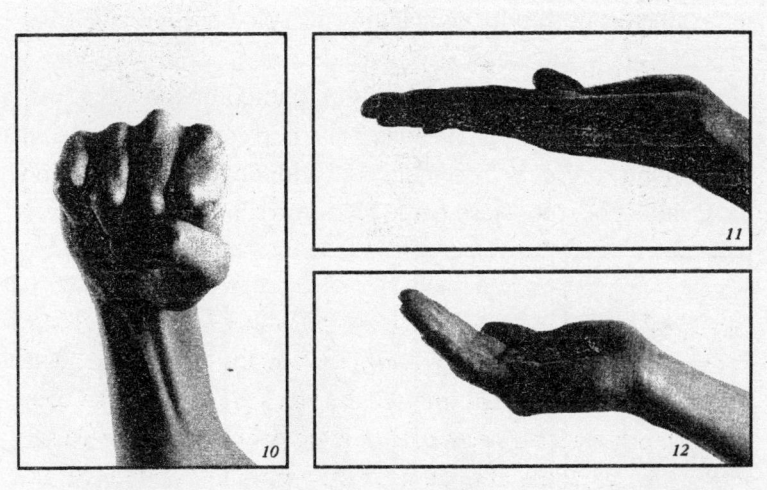

9. Quando le dita vengono contratte all'altezza della seconda nocchia e piegate strettamente sopra il palmo, i tendini sulla parte superiore della mano vengono tesi al massimo, soprattutto quel-

li del pollice (fig. 13). Questa tensione crea una pressione sul polso e sull'avambraccio, punti che gli stregoni del Nuovo Messico ritenevano di grande importanza per la salute e il benessere.

10. In molti movimenti Tensegrità, i polsi devono essere piegati in avanti o all'indietro a un angolo di circa novanta gradi contraendo i tendini dell'avambraccio (fig. 14). Questa operazione deve essere svolta con estrema lentezza, perché in genere il polso è piuttosto rigido, ed è importante che acquisti invece la flessibilità necessaria per girare il dorso della mano e ottenere un angolo con l'avambraccio.

11. Un altro argomento importante legato alla pratica della Tensegrità è una pratica che è stata definita *l'accensione del corpo,* un gesto unico in cui tutti i muscoli del corpo, soprattutto il diaframma, vengono contratti contemporaneamente. I muscoli dello stomaco e dell'addome subiscono una scossa, al pari di quelli intorno alle spalle e alle scapole. Le braccia e le gambe sono contratte all'unisono con forza unanime, ma solo per un istante (figure 15 e 16). Continuando a esercitarsi, coloro che praticano la Tensegrità imparano a mantenere più a lungo questa tensione.

Accendere il corpo non ha nulla a che fare con lo stato di perenne tensione corporea che sembra contraddistinguere la nostra epoca. Quando il corpo è teso per la preoccupazione o il troppo lavoro e i muscoli del collo sono rigidi, il corpo non è affatto acceso, così come non lo è quando i muscoli sono rilassati o si raggiunge uno stato di tranquillità. Gli stregoni dell'antico Messico ritenevano che grazie ai passi magici il loro corpo fosse all'erta, pronto all'azione. Don Juan Matus ha definito questa condizione *accendere il corpo,* spiegando che appena la tensione muscolare di tenere il corpo *acceso* svanisce, il corpo si spegne spontaneamente.

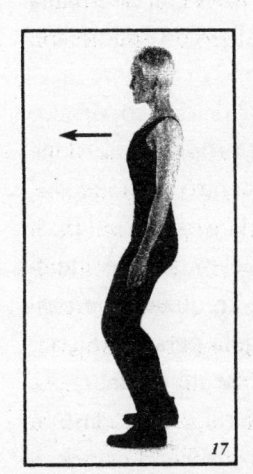

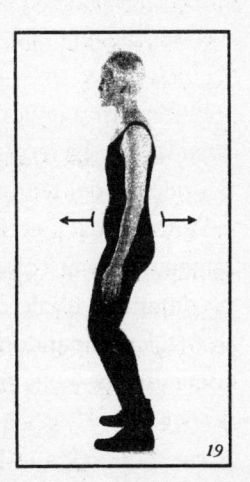

12. Secondo Don Juan, il respiro e la respirazione rivestivano una notevole importanza per gli stregoni, che distinguevano la respirazione con la parte superiore dei polmoni, quella con la parte mediana e infine quella con l'addome (figure 17, 18 e 19). La respirazione che comporta l'estensione del diaframma è *il respiro animale,* che essi praticavano con regolarità per assicurarsi longevità e salute.

Don Juan credeva che molti problemi di salute dell'uomo moderno si possano risolvere con la respirazione profonda; al giorno d'oggi le persone tendono ad avere la respirazione superficiale, mentre invece gli antichi stregoni ricorrevano ai passi magici per insegnare al proprio corpo a inspirare ed espirare con la massima profondità.

Si raccomanda inoltre che i movimenti della Tensegrità che richiedono inspirazioni o espirazioni profonde vengano eseguiti rallentando il flusso in entrata o in uscita dell'aria, in modo da renderle più lunghe e intense.

Un'altra importante questione riguardante la respirazione nell'ambito di Tensegrità è che durante l'esecuzione dei movimenti deve rimanere normale, a meno che non sia altrimenti indicato.

13. Chi esegue i passi magici deve rendersi conto che Tensegrità è essenzialmente l'interazione tra il rilassamento e la tensione dei muscoli di determinati punti del corpo, allo scopo di ottenere un'esplosione fisica molto importante che gli stregoni dell'antico Messico chiamavano l'*energia dei tendini,* una vera e propria esplosione dei nervi e dei tendini che stanno sotto o al centro dei muscoli.

Partendo dal presupposto che Tensegrità sia la tensione e il rilassamento dei muscoli, l'intensità della tensione del muscolo e il tempo durante il quale rimane in tale condizione, in qualunque passo magico, dipendono dalla forza di ogni singola persona. Si raccomanda che nella fase iniziale, indipendentemente dal fatto che il soggetto abbia già acquisito o meno una certa pratica, la tensione sia minima e il tempo sia il più breve possibile. Quando il corpo si scalda, la tensione dovrebbe aumentare, così come il tempo di durata, ma sempre con moderazione.

PRIMA SERIE

LA SERIE PER PREPARARE L'*INTENTO*

Secondo don Juan Matus, in qualità di organismi gli esseri umani eseguono una splendida operazione di percezione che sfortunatamente dà origine a un'incomprensione, una falsa apparenza: assorbono l'influsso della pura energia presente nell'universo e la trasformano in dati sensoriali che interpretano in base a un ristretto sistema che gli stregoni chiamano la *forma umana*. Questo gesto magico di interpretare l'energia pura provoca l'insorgere di un equivoco, cioè della convinzione peculiare degli esseri umani che il loro sistema interpretativo sia l'unico esistente.

Don Juan illustrava questo fenomeno con un esempio, dicendo che un *albero,* così come è conosciuto dagli esseri umani, è un'interpretazione e non una percezione; per stabilire la presenza dell'*albero* gli esseri umani si accontentano di uno sguardo distratto che in realtà dice loro ben poco. Il resto è un fenomeno che il maestro ha descritto come la *chiamata dell'intento*, l'*intento dell'albero,* e cioè l'interpretazione dei dati sensoriali relativi a un fenomeno specifico che gli uomini chiamano *albero*. L'intero mondo degli esseri umani è costituito da un repertorio infinito di interpretazioni nell'ambito delle quali i sensi umani ricoprono un ruolo secondario. In altre parole, solo il senso della vista è coinvolto dal flusso di energia che arriva dall'universo, e lo fa in maniera del tutto superficiale.

Sempre in base agli insegnamenti di don Juan, la maggior parte dell'attività percettiva degli uomini è interpretativa: essi sono infatti un tipo di organismo che necessita di una dose minima di percezione per poter creare il proprio mondo, e percepiscono quanto basta per avviare il loro sistema interpretativo. L'esempio preferito da don Juan era quello legato al modo in cui noi costruiamo, con l'*intenzione*, qualcosa di enorme e importante come la Casa Bianca, che lui definiva la sede del potere del mondo di oggi, il centro di tutti i nostri sforzi, le speranze e le paure, come un conglomerato globale degli esseri umani, in definitiva la capitale del mondo civilizzato, almeno per quanto riguarda tutti gli scopi pratici. Egli dichiarava che tutto ciò non è nel regno dell'astratto, e nemmeno in quello delle nostre menti, bensì nel reame dell'*intento,* perché dal punto di vista dell'immissione dei dati sensoriali, la Casa Bianca è un edificio che non possiede affatto la ricchezza, la finalità, lo scopo del concetto della Casa Bianca. Dal punto di vista dell'immissione delle informazioni sensoriali, la Casa Bianca, come qualunque altro oggetto al mondo, viene conosciuta a livello superficiale solo con la nostra vista, senza il coinvolgimento di tatto, vista, olfatto e udito. L'interpretazione che questi altri sensi ricaverebbero in riferimento all'edificio in cui si trova la Casa Bianca non avrebbe alcun significato.

La questione che don Juan poneva in qualità di stregone era legata alla locazione della Casa Bianca: rispondendo da solo alla sua stessa domanda, egli diceva che non è senz'altro nella nostra percezione, e nemmeno nei nostri pensieri, ma nel regno speciale dell'*intento,* dove viene nutrito con tutto ciò che può esservi legato. Creare così un universo totale di *intento* è la nostra magia.

Poiché lo scopo della prima serie di Tensegrità è la preparazione degli apprendisti all'*intento,* è importante rivedere tale concetto, così com'è definito dagli stregoni. Per don Juan l'*intento* è il gesto tacito di colmare gli spazi vuoti lasciati dalla percezione sensoriale diretta, cioè l'atto di arricchire i fenomeni visibili grazie all'*intento* di una completezza che non esiste dal punto di vista della pura percezione.

L'atto di *intendere* questa completezza veniva definito da don Juan come il *chiamare l'intento*. Tutte le sue spiegazioni relative all'*intento* indicavano che tale atto non si trova nel regno del fisico. In altre parole, non fa parte della fisicità del cervello o di qualunque altro organo. Per don Juan *l'intento* trascende il mondo che tutti noi conosciamo, è qualcosa di simile a un'onda energetica, un raggio di energia che si attacca a ognuno di noi.

A causa della natura estrinseca dell'*intento*, don Juan faceva una distinzione tra il corpo come parte della cognizione della vita quotidiana e il corpo come unità energetica che non fa invece parte di tale cognizione. Questa unità energetica comprende le parti invisibili del corpo, per esempio gli organi interni e l'energia che fluisce in essi. Secondo don Juan, è con questa parte che possiamo percepire direttamente tale energia.

A causa del predominio della vista nel nostro modo consueto di percepire il mondo, gli sciamani dell'antico Messico descrivevano l'atto di apprendere direttamente l'energia come *vedere;* per loro percepire l'energia così come fluisce nell'universo significa che l'energia stessa adotta configurazioni specifiche e non idiosincratiche che si ripetono costantemente, e che tali configurazioni possono essere percepite negli stessi termini da tutti coloro che *vedono*.

L'esempio più importante che don Juan ci ha fornito in merito alla consistenza dell'energia nell'adottare specifiche configurazioni è la percezione del corpo umano *visto* direttamente come energia. Come ho già detto, gli sciamani uguali a don Juan percepiscono un essere umano come un conglomerato di campi di energia che fornisce l'impressione generale di una sfera di luminosità ben definita. In questo senso l'energia viene da loro descritta come una vibrazione che si condensa in unità coesive. Gli sciamani definiscono l'intero universo come un insieme di configurazioni energetiche che all'occhio che *vede* appaiono come filamenti o fibre luminose che si diramano in ogni direzione senza mai intrecciarsi. Questo concetto è incomprensibile per la mente lineare, e contiene una contraddizione innata che non può essere risolta: in che modo queste fibre si diramano senza mai incrociarsi?

Don Juan sottolineava il fatto che gli sciamani sono in grado solo di descrivere gli eventi, e che i loro termini descrittivi sembrano inadeguati e contraddittori a causa dei limiti posti dalla sintassi; le loro raffigurazioni sono comunque precise.

Secondo lui, gli sciamani dell'antico Messico descrivevano l'*intento* come una forza perenne che permea l'intero universo, una forza consapevole di sé al punto da reagire al riconoscimento o al comando degli sciamani. Grazie all'*intento* essi erano capaci di liberare non solo le capacità umane legate alla percezione, ma anche tutte le possibilità umane di agire, realizzando così le formulazioni più azzardate.

Don Juan mi insegnò che il limite della capacità umana di percepire viene chiamato la *fascia dell'uomo,* nel senso che esiste un limite che definisce le capacità umane così come sono definite dall'organismo umano. Questi limiti non sono quelli tradizionali del pensiero normale, ma rappresentano invece i confini della totalità delle risorse racchiuse nell'organismo umano, che secondo don Juan non vengono mai utilizzate ma vengono semplicemente conservate *in situ* dai preconcetti riguardanti i limiti umani, i quali a loro volta non hanno nulla a che fare con il vero potenziale umano.

Con la massima decisione don Juan dichiarò sempre che coloro che vedono assistono alle formulazioni di energia che avvengno spontaneamente e non sono plasmate dall'influenza umana, dato che la percezione dell'energia così come scorre non è un atto arbitrario o idiosincratico. Di conseguenza, la percezione di tali formulazioni è il fattore fondamentale che libera il potenziale umano racchiuso, e che in condizioni normali non entra mai in gioco. Per poter far emergere la percezione di queste formulazioni energetiche, bisogna fare ricorso all'insieme totale delle capacità umane di percepire.

La serie per preparare l'*intento* si divide in quattro gruppi:
1. schiacciare l'energia per l'*intento;*
2. agitare l'energia per l'*intento;*
3. raccogliere l'energia per l'*intento;*
4. inspirare l'energia dell'*intento.*

Primo gruppo

SCHIACCIARE L'ENERGIA PER L'*INTENTO*

Don Juan mi fornì alcune spiegazioni che coprivano tutte le sfumature di ogni gruppo di passi magici e che stanno alla base delle lunghe serie di Tensegrità.

"L'energia che è essenziale per gestire l'*intento* viene emessa in continuazione dai centri vitali situati intorno al fegato, al pancreas e ai reni e si deposita alla base della sfera luminosa di cui è composto ognuno di noi", mi disse, illustrandomi le implicazioni energetiche di questo gruppo. "Inoltre, deve essere tenuta in costante movimento e bisogna imprimerle di continuo una direzione. Gli stregoni del mio lignaggio sottolineavano quanto sia importante muovere in maniera controllata e sistematica l'energia con le gambe e i piedi. Per loro le lunghe camminate, una componente inevitabile dello stile di vita che conducevano, provocavano un eccessivo movimento energetico che non serviva ad alcuno scopo; erano la loro nemesi e l'afflusso di energia in eccesso doveva essere bilanciata dall'esecuzione di specifici passi magici che svolgevano proprio mentre camminavano."

Secondo don Juan, questa serie, composta da quindici passi magici che hanno la funzione di muovere l'energia con i piedi e le gambe, era considerata dagli sciamani del suo lignaggio come il modo più efficace di compiere l'azione che essi definivano *compressione dell'energia*. Ognuno di questi passi ha la capacità innata di controllare la *compressione dell'energia;* se lo desiderano, gli apprendisti possono ripeterli centinaia di volte, senza preoccuparsi di agitare in maniera eccessiva l'energia. Nella visione di don Juan, l'energia per l'*intento* che viene troppo rimestata finisce per indebolire ulteriormente i centri di vitalità.

1. MACINARE L'ENERGIA CON I PIEDI

Per un attimo il corpo ruota sugli avampiedi da sinistra a destra e da destra a sinistra all'unisono, in modo da acquistare equilibrio. Il peso del corpo viene poi spostato sui calcagni, e il movimento rotatorio viene fatto partendo da tale posizione, con le punte leggermente alzate da terra mentre si oscilla, e che toccano il terreno quando i piedi raggiungono la massima inclinazione.

Le braccia sono piegate all'altezza del gomito con le mani tese in avanti, i palmi rivolti all'interno, uno verso l'altro. Le braccia sono mosse da un impulso che parte dalle spalle e dalle scapole. Questo movimento delle braccia all'unisono con le gambe, come avviene nel camminare (il braccio destro si muove quando si muove la gamba sinistra, e viceversa) provoca il coinvolgimento totale degli arti e degli organi interni (figure 20 e 21).

Una conseguenza fisica del muovere l'energia in questo modo è l'aumento della circolazione a livello dei piedi, delle caviglie e delle cosce fino alla zona dei genitali. Nell'arco dei secoli gli sciamani hanno usato questi movimenti per recuperare la flessibilità degli arti che venivano in qualche modo feriti o danneggiati nella vita quotidiana.

2. MACINARE L'ENERGIA CON TRE SCIVOLATE DEI PIEDI

I piedi ruotano sui calcagni, esattamente come nel caso dei passi sopra citati, per tre volte; dopo una pausa che dura un solo istante vengono ruotati di nuovo. È importante notare che nei primi tre passi magici di questa serie l'aspetto fondamentale è l'impegno delle braccia, che si muovono bruscamente avanti e indietro.

Se la macinazione dell'energia è un'attività svolta in maniera discontinua, l'effetto di tali gesti aumenta. Una conseguenza fisica di questo passo magico è un rapido aumento di energia quando si tratta di scappare o fuggire dal pericolo, e in tutti i casi in cui si richiede un intervento rapido.

3. MACINARE L'ENERGIA CON UNA SCIVOLATA LATERALE DEI PIEDI

Entrambi i piedi si muovono verso destra, ruotando sui calcagni; si verifica poi uno spostamento e si ruota ancora a sinistra restando sugli avampiedi. C'è infine una terza oscillazione, sempre a sinistra, che avviene di nuovo sui calcagni (figure 22, 23 e 24). La sequenza viene invertita ruotando sui calcagni, sugli avampiedi e ancora sui calcagni, sempre a destra.

Questi tre passi magici provocano l'aumento della circolazione in tutto il corpo.

4. MESCOLARE L'ENERGIA COLPENDO IL SUOLO CON I CALCAGNI

Questo passo magico ricorda la camminata sul luogo: il ginocchio si muove velocemente verso l'alto mentre la punta dei piedi resta appoggiata a terra e il peso del corpo viene sostenuto dall'altra gamba. Il peso corporeo oscilla avanti e indietro ed è sostenuto dalla gamba che rimane ferma, mentre l'altra esegue il movimento richiesto. Le braccia si muovono come nei precedenti passi magici (fig. 25).

Anche le conseguenze fisiche sono simili a quelle indicate in precedenza: dopo aver eseguito i movimenti si registra infatti una sensazione di benessere che permea la regione pelvica.

5. MESCOLARE L'ENERGIA COLPENDO TRE VOLTE IL SUOLO CON I CALCAGNI

Questo passo magico è identico al precedente, a parte il fatto che il movimento di piede e ginocchio non è continuo, ma viene interrotto dopo che i calcagni toccano tre volte terra, in maniera alternata. La sequenza è infatti sinistra, destra, sinistra – pausa – destra, sinistra, destra – e via di seguito.

I primi cinque passi magici di questo gruppo permettono agli apprendisti di acquisire rapidamente energia nei casi in cui sia necessaria all'altezza dell'addome o dell'inguine, e quando hanno bisogno, per esempio, di correre a lungo o arrampicarsi velocemente su rocce e alberi.

6. RACCOGLIERE ENERGIA CON LA PIANTA DEI PIEDI E FARLA SALIRE SU PER L'INTERNO DELLE GAMBE

La pianta del piede destro e quella del sinistro si muovono alternativamente sulla parte interiore della gamba opposta, come se la stessero spazzolando. È importante arcuare leggermente le gambe tenendo le ginocchia piegate (fig. 26).

In questo passo magico (usato per favorire il rilascio della memoria dei movimenti e per facilitare l'acquisizione dei nuovi movimenti), l'energia per l'*intento* viene forzata verso l'alto, lungo la parte interiore delle gambe, considerata dagli sciamani il luogo in cui viene immagazzinata la memoria cinestetica.

7. MUOVERE L'ENERGIA CON LE GINOCCHIA

Il ginocchio della gamba sinistra viene piegato e spostato il più possibile a destra, come se il soggetto volesse sferrare un colpo laterale con il ginocchio stesso, mentre il tronco e le braccia vengono gentilmente girati il più possibile nella direzione opposta (fig. 27). La gamba sinistra viene riportata indietro in posizione eretta. Lo stesso movimento viene eseguito con il ginocchio destro, alternando avanti e indietro.

8. SPINGERE L'ENERGIA MOSSA CON LE GINOCCHIA NEL TRONCO

Questo passo magico è la continuazione energetica del precedente. Il ginocchio sinistro, piegato al massimo, viene spinto il più in alto possibile su per il tronco, che è leggermente chino in avanti. Nel momento in cui il ginocchio è spinto verso l'alto, la punta del piede è rivolta a terra (fig. 28). Lo stesso movimento viene ripetuto con la gamba destra, alternando poi destra e sinistra.

Tenendo la punta del piede rivolta verso terra si ottiene la tensione dei tendini delle caviglie, in modo da muovere i centri più piccoli dove si accumula l'energia. Secondo gli sciamani, questi centri sono forse i più importanti degli arti inferiori, così fondamentali che potrebbero risvegliare il resto dei centri minori grazie all'esecuzione di questo passo magico, che viene eseguito insieme al precedente per proiettare l'energia per l'*intento* raccolta con le ginocchia fino ai due centri vitali intorno al fegato e al pancreas.

9. CALCIARE ENERGIA DAVANTI E DIETRO AL CORPO

Un calcio frontale sferrato dalla gamba sinistra viene seguito da un calcio posteriore dato con la destra (figure 29 e 30). Si ripete poi l'operazione al rovescio e il calcio frontale viene quindi dato con la gamba destra, seguito da uno posteriore con la sinistra.

Le braccia rimangono tese ai lati, perché questo passo magico coinvolge solo gli arti inferiori e assicura loro una certa flessibilità. Sferrando sia il calcio anteriore sia quello posteriore occorre alzare il più possibile la gamba e in quest'ultimo caso bisogna chinare leggermente in avanti il tronco per facilitare il movimento (è un modo naturale di assorbire l'energia che viene mossa con gli arti). Questo passo magico viene eseguito per aiutare l'organismo in caso di problemi digestivi dovuti a un cambiamento di dieta e quando si devono percorrere grandi distanze.

10. SOLLEVARE ENERGIA DALLA PIANTA DEI PIEDI

Il ginocchio sinistro è piegato ad angolo acuto e viene sollevato il più possibile verso il tronco, che è chino in avanti e sfiora il ginocchio stesso. Le braccia si abbassano e le mani afferrano come una morsa la pianta del piede (fig. 31). L'ideale sarebbe afferrare la pianta del piede con estrema leggerezza, rilasciandolo subito dopo. Il piede scende poi a terra mentre le braccia e le mani si alzano lungo la gamba e con un gesto carico di potenza che coinvolge le spalle e i muscoli pettorali si posizionano al livello del pancreas e della milza (fig. 32). Gli stessi movimenti vengono eseguiti con il braccio e il piede destro, sollevando le mani all'altezza del fegato e della cistifellea. I gesti si eseguono alternando le due gambe.

Come nel caso del precedente passo magico, chinare il busto in avanti permette all'energia che sale dalla pianta dei piedi di trasferirsi ai due centri di energia vitale che circondano il fegato e il pancreas. Questo passo magico viene usato per aumentare la flessibilità e alleviare i problemi digestivi.

11. ABBATTERE UN MURO DI ENERGIA

Il ginocchio sinistro è piegato ad angolo acuto e il piede viene alzato prima all'altezza dei fianchi e poi si allunga in avanti con la punta curvata verso l'alto, come se il soggetto volesse spingere via un oggetto solido (fig. 33). Non appena il piede sinistro si abbassa, quello destro viene alzato allo stesso modo e il movimento è ripetuto alternando i piedi.

12. OLTREPASSARE UNA BARRIERA DI ENERGIA

La gamba sinistra viene sollevata leggermente come se il soggetto volesse superare un ostacolo che gli sta davanti a guisa di siepe. La gamba compie un cerchio completo muovendosi da sinistra a destra (fig. 34) e, quando il piede viene posato a terra, l'altra gamba si alza a ripetere l'intero movimento.

13. SFERRARE UN CALCIO A UNA PORTA LATERALE

Questo è un colpo sferrato con la pianta del piede. La gamba sinistra è sollevata a circa metà della coscia e il piede spinge alla destra del corpo come se il soggetto volesse colpire un oggetto solido, usando tutta la superficie del piede (fig. 35), che viene poi spostato a sinistra; lo stesso movimento si ripete con la gamba e il piede destro.

14. ROMPERE UNA PEPITA DI ENERGIA

Il piede sinistro viene alzato con la punta rivolta ad angolo acuto verso terra e il ginocchio è proteso in avanti, piegato. Il piede stesso scende poi a terra con un movimento controllato e cade sul terreno come se stesse rompendo una pepita (fig. 36). Quando la punta del piede colpisce, il piede torna alla sua posizione d'origine e lo stesso movimento viene ripetuto con l'altra gamba e l'altro piede.

15. RASCHIARE VIA IL FANGO DELL'ENERGIA

Il piede sinistro viene sollevato alcuni centimetri da terra; tutta la gamba è spinta in avanti e spinta poi bruscamente all'indietro con il piede che sfiora il suolo come se il soggetto volesse raschiare via qualcosa dalla pianta del piede (fig. 37). Il peso del corpo è sostenuto dall'altra gamba e il tronco si china un po' in avanti per impegnare i muscoli dello stomaco mentre il soggetto esegue il passo magico. Quando il piede sinistro torna in posizione iniziale, lo stesso movimento si ripete con il piede e la gamba destra.

Gli sciamani chiamano *passi nella natura* gli ultimi cinque passi magici di questo gruppo: gli apprendisti possono eseguirli mentre camminano, svolgono le loro faccende personali e persino mentre se ne stanno seduti a chiacchierare. La loro funzione è quella di raccogliere energia con i piedi, usandola con le gambe nelle situazioni in cui si richiedono concentrazione e un uso pronto e immediato della memoria.

Secondo gruppo

AGITARE L'ENERGIA PER L'*INTENTO*

I dieci passi magici di questo gruppo sono legati alla stimolazione dell'energia per emanare l'*intento* dalle zone appena sotto il ginocchio, sopra la testa, intorno ai reni, il fegato e il pancreas, il plesso solare e il collo. Ognuno di essi è uno strumento che stimola esclusivamente l'energia legata all'*intento* che si accumula in queste aree. Gli sciamani considerano questi passi magici essenziali alla vita quotidiana, perché per loro l'esistenza è regolata dall'*intento*: si potrebbe dire che li valutano come l'uomo moderno apprezza la sua tazzina di caffè. Il motto del giorno d'oggi "Non riesco a connettere finché non bevo il mio cappuccino" e quello della scorsa generazione "Non sono del tutto sveglio finché non bevo la mia tazza di java" corrispondono a "Non sono pronto a nulla finché non ho eseguito questi passi magici".

Il secondo gruppo di questa serie inizia con l'atto che è stato definito *accendere il corpo*.

16. AGITARE L'ENERGIA CON I PIEDI E LE BRACCIA

Dopo aver *acceso* il corpo, il soggetto assume una postura leggermente china in avanti (fig. 38). Il peso è appoggiato sulla gamba destra, mentre la sinistra compie un cerchio completo, sfiorando il terreno con la punta delle dita, e atterra sull'avampiede, davanti al corpo. In perfetta sincronia con la gamba, il braccio sinistro compie un cerchio, spingendosi sopra la testa. A questo punto c'è una breve pausa della gamba e del braccio (fig. 39), che tracciano poi altri due cerchi in succesisone, arrivando così a un totale di tre (fig. 40). Il ritmo di questo passo magico viene dato contando come segue: uno – breve pausa – uno/uno – pausa brevissima; due – pausa – due/due – pausa brevissima, e via di seguito. Gli stessi movimenti vengono eseguiti con la gamba e il braccio destro.

Questo passo magico stimola con i piedi l'energia sul fondo della palla luminosa e lo proietta con le braccia fino alla zona appena sopra la testa.

17. FAR RUOTARE L'ENERGIA SULLE GHIANDOLE SURRENALI

Gli avambracci sono posti dietro il corpo, sopra la zona dei reni e delle ghiandole surrenali, i gomiti sono piegati a un'angolazione di novanta gradi e le mani sono serrate a pugno, a pochi centimentri di distanza dal corpo che non devono toccare. I pugni si abbassano con un movimento rotatorio, uno sopra l'altro, cominciando con il pugno sinistro che scende, seguito dal destro che scende a sua volta mentre il sinistro risale. Il tronco è leggermente chino in avanti (fig. 41). Il movimento viene poi ripetuto in senso inverso e i pugni ruotano nella direzione opposta mentre il tronco si piega leggermente all'indietro (fig. 42). Piegare il corpo avanti e indietro in questo modo impegna i muscoli degli avambracci e delle spalle.

Questo passo magico viene usato per fornire l'energia dell'*intento* alle ghiandole surrenali e ai reni.

18. AGITARE L'ENERGIA PER LE GHIANDOLE SURRENALI

Il tronco è chino in avanti, con le ginocchia che si protendono oltre la linea della punta dei piedi. Le mani sono appoggiate sulle rotule, con le dita abbandonate sopra. La mano sinistra ruota verso destra, senza alzarsi dalla rotula, in modo che il gomito sporga il più possibile, allineato con il ginocchio sinistro (fig. 43). Al tempo stesso l'avambraccio destro, con la mano ancora posata sulla rotula, si appoggia completamente sulla coscia destra, mentre il ginocchio destro si raddrizza, impegnando il tendine. È importante muovere solo le ginocchia, evitando di far oscillare la parte posteriore delle gambe.

Gli stessi movimenti vengono poi eseguiti con la gamba e il braccio destro (fig. 44).

Questo passo magico viene eseguito per attivare l'energia dell'*intento* intorno ai reni e alle ghiandole surrenali e assicura ai praticanti una notevole resistenza, unita a un senso di coraggio e fiducia in sé.

19. FONDERE L'ENERGIA DI DESTRA E DI SINISTRA

Il soggetto inspira a fondo; una lentissima espirazione inizia mentre l'avambraccio sinistro viene posto davanti alle spalle, con il gomito piegato a un angolo di novanta gradi. Il polso è piegato all'indietro, il più possibile ad angolo retto, con le dita che puntano in avanti e il palmo della mano rivolto verso destra (fig. 45).

Mentre il braccio mantiene questa posizione, il tronco si china di scatto in avanti finché il braccio sinistro teso in avanti non raggiunge il livello delle ginocchia. Il gomito sinistro non deve penzolare verso terra, ma restare invece il più staccato possibile dalle ginocchia. La lenta espirazione prosegue mentre il braccio destro compie un giro completo sopra la testa e la mano destra va a fermarsi a tre o cinque centimetri dalle dita della mano sinistra. Il palmo della mano destra è rivolto verso il corpo e le dita tese indicano il pavimento. La testa è china verso il basso, con il collo ben dritto. L'espirazione finisce e in quella posizione il soggetto respira a fondo. Tutti i muscoli della schiena, delle braccia e delle gambe sono contratti mentre l'aria viene inspirata lentamente e profondamente (fig. 46).

Mentre espira il soggetto si raddrizza e il passo magico completo viene cominciato di nuovo con il braccio destro.

La tensione massima del braccio in avanti permette di creare un'apertura nel vortice energetico del centro dei reni e delle ghiande surrenali; tale apertura consente l'utilizzazione ottimale dell'*energia ridistribuita*. Questo passo magico, essenziale per la *ridistribuzione dell'energia* in quel centro, è il responsabile della vitalità e della gioventù del corpo.

47   48   49

20. PENETRARE IL CORPO CON UN RAGGIO DI ENERGIA

Il braccio sinistro viene appoggiato sull'ombelico e il braccio destro sulla schiena, alla stessa altezza. I polsi sono piegati quasi ad angolo retto, con le dita che indicano il pavimento. Il palmo della mano sinistra è rivolto a destra, e il palmo della destra è rivolto invece a sinistra (fig. 47). Le punte delle dita sono alzate bruscamente per indicare avanti e indietro in una linea retta. Il corpo è teso e le ginocchia sono piegate nell'istante in cui le dita indicano avanti e indietro (fig. 48). Le mani restano per un istante in questa posizione, poi i muscoli si rilassano, le gambe si raddrizzano e le braccia vengono fatte ruotare finché il braccio destro è davanti e il braccio sinistro dietro. Come all'inizio di questo passo magico, le punte delle dita indicano il pavimento e vengono alzate di nuovo di scatto per indicare una linea diritta avanti e indietro, sempre con una leggera espirazione; le ginocchia sono piegate.

Grazie a questo passo magico si crea al centro del corpo una linea che separa l'energia di destra da quella di sinistra.

21. AVVOLGERE L'ENERGIA INTORNO A DUE CENTRI VITALI

È una buona idea iniziare tenendo le mani una di fronte all'altra, in modo da mantenerle allineate, con le dita curve ad artiglio, come se il soggetto volesse afferrare con ognuna di esse il coperchio di un barattolo grande quanto la mano stessa. La mano destra viene poi piazzata sopra la zona del pancreas e della milza, davanti al corpo. La mano sinistra è posta dietro il corpo, sopra la zona del rene sinistro e delle ghiandole surrenali, sempre con il palmo rivolto verso il corpo. Entrambi i polsi sono piegati all'indietro ad angolo retto mentre il tronco gira il più possibile verso sinistra, tenendo ferme le ginocchia. Entrambe le mani ruotano poi all'unisono in un movimento circolare, come se il soggetto volesse svitare il coperchio di due barattoli, uno sul pancreas e sulla cistifellea, l'altro sul rene sinistro (fig. 49).

Lo stesso movimento viene eseguito in ordine inverso, mettendo la mano sinistra davanti, all'altezza del fegato e della cistifellea, e il braccio destro dietro, all'altezza del rene destro.

Con l'aiuto di questo passo magico l'energia viene attivata sui tre punti vitali più importanti: il fegato e la cistifellea, il pancreas e la milza, i reni e le ghiandole surrenali. È un passo magico indispensabile per coloro che devono stare in guardia; facilita una costante consapevolezza e aumenta la sensibilità del praticante nei confronti dell'ambiente che lo circonda.

22. IL MEZZO CERCHIO DI ENERGIA

Un mezzo cerchio viene disegnato con la mano sinistra, partendo da un punto davanti alla faccia. La mano si muove lentamente verso destra fino a raggiungere l'altezza della spalla destra (fig. 50). A questo punto la mano gira e traccia il bordo interno di un semicerchio vicino al lato sinistro del corpo (fig. 51). La mano gira ancora all'indietro (fig. 52), traccia il bordo esterno del semicerchio (fig. 53) e torna poi nella sua posizione iniziale. Il semicerchio completo va dal livello degli occhi, sul davanti, a quello sotto il sedere, sulla parte posteriore del corpo. È importamte seguire il movimento della mano con gli occhi.

Appena il semicerchio tracciato con il braccio sinistro è completo, il soggetto ne disegna un altro con il braccio destro, circondando così il corpo con due semicerchi che vengono tracciati per stimolare l'energia e facilitarne il passaggio da sopra la testa alla zona delle ghiandole surrenali. Questo passo magico è uno strumento che permette di acquisire una sobrietà intensa e prolungata.

23. STIMOLARE L'ENERGIA INTORNO AL COLLO

La mano sinistra, con il palmo rivolto verso l'alto, e la mano destra, con il palmo rivolto verso il basso, sono poste davanti al corpo, all'altezza del plesso solare. La mano destra è sopra la sinistra e quasi la sfiora. I gomiti sono piegati ad angolo retto. Il soggetto trae un respiro profondo e alza leggemente le braccia mentre il tronco gira il più possibile verso sinistra senza muovere le gambe, soprattutto le ginocchia che sono leggermente piegate per evitare di imporre una inutile tensione ai tendini. La testa è allineata con il tronco e le spalle. Il soggetto inizia a espirare mentre i gomiti vengono scostati con gentilezza, tenendoli alla massima distanza possibile tra loro, e i polsi rimangono tesi (fig. 54). A questo punto il soggetto inspira, inizia poi a espirare quando la testa si gira gentilmente all'indietro per trovarsi di fronte il gomito sinistro e ruota poi di nuovo per trovarsi davanti il gomito destro. La rotazione avanti e indietro della testa viene ripetuta altre due volte mentre finisce l'espirazione.

Il tronco è girato in avanti, e le mani invertono la loro posizione. La mano destra è rivolta verso l'alto mentre la sinistra è girata in basso, proprio sopra la destra. Il soggetto inspira di nuovo. Il tronco viene poi girato a destra, e gli stessi movimenti sono ripetuti a destra.

Gli sciamani credono che un tipo speciale di energia per l'*intento* venga dispersa dal *centro per le decisioni,* situato nell'incavo a forma di V alla base del collo, e che tale energia si raccolga esclusivamente con questo passo magico.

24. IMPASTARE L'ENERGIA CON UNA SPINTA DELLE SCAPOLE

Entrambe le braccia sono poste davanti al viso, all'altezza degli occhi, con i gomiti piegati in modo che le braccia abbiano l'aspetto di un arco (fig. 55). Il tronco è leggermente chino in avanti, per consentire alle scapole di espandersi lateralmente. Il movimento inizia spingendo il braccio sinistro in avanti, restando sempre arcuato e teso (fig. 56). Segue poi il braccio destro e le braccia si muovono alternativamente: è molto importante che restino sempre tese. I palmi delle mani sono rivolti verso l'esterno e le punte delle dita si fronteggiano. La forza che muove le braccia viene creata dal movimento profondo delle scapole e dalla tensione dei muscoli dello stomaco.

Gli sciamani credono che l'energia dei gangli che circondano le scapole rimanga facilmente bloccata e diventi quindi stagnante, provocando il degrado del *centro delle decisioni,* situato nell'incavo a forma di V alla base del collo. Questo passo magico è utilizzato proprio per attivare tale energia.

25. AGITARE E SCHIACCIARE L'ENERGIA SOPRA LA TESTA

Il braccio sinistro si muove, rilassato, tracciando due cerchi e mezzo sopra e intorno alla testa (fig. 57). Questi cerchi vengono poi schiacciati con il bordo esterno dell'avambraccio e della mano, che si abbassa con forza ma lentamente (fig. 58). L'impatto è assorbito dai muscoli dello stomaco, che in quel momento vengono tesi. I muscoli del braccio sono tesi per evitare ferite ai tendini che potrebbero verificarsi se i muscoli del braccio fossero rilassati o se il braccio venisse mosso di scatto. Il braccio colpisce in avanti mentre il soggetto espira con estrema lentezza. Lo stesso movimento viene poi ripetuto con la mano destra.

L'energia attivata e schiacciata in questo modo scivola giù per tutto il corpo. I praticanti troppo stanchi che non hanno la possibilità di andare a dormire eseguono questo passo e, oltre a eliminare la sonnolenza, provano subito un forte senso di allerta, anche se temporanea.

Terzo gruppo

RACCOGLIERE L'ENERGIA PER L'*INTENTO*

I nove passi magici del terzo gruppo vengono utilizzati per portare ai tre centri vitali che circondano il fegato, il pancreas e i reni l'energia specializzata che è stata stimolata dai passi magici del gruppo precedente e devono essere eseguiti lentamente e con intensa deliberazione. Gli sciamani raccomandano di eseguire questi passi mantenendo uno stato d'animo di totale silenzio e di *intento* incrollabile in modo da raccogliere l'energia necessaria per *intendere*.

Tutti i passi magici del terzo gruppo iniziano agitando velocemente le mani, che sono poste ai lati del corpo, con le braccia in posizione normale. Le mani si agitano come se le dita stessero vibrando verso il basso, colte da un tremito. Si pensava che una vibrazione del genere servisse a stimolare l'energia che circonda le anche e stimolasse inoltre i centri di energia dove l'energia rischia di stagnare, cioè sul dorso delle mani e dei polsi.

L'effetto generale dei primi tre passi di questo gruppo è di grande vitalità e benessere, dato che l'energia viene condotta ai tre centri vitali più importanti nella parte inferiore del corpo.

26. RAGGIUNGERE L'ENERGIA AGITATA SOTTO LE GINOCCHIA

Il soggetto compie un saltello sulla gamba sinistra, che riceve la spinta dalla gamba destra. Il tronco è piegato in avanti e il braccio sinistro è allungato per afferrare qualcosa che si trova quasi all'altezza del pavimento (fig. 59). La gamba sinistra viene poi riportata in posizione eretta, e il palmo della mano sinistra sfiora subito il centro vitale di energia sulla destra, cioè fegato e cistifellea.

Lo stesso movimento viene ripetuto con la gamba e il braccio destro, sfiorando con il palmo della mano il centro vitale a sinistra, cioè pancreas e milza.

27. CONVOGLIARE L'ENERGIA ANTERIORE ALLE GHIANDOLE SURRENALI

Il soggetto inspira a fondo mentre le mani tremano con forza, poi il braccio sinistro si allunga di scatto in avanti all'altezza delle spalle con il palmo delle mani rivolto a sinistra, mentre tutta l'aria viene bruscamente espirata (fig. 60). Inizia poi una inspirazione molto lenta mentre il polso gira da sinistra a destra, tracciando un cerchio completo, come se il soggetto volesse raccogliere una palla di materia solida (fig. 61). L'inalazione continua poi mentre il polso ruota in senso inverso per tornare alla posizione di partenza, con il palmo rivolto a sinistra. Il braccio sinistro traccia poi un semicerchio, come se avesse in mano la palla, restando al livello delle spalle; questo movimento termina quando il dorso del polso piegato arriva sul rene sinistro. È importante che la lunga inspirazione duri almeno per tutta l'oscillazione del braccio, avanti e indietro. Mentre il soggetto esegue questo movimento oscillatorio, il braccio destro compie un movimento circolare verso la parte anteriore del corpo, che finisce quando il dorso del polso piegato tocca l'area sovrastante il pube. La testa gira indietro a sinistra (fig. 62). La mano sinistra, che sta tenendo la palla, si porta davanti e schiaccia la palla stessa contro il rene sinistro e le ghiandole surrenali. Il palmo della mano viene poi sfregato gentilmente su quella zona mentre il soggetto compie una espirazione.

Lo stesso movimento si esegue scambiando le braccia e girando la testa a destra.

28. RACCOGLIERE ENERGIA DA SINISTRA E DESTRA

Le braccia si muovono ai lati del corpo e si alzano poi con le mani arcuate all'interno verso il corpo, sfiorando il torso per arrivare alle ascelle, mentre il soggetto inspira a fondo (fig. 63). Le braccia vengono poi estese di lato, con i palmi abbassati e l'aria viene espirata con forza. In seguito il soggetto inspira a fondo mentre le mani, tenute a coppa, ruotano finché i palmi sono rivolti verso l'alto, come se stessero raccogliendo qualcosa di solido (fig. 64). Le mani vengono poi riportate all'altezza delle spalle piegando i gomiti ad angolo retto mentre l'inspirazione continua (fig. 65). Questo movimento impegna le scapole e i muscoli del collo. Dopo aver tenuto questa posizione per un minuto, le braccia vengono estese ancora di lato con una brusca espirazione. I palmi delle mani tenute a coppa sono rivolti uno contro l'altro e ruotano poi all'indietro, anche in questo caso come se stessero sollevando una sostanza solida. Le mani vengono riportate come prima al livello delle spalle. Questi movimenti vengono ripetuti di nuovo, per giungere a un totale di tre volte. A questo punto, durante l'espirazione i palmi sfiorano leggermente i due centri vitali intorno al fegato e al pancreas.

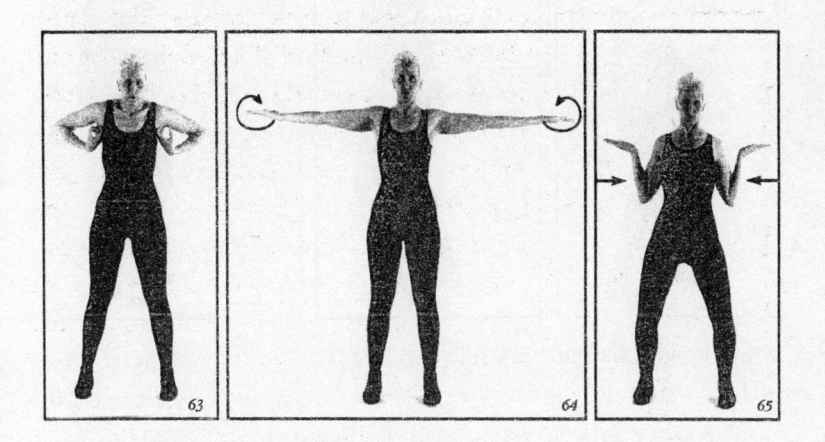

63

64

65

29. SCHIACCIARE IL CERCHIO DI ENERGIA

Il soggetto traccia una cerchio portando il braccio sinistro alla spalla destra (fig. 66), facendolo poi passare davanti al corpo per arrivare dietro (fig. 67) e riportandolo davanti alla faccia (fig. 68). Questo movimento del braccio sinistro è coordinato con lo stesso movimento ripetuto dal braccio destro. Entrambe le braccia si muovono alternativamente, creando un cerchio inclinato tutt'intorno al corpo. Il soggetto fa un passo indietro a sinistra con il piede destro, seguito da un passo verso destra con il piede sinistro, in modo da girare nella direzione opposta.

Il braccio sinistro viene arcuato intorno al lato sinistro del cerchio, come se il cerchio fosse un oggetto solido che il braccio sinistro preme contro l'ascella e la zona del petto. Il braccio destro esegue poi lo stesso movimento sul lato destro, trattando il cerchio come se fosse un oggetto solido (fig. 69). Il soggetto trae un respiro profondo e il cerchio viene schiacciato su entrambi i lati irrigidendo tutto il corpo, soprattutto le braccia, che vengono unite sopra il petto. I palmi scivolano poi gentilmente sui rispettivi centri vitali sulla parte anteriore del corpo mentre l'aria viene espirata.

Gli scopi di questo passo sono piuttosto esoterici perché sono legati alla chiarezza dell'*intento* necessario a prendere le decisioni. Questo passo magico viene usato per ridistribuire l'energia delle decisioni accumulata intorno al collo.

30. RACCOGLIERE L'ENERGIA DALLA PARTE ANTERIORE DEL CORPO, PROPRIO SOPRA LA TESTA

Il soggetto inspira a fondo, agitando le mani. Entrambe le braccia vengono portate all'altezza della faccia, con i pugni serrati, e sono incrociate a X, con il braccio sinistro più vicino alla faccia; i palmi sono rivolti verso il viso. Le braccia sono poi allungate in avanti di alcuni centimetri mentre i polsi ruotano finché i palmi sono rivolti verso il basso (fig. 70). Partendo da questa posizione, la spalla e la scapola sinistra vengono spinte in avanti, nell'attimo stesso in cui il soggetto inizia a espirare. La spalla sinistra viene riportata indietro mentre quella destra è spinta in avanti. Le braccia incrociate vengono poi sollevate sopra la testa e l'espirazione finisce.

Il soggetto inspira in maniera lenta e profonda mentre le braccia incrociate eseguono un cerchio completo muovendosi verso

destra intorno alla parte anteriore del corpo, quasi al livello delle ginocchia, poi a sinistra, e tornano infine alla loro posizione iniziale, proprio sopra la testa (fig. 71). Le braccia si separano con forza mentre il soggetto inizia l'espirazione (fig. 72). Da questo punto in poi le braccia vanno il più possibile all'indietro, mentre l'espirazione continua, tracciando un cerchio che viene completato quando i pugni arrivano sul davanti, al livello degli occhi, con i palmi rivolti verso la faccia (fig. 73). Le braccia sono poi incrociate di nuovo; i polsi ruotano mentre le mani si aprono e vengono appoggiate sul corpo, la mano destra sulla zona del pan-

creas e della milza, la sinistra sulla zona del fegato e della cistifellea. Il corpo si piega all'altezza della vita, a novanta gradi, mentre l'espirazione termina (fig. 74).

Lo scopo di questo passo è duplice: per prima cosa stimola l'energia che circonda le scapole e la trasferisce in un punto sopra la testa e da qui la fa circolare in un ampio cerchio che tocca i bordi della sfera luminosa. Inoltre, mescola l'energia della sinistra e della destra ponendola sui due centri vitali intorno al pancreas e al fegato, appoggiando le mani sui centri opposti.

Mescolare così l'energia fornisce una carica di grande intensità ai rispettivi centri vitali. Grazie all'esercizio i praticanti acquistano una maggiore capacità, la carica diventa più forte e acquisisce la qualità di un filtro di energia: questa spiegazione risulta incomprensibile fino a quando non si esegue il passo. La sensazione che provoca può essere paragonata all'inspirazione di aria mentolata.

31. AGITARE E AFFERRARE L'ENERGIA DA SOTTO LE GINOCCHIA E SOPRA LA TESTA

Il soggetto inspira mentre agita le mani che vengono poi portate all'altezza della cintola, restando ai lati del corpo, rilassate. Le ginocchia sono piegate mentre la mano sinistra viene spinta verso il basso con il polso girato in modo che il palmo sia rivolto verso l'esterno, lontano dal corpo, come se si immergesse in un secchio pieno di liquido. Questo movimento viene eseguito nello stesso momento in cui la mano destra si alza di scatto sopra la testa con forza altrettanto intensa; anche il polso destro viene girato in modo che il palmo sia rivolto verso l'esterno, staccato dal corpo (fig. 75). Il soggetto inizia una lenta espirazione quando entrambe le braccia raggiungono la massima estensione. I polsi tornano con grande forza alla loro posizione di partenza nello stesso istante in cui le mani si serrano a pugno, come se volessero afferrare qualcosa di solido. Tenendo i pugni serrati, l'espirazione continua mentre il braccio destro viene abbassato e il sinistro è alzato all'altezza della cintola, lentamente e con grande forza, come se stesse avanzando in un liquido molto denso (fig. 76). Il soggetto massaggia poi dolcemente le zone del fegato e della cistifellea, del pancreas e della milza con il palmo delle mani. Le ginocchia vengono raddrizzate nell'istante in cui termina l'espirazione (fig. 77).

Lo stesso movimento viene eseguito scambiando le braccia: il braccio destro spinge verso il basso mentre il sinistro spinge in alto.

L'energia per l'*intento* che in questo passo magico viene estratta da sotto le ginocchia e da sopra la testa può essere trasferita anche sulle zone che circondano entrambi i reni.

32. MESCOLARE L'ENERGIA DELLA SINISTRA E DELLA DESTRA

Il soggetto inspira mentre agita le mani. Il braccio sinistro si allunga diagonalmente per arrivare nel punto più lontano sulla testa, a destra, perfettamente in linea con la spalla destra e in quel preciso istante inizia l'espirazione (fig. 78). Le mani si muovono come per afferrare una manciata di una sostanza solida che tirano con violenza e portano in un punto sopra la testa, in linea con la spalla sinistra; in quel momento termina l'espirazione. La mano rimane serrata e il soggetto inspira mentre il braccio sinistro oscilla all'indietro in un cerchio completo (fig. 79) che termina quando il pugno arriva all'altezza degli occhi. Il pugno viene poi abbassato con un'espirazione fino al centro vitale che circonda il pancreas, lentamente ma con grande forza, e il palmo massaggia dolcemente questa zona (fig. 80).

Lo stesso movimento viene ripetuto con il braccio destro, che invece di procedere in senso antiorario gira in avanti.

Gli sciamani credono che l'energia dei due lati del corpo sia diversa: quella di sinistra è ritenuta ondulare, quella di destra invece circolare. Questo passo magico viene usato per applicare l'energia circolare a sinistra e quella ondulare a destra, in modo da rafforzare i centri di vitalità intorno al fegato e al pancreas grazie all'immissione di un'energia leggermente diversa.

33. AFFERRARE L'ENERGIA SOPRA LA TESTA PER I DUE CENTRI VITALI

Partendo dall'altezza dell'orecchio, il braccio sinistro traccia due cerchi in avanti (fig. 81) e si estende poi sopra la testa come se volesse afferrare qualcosa (fig. 82). Mentre esegue questo movimento, il soggetto trae un respiro profondo che termina nell'attimo stesso in cui la mano si alza verso l'alto come se volesse afferrare qualcosa posto sopra la testa. Don Juan raccomandava sempre di scegliere con gli occhi, lanciando uno sguardo veloce verso l'alto, l'obiettivo che la mano doveva afferrare. Qualunque cosa

81 *82* *83*

venga scelta e afferrata viene poi abbassata con forza e appoggiata sul centro vitale che circonda il pancreas e la milza. A questo punto l'aria viene espulsa. Lo stesso movimento viene poi ripetuto con il braccio destro e l'energia è posta sul centro vitale che circonda il fegato e la cistifellea.

Gli sciamani ritengono che l'energia dell'*intento* tenda a gravitare verso il basso e che un aspetto più rarefatto di questa stessa energia rimanga nella zona sopra la testa, grazie a questo passo magico.

34. ALLUNGARSI PER L'ENERGIA SOPRA LA TESTA

Il braccio sinistro si tende il più possibile verso l'alto, con la mano aperta come se volesse afferrare qualcosa. Nello stesso istante il corpo viene spinto verso l'alto dalla gamba destra. Quando il salto raggiunge la massima estensione, la mano ruota verso l'interno, creando una sorta di gancio con l'avambraccio (fig. 83) e, lentamente e con forza, raccolga qualcosa verso il basso. La mano sinistra massaggia subito la zona intorno al centro vitale del pancreas e della milza.

Questo movimento viene eseguito con il braccio destro nello stesso modo in cui viene fatto dal sinistro. La mano destra sfiora subito il centro vitale intorno al fegato e alla cistifellea.

Gli stregoni credono che l'energia immagazzinata intorno al bordo della sfera luminosa, che è ciascun essere umano, possa essere stimolata e raccolta saltando con forza verso l'alto. Questo passo magico viene usato per aiutare a risolvere i problemi causati dall'incapacità di concentrarsi a lungo su un determinato compito.

Quarto gruppo

INSPIRARE L'ENERGIA DELL'*INTENTO*

I tre passi magici di questo gruppo servono ad agitare, raccogliere e trasferire l'energia per l'*intento* da tre centri – intorno ai piedi, sulle anche e appena sotto le rotule – e posizionarla sui centri vitali intorno a reni, fegato, pancreas, utero e organi genitali. Poiché sono accompagnati da una particolare respirazione, si ricorda ai praticanti che inspirazioni ed espirazioni devono essere lente e profonde e che deve esserci un *intento* chiaro e cristallino da parte del praticante legato al fatto che le ghiandole surrenali devono ricevere una carica immediata non appena avvengono le inspirazioni.

35. TRASCINARE L'ENERGIA DALLE ROTULE SU PER LA PARTE ANTERIORE DELLE COSCE

Il soggetto inspira a fondo tenendo le braccia tese lungo i fianchi e agitando le mani in un tremore costante, come se stesse agitando una sostanza gassosa. L'espirazione inizia quando le mani vengono alzate all'altezza della cintola e i palmi delle mani scendono di scatto all'unisono, ai lati del corpo, con grande forza (fig. 84). Le braccia sono leggermente piegate in modo che i palmi delle mani siano a pochi centimetri dallo stomaco. Le mani devono essere staccate, a una distanza di otto o dieci centimetri tra loro, e tenute a un angolo di novanta gradi rispetto all'avambraccio, con le dita tese in avanti. Lentamente e senza toccarsi, le mani tracciano davanti al corpo un cerchio muovendosi verso il corpo stesso; i muscoli di braccia, stomaco e gambe sono contratti (fig. 85).

Un secondo cerchio viene tracciato nello stesso modo mentre l'aria viene completamente espulsa attraverso i denti serrati. Il soggetto inspira di nuovo a fondo e l'aria viene espirata lentamente mentre altri tre cerchi vengono tracciati allo stesso modo davanti al corpo. Le mani vengono piazzate davanti alle anche e scivolano poi giù per le cosce sfiorandole con i palmi e tenendo le dita leggermente sollevate, arrivando così fino alle rotule. L'aria viene poi espulsa del tutto. Il soggetto inspira a fondo per la terza volta mentre con la punta delle dita preme il punto inferiore delle rotule stesse. Il capo è chino, allineato con la spina dorsale (fig. 86). Le ginocchia piegate vengono poi raddrizzate e le mani, con le dita ad artiglio, sono trascinate su per le cosce fino alle anche, e l'aria viene lentamente espulsa. Alla fine dell'espirazione le mani accarezzano i rispettivi punti vitali intorno al pancreas e al fegato.

36. TRASCINARE L'ENERGIA DAI LATI DELLE GAMBE

Il soggetto inspira a fondo tenendo le braccia tese lungo i fianchi e agitando le mani, scosse da un tremito continuo. Le mani scendono poi di scatto come nel passo magico precedente. A questo punto il soggetto espira mentre le mani tracciano ai lati del corpo due piccoli cerchi rivolti verso l'esterno. I muscoli di braccia, stomaco e gambe vengono tesi al massimo. I gomiti sono tesi e leggermente piegati (fig. 87).

Dopo che i due cerchi sono stati tracciati, tutta l'aria è espulsa e il soggetto inspira a fondo, tracciando altri tre cerchi verso l'esterno mentre l'aria viene espulsa con estrema lentezza. Le mani vengono poi portate all'altezza delle anche. Le dita sono leggermente sollevate mentre i palmi delle mani scendono massaggiando giù lungo i lati delle gambe finché le dita raggiungono il malleo-

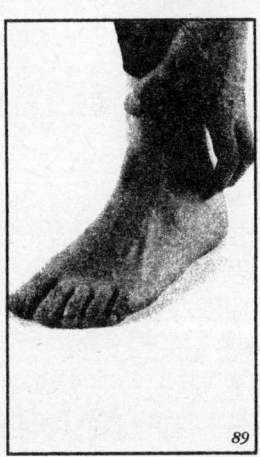

lo all'esterno di ogni caviglia. Il capo è chino, allineato con il corpo (fig. 88). A questo punto termina l'espirazione, e il soggetto inspira a fondo mentre preme con l'indice e il medio il punto più basso dei malleoli (fig. 89). Mentre le mani con le dita ad artiglio vengono trascinate su per i lati delle gambe fino alle anche il soggetto inizia una lenta espirazione, che viene completata mentre i palmi sono sfregati contro i due rispettivi centri di vitalità.

37. TRASCINARE L'ENERGIA DALLA PARTE ANTERIORE DELLE GAMBE

Anche in questo caso il soggetto inspira a fondo tenendo le braccia tese lungo i fianchi e agitando le mani, scosse da un tremito continuo. Entrambe le braccia disegnano un cerchio ai lati del corpo, muovendosi verso la parte posteriore del corpo e passando sopra la testa (fig. 90) per colpire con forza davanti al corpo con i palmi rivolti verso il basso e le dita che puntano in avanti. Il soggetto espira lentamente, mentre le mani, cominciando con la sinistra, si muovono tre volte avanti e indietro in successione alternata, come se scivolassero su una superficie liscia. L'espirazione termina quando i palmi di entrambe le mani toccano la cassa toracica (fig. 91). A questo punto il soggetto inspira a fondo. La mano sinistra si muove scivolando verso sinistra seguita dalla destra che scivola verso destra: questa sequenza viene ripetuta tre volte in successione alternata, e termina con la punta dei palmi delle mani contro la gabbia toracica, i pollici che quasi si toccano (fig. 92). Entrambe le mani scivolano poi giù per la parte anteriore delle gambe fino a raggiungere i tendini sulla parte anteriore delle caviglie (fig. 93). Terminata l'espirazione, il soggetto inspira a fondo mentre il tendine entra in tensione sollevando l'alluce finché il tendine stesso non sembra fuoriuscire; l'indice e il medio di ciascuna mano fanno vibrare i tendini premendoci sopra (fig. 94). Con le dita ad artiglio, le mani vengono trascinate su per la parte anteriore della gamba fino alle anche mentre il soggetto inizia una lenta espirazione. I palmi sfregano leggermente i centri di vitalità mentre l'espirazione termina.

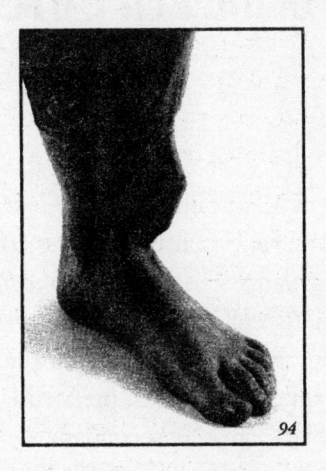

94

SECONDA SERIE

LA SERIE PER L'UTERO

Secondo don Juan Matus, uno degli interessi più specifici degli sciamani che vivevano nell'antico Messico era rappresentato da ciò che essi chiamavano *la liberazione dell'utero*. Mi spiegò che essa implicava il risveglio delle funzioni secondarie di tale organo e che, poiché in circostanze normali la sua funzione primaria è la riproduzione, quegli stregoni si preoccupavano solo di quella che ritenevano la sua funzione secondaria: l'evoluzione. Nel caso dell'utero si trattava del risveglio e dello sfruttamento totale della sua capacità di elaborare la conoscenza diretta, cioè la possibilità di comprendere i dati sensoriali e interpretarli direttamente, senza l'intervento dei processi di interpretazione a noi più familiari.

Per gli sciamani l'istante in cui i praticanti si trasformano da esseri che sono socializzati per riprodursi in individui capaci di evolversi è il momento in cui essi diventano consapevoli di *vedere* l'energia che fluisce nell'universo. Gli stregoni ritengono che le donne siano in grado di *vedere* l'energia con maggiore prontezza rispetto agli uomini proprio a causa dell'utero. In condizioni normali, nonostante possiedano tale capacità, per uomini e donne è quasi impossibile diventare deliberatamente consapevoli del fatto che *possono* vedere direttamente l'energia. Gli sciamani considerano la ragione di tale incapacità come una sorta di burla: nessuno spiega agli esseri umani che per loro è del tutto naturale *vedere* direttamente l'energia.

Gli sciamani dichiarano che, poiché possiedono l'utero, le donne sono così versatili e individualistiche nella loro capacità di *vedere* direttamente l'energia che questo risultato viene dato per scontato, mentre invece dovrebbe essere considerato un vero e proprio trionfo per lo spirito umano. Le donne non sono mai consapevoli della loro abilità; sotto questo punto di vista, gli uomini sono più esperti: poiché a loro risulta più difficile *vedere* direttamente l'energia, quando ottengono questo risultato non lo danno per scontato. Furono quindi gli stregoni di sesso maschile a stabilire i parametri per la percezione diretta dell'energia e furono sempre loro a cercare di descrivere il fenomeno.

"Il fatto che noi siamo *percettori* è la premessa fondamentale della stregoneria, scoperta dagli sciamani del mio lignaggio che vivevano nell'antico Messico", mi confidò un giorno don Juan. "L'intero corpo umano è uno strumento di percezione; la supremazia della vista attribuisce agli occhi la responsabilità della percezione, ma tale concetto, sempre secondo gli sciamani, è semplicemente il retaggio di uno stato puramente predatorio."

"Lo sforzo degli antichi stregoni, durato fino ai nostri giorni, era indirizzato in modo da posizionare se stessi al di là del regno dell'occhio del predatore. Essi concepivano l'occhio del predatore come l'organo della vista per eccellenza; il suo regno è quello della pura percezione e non è orientato visivamente."

In un'altra occasione don Juan mi disse che era un oggetto di contesa per gli stregoni dell'antico Messico il fatto che le donne, la cui struttura organica (l'utero) potrebbe facilitare la loro entrata nel regno della percezione pura, non hanno alcun interesse a farne uso. Gli sciamani consideravano un aspetto paradossale delle donne il fatto di avere a disposizione un potere infinito e di non desiderare di potervi accedere. Don Juan era certo che questa mancanza di desiderio di agire non fosse naturale, e che le donne l'avessero quindi appresa.

Lo scopo dei passi magici per l'utero consiste nel dare alle praticanti di Tensegrità un sentore, qualcosa di più di una sollecitazione intellettuale, della possibilità di cancellare l'effetto di questa socializzazione nociva che rende le donne indifferenti. Don Juan Matus raccomandava alle sue discepole di procedere con estrema cautela alla realizzazione di questi passi magici che risvegliano le funzioni secondarie dell'utero e delle ovaie, cioè l'apprendimento dei dati sensoriali e la loro interpretazione.

Don Juan definiva l'utero *la scatola percettiva*. Al pari degli altri stregoni del suo lignaggio era convinto che allontanandoli dal ciclo produttivo, utero e ovaie possono essere strumenti di percezione, diventando così l'epicentro dell'evoluzione. Il primo passo di tale evoluzione è l'accettazione della premessa che gli esseri umani sono percettori, e non fu un'esagerazione da parte sua insistere che ciò avvenisse prima di qualunque altra cosa.

"Sappiamo già di essere percettori: che altro potremmo fare?" protestavo ogni volta che lui ribadiva tale concetto.

"Prova a pensarci", ribatteva immancabilmente lui. "La percezione svolge un ruolo di secondo piano nella nostra esistenza, eppure noi non siamo altro che percettori. Gli esseri umani afferrano l'energia e la trasformano in dati sensoriali che interpretano poi nella vita di tutti i giorni. E questa interpretazione è ciò che noi chiamiamo *percezione*."

"Come ben sai, gli stregoni dell'antico Messico erano convinti che l'interpretazione avvenisse in un punto preciso di intensa luminosità, il *punto di unione,* che essi scoprirono quando *videro* il corpo umano come un conglomerato di campi di energia che assomigliava a una sfera luminosa. Le donne hanno il vantaggio di possedere la capacità di trasferire la funzione dell'interpretazione dal *punto di unione* all'utero. Il risultato di questo trasferimento è qualcosa di cui non si può parlare, non perché sia proibito ma semplicemente perché è indescrivibile."

"In realtà l'utero", continuò don Juan, "si trova in uno stato di agitazione caotica, proprio a causa di questa capacità nascosta che esiste ed è in remissione dal momento della nascita a quello della morte e non viene mai utilizzata. Questa funzione dell'interpretazione non cessa mai di agire e al tempo stesso non è mai stata portata al livello della piena consapevolezza."

Don Juan era convinto che grazie ai loro passi magici gli sciamani dell'antico Messico avessero elevato al livello della coscienza la capacità interpretativa dell'utero delle loro discepole, così facendo avevano creato in loro un cambiamento evolutivo: ciò significa che avevano trasformato l'utero da organo di riproduzione a strumento di evoluzione.

Nel mondo moderno l'evoluzione è definita come la capacità di varie specie di modificarsi attraverso il processo di selezione naturale o la trasmissione di tratti, finché possano riprodurre con successo nella loro progenie i cambiamenti instaurati in se stessi.

La teoria evolutiva che è perdurata fino ai nostri giorni, sin da quando venne formulata più di un secolo fa, dice che l'origine e il perpetuarsi di una nuova specie di animali o piante ha origine dal processo di selezione naturale che favorisce la sopravvivenza degli individui le cui caratteristiche li rendono più adatti al loro ambiente e che l'evoluzione viene causata dall'azione reciproca di tre principi: l'ereditarietà, cioè la forza conservatrice che trasmette forme organiche simili da una generazione all'altra; le variazioni, cioè le differenze presenti in tutte le forme di vita; la lotta per l'esistenza che determina quali variazioni conferiscono vantaggi in un determinato ambiente. Quest'ultimo principio diede origine all'espressione tutt'ora in uso: "la sopravvivenza del più forte".

In quanto teoria l'evoluzione presenta enormi punti deboli e lascia spazio a eventuali dubbi. È un processo dal finale aperto per il quale gli scienziati hanno creato schemi di classificazione, creando tassonomie a piacere. Poiché è una teoria piena di buchi, ciò che sappiamo dell'evoluzione non ci spiega che cos'è l'evoluzione.

Don Juan Matus credeva che l'evoluzione fosse il risultato dell'*intento* a un livello molto profondo. Nel caso degli stregoni, questo livello profondo era caratterizzato da quello che lui chiamava *silenzio interiore*.

"Per esempio, gli sciamani erano convinti che i dinosauri volavano perché *intendevano* volare", mi raccontò un giorno, cercando di spiegarmi questo fenomeno. "È difficile capire, e ancora meno accettare, l'idea che le ali siano semplicemente una soluzione che permette di volare: in questo caso rappresentano la soluzione dei dinosauri, che non è l'unica possibile. È però la sola disponibile per imitazione: i nostri aerei volano con le ali imitando i dinosauri, forse perché non c'è più stato l'*intento* di volare sin dall'epoca di quegli animali. Forse le ali sono state usate perché rappresentavano la soluzione più semplice."

Don Juan era del parere che se noi dovessimo *intenderlo* adesso, non potremmo sapere quali altre opzioni per volare abbiamo a disposizione oltre alle ali. Egli insisteva che poiché l'*intento* è infinito, non esiste un modo logico in cui la mente, seguendo i processi di deduzione o induzione, potrebbe calcolare o determinare le possibili opportunità di volare.

I passi magici della Serie dell'Utero sono estremamente potenti e dovrebbero essere praticati con parsimonia. Nell'antichità agli uomini non era concesso eseguirli; in tempi più recenti tra gli stregoni si è riscontrata la tendenza a rendere più generici questi passi magici e si è quindi verificata la possibilità che potessero essere utili agli uomini. Tale possibilità è molto tenue e va affrontata con molta attenzione, concentrazione e determinazione.

Poiché i passi magici hanno un effetto molto potente, i praticanti di Tensegrità che li insegnano hanno deciso di eseguirli sfiorando appena l'energia che producono sull'area dei genitali. Questo accorgimento si è dimostrato più che sufficiente a fornire una spinta benefica senza effetti profondi o deleteri.

Don Juan spiegò che a un certo punto gli stregoni del suo lignaggio permisero ai praticanti di eseguire questi passi magici perché esisteva la possibilità che l'energia da essi prodotta risvegliasse la funzione secondaria degli organi sessuali maschili. Aggiunse che gli sciamani ritenevano che la funzione secondaria degli organi sessuali maschili non fosse simile a quella dell'utero: l'interpretazione dei dati sensoriali non può avvenire perché gli organi sessuali maschili sono sospesi all'esterno del corpo. A causa di questa particolare circostanza, gli stregoni giunsero alla conclusione che la funzione secondaria degli organi maschili era qualcosa che definirono *supporto evolutivo,* una sorta di molla che catapulta gli uomini a eseguire imprese straordinarie di ciò che gli sciamani dell'antico Messico chiamavano *intento deciso,* o scopo lucido e concentrazione.

La Serie per l'Utero si divide in quattro sezioni che corrispondono alle tre discepole di don Juan Matus: Taisha Abelar, Florinda Donner-Grau e Carol Tiggs, e all'Esploratore Blu, che è nato nel mondo di don Juan. La prima parte è composta da tre passi magici che appartengono a Taisha Abelar; la seconda da un passo magico direttamente legato a Florinda Donner-Grau; il terzo consiste di tre passi magici che riguardano esclusivamente Carol Tiggs, e il quarto invece di cinque passi magici che si riferiscono all'Esploratore Blu. I passi magici di ciascuna sezione sono pertinenti a un tipo di individuo specifico. Tensegrità ha fatto in modo che possano essere utilizzati da tutti, sebbene siano ancora orientati verso il tipo di persona rappresentato da ciascuna di queste quattro donne.

Primo gruppo

PASSI MAGICI CHE APPARTENGONO A TAISHA ABELAR

I tre passi magici di questo gruppo sono congegnati in modo da raccogliere l'energia per l'utero da sei zone specifiche: la parte anteriore sinistra e destra del corpo, la parte laterale sinistra e destra del corpo all'altezza delle anche, dietro le scapole e sopra la testa. Gli sciamani dell'antico Messico spiegavano che l'energia particolarmente adatta all'utero si accumula in queste aree e che i movimenti di questi passi magici sono le antenne adatte che raccolgono solo ed esclusivamente questo tipo di energia.

I. ESTRARRE L'ENERGIA DALLA PARTE ANTERIORE DEL CORPO CON L'INDICE E IL MEDIO

La prima sensazione che un praticante di Tensegrità ricerca mentre esegue questo passo magico è una pressione sui tendini del dorso della mano, che si ottiene staccando il più possibile l'indice e il medio, tenuti ben tesi. Le ultime due dita sono piegate e raccolte sul palmo della mano, tenute a posto dal pollice (fig. 95).

Il passo magico inizia mettendo il piede sinistro davanti al corpo, in posizione perpendicolare rispetto al destro, in modo da formare una T. Il braccio sinistro e la gamba sinistra compiono una serie di movimenti circolari sincronizzati in senso orario. La gamba ruota sollevando prima l'avampiede e poi tutto il piede; il soggetto fa un passo avanti in aria e termina sul tallone, con le dita rivolte verso l'alto, mentre il corpo si piega in avanti, creando la pressione su un muscolo sulla parte anteriore del polpaccio sinistro.

In sincronia con questo movimento, il braccio sinistro ruota in avanti sopra la testa, compiendo un cerchio completo. L'indice e il medio sono ben tesi, e il palmo è rivolto verso destra. La pressione sui tendini del dorso della mano deve essere mantenuta con la massima tensione durante l'intero movimento (fig. 96). Al termine del terzo movimento circolare del braccio e del piede, tutto il piede viene appoggiato a terra con un colpo deciso, spostando in avanti il peso del corpo. Nello stesso istante il braccio scatta in avanti come se volesse colpire, con l'indice e il medio ben tesi e il palmo della mano rivolto verso destra; i muscoli dell'intera parte sinistra del corpo vengono mantenuti tesi e contratti (fig. 97).

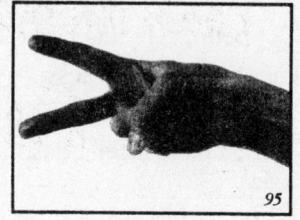

Il soggetto compie un movimento ondulatorio, come se stesse tracciando con le due dita allungate una lettera S stesa su un fianco. Il polso è piegato in modo che le dita puntino verso l'alto dopo aver terminato di scrivere la S (fig. 98) e si piega poi in modo che le dita siano tese ancora in avanti e la S venga tagliata a metà con un colpo orizzontale delle due dita da destra a sinistra. Il soggetto piega di nuovo il polso affinché le due dita siano rivolte verso l'alto e compie un movimento come se volesse spazzare da sinistra a destra, con il palmo rivolto verso la faccia. Il palmo della mano è rivolto all'esterno, mentre il braccio si muove da destra a sinistra. Il braccio sinistro viene posto all'altezza del petto, e le dita completamente tese eseguono altri due movimenti come se volessero colpire, con il palmo della mano girato in basso. Il palmo viene poi rivolto ancora verso la faccia e la mano spazza da sinistra a destra e da destra a sinistra, esattamente come prima.

Il corpo si china leggermente all'indietro, appoggiando il peso sulla parte posteriore delle gambe. La mano, con le due dita piegate ad artiglio, si allunga all'altezza della cintola davanti al corpo come se volesse afferrare qualcosa, contraendo i muscoli e i tendini di mano e avambraccio come se il soggetto volesse estrarre con forza una sostanza pesante (fig. 99). La mano ad artiglio viene lasciata sul fianco del corpo; le dita vengono poi allungate, con il pollice serrato e il terzo e il quarto dito staccati a formare la lettera V, e sfiorano l'utero – gli organi genitali, nel caso di praticanti di sesso maschile (fig. 100).

Con un saltello il soggetto inverte la posizione delle gambe, in modo che il piede destro sia davanti al sinistro, formando di nuovo una lettera T. Gli stessi movimenti vengono ripetuti con il braccio e la gamba destra.

2. SALTARE PER AGITARE L'ENERGIA PER L'UTERO E AFFERRARLA CON LA MANO

Questo passo magico inizia ponendo il piede destro perpendicolare al sinistro, in una posizione a T. Il tallone destro batte in terra: questo colpo serve da impulso per il saltello del piede destro che termina con le dita che puntano in avanti, subito seguito da un balzo laterale del piede sinistro che termina con il tallone sinistro a terra, perpendicolare al piede destro. Il resto del piede sinistro tocca il terreno, spostando il peso sulla gamba sinistra, mentre il braccio sinistro si muove come per afferrare qualcosa davanti al soggetto con la mano ad artiglio (fig. 101). La mano massaggia poi gentilmente la zona dell'ovaia destra.

Un colpo del tallone sinistro serve da impulso per una sequenza di movimenti speculari a quelli precedenti.

L'energia agitata dal movimento del piede in questo passo magico rimbalza verso l'alto, viene presa a turno con ciascuna mano ed è poi trasferita sull'utero, sull'ovaia sinistra e su quella destra.

3. SBATTERE L'ENERGIA SULLE OVAIE

Il terzo passo magico inizia facendo passare il braccio sinistro sopra la testa, in modo che arrivi sulla schiena, tra le scapole, riportandolo poi davanti all'altezza del mento, con il palmo rivolto verso l'alto. La mano traccia un altro cerchio che sale e passa dietro verso destra, continua poi a scendere fino alla destra della cintola e risale sopra la testa, tracciando così un numero otto (fig. 102). Il

102 *103*

palmo si gira a fronteggiare il soggetto; la mano scende con forza, come se volesse sbattere davanti all'ovaia destra (fig. 103).

La stessa procedura viene ripetuta con il braccio destro.

Secondo gruppo

UN PASSO MAGICO DIRETTAMENTE LEGATO A FLORINDA DONNER-GRAU

Questo gruppo comprende un solo passo magico, il cui effetto è particolarmente adatto alla personalità di Florinda Donner-Grau. Don Juan Matus la considerava molto diretta, al punto che la sua immediatezza diventava a volte insopportabile. A causa di questa sua caratteristica, le sue attività nel mondo degli sciamani sono sempre state indirizzate verso l'obiettivo dell'evoluzione, o la trasformazione dell'utero da ricettacolo e promotore di fertilità a un organo di consapevolezza, grazie al quale siamo in grado di processare i pensieri che non fanno parte della nostra normale cognizione.

4. LE ZAMPE DELLA SFINGE

Questo passo magico inizia con una inspirazione rapida e profonda. L'aria viene espirata di scatto con un potente colpo dei polsi davanti al corpo: questo gesto si realizza abbassando di colpo le mani, che si trovano così ad angolo retto rispetto agli avambracci; le dita indicano verso terra e la superficie che sferra il colpo è il dorso delle mani.

Le mani sono sollevate all'altezza delle spalle e i palmi, rivolti in avanti, sono in linea retta con gli avambracci. Il soggetto inspira a fondo. Le mani restano in questa posizione mentre il tronco ruota verso sinistra. A questo punto le mani colpiscono, con i palmi rivolti verso il basso, all'altezza delle anche (fig. 104). Il soggetto espira di scatto. Le mani sono alzate sopra le spalle mentre il tronco ruota in posizione frontale e il soggetto inspira a fondo. Le mani ancora sopra le spalle, il tronco gira verso destra. Entrambe le mani colpiscono, con i palmi all'altezza delle anche, e l'aria viene espirata.

Le mani si muovono poi alla destra del corpo, con i palmi leggermente chiusi a coppa e girati verso sinistra, come se il sog-

104 *105* *106*

getto volesse raccogliere una sostanza liquida. Le braccia si muovono da destra a sinistra a destra, tracciando un numero otto reclinato davanti al soggetto. Questo risultato si ottiene muovendo le braccia verso sinistra, girando la cintola, e tornando poi a destra, eseguendo un movimento rotatorio inverso della cintola. I palmi leggermente chiusi a coppa sono rivolti a destra, come se il soggetto volesse continuare a raccogliere un liquido nella direzione opposta (fig. 105).

Appena la figura dell'otto viene completata, la mano sinistra si ferma a riposare sull'anca sinistra, mentre il braccio destro continua a muoversi verso destra; il braccio sale sopra la testa e compie un grande salto all'indietro che termina quando la mano viene riportata davanti, all'altezza del mento; il palmo della mano è rivolto verso l'alto. La mano continua a muoversi, facendo un altro balzo a sinistra, piazzandosi davanti alla faccia, sopra la spalla sinistra. Si muove poi in linea retta attraverso il corpo all'altezza dell'anca, tagliando in due l'otto (fig. 106). A questo punto il palmo si muove all'indietro verso il corpo e viene fatto scivolare sull'ovaia destra, come se la mano fosse un coltello che viene ritirato nella sua custodia.

Gli stessi movimenti vengono eseguiti di nuovo, colpendo prima alla destra del corpo, per permettere al braccio sinistro di eseguire l'ultimo movimento.

Terzo gruppo

PASSI MAGICI CHE RIGUARDANO ESCLUSIVAMENTE CAROL TIGGS

I tre passi magici del terzo gruppo trattano l'energia che si trova sulla zona dell'utero; tale enfasi li rende estremamente potenti. Si raccomanda una certa moderazione al fine di portare la sensazione di risveglio dell'utero a un livello sopportabile; in questo modo si può evitare l'ovvia interpretazione che attribuisce queste sensazioni alla sindrome premestruale o a un senso di pesantezza alle ovaie.

Don Juan Matus disse alle sue tre discepole che le funzioni secondarie dell'utero risvegliate dagli appropriati passi magici forniscono informazioni sensoriali caratterizzate da un senso di fastidio, mentre a livello energetico si verifica un afflusso di energia nel vortice dell'utero. Si tratta di energia che fino a quel momento era rimasta inutilizzata sul bordo della sfera luminosa e che viene improvvisamente assorbita in tale vortice.

5. CARICARE DI ENERGIA L'UTERO

Il primo passo magico inizia portando entrambe le mani all'altezza dell'utero. I polsi sono piegati di scatto e la mani sono chiuse a coppa, con le dita che indicano l'utero.

Le mani vengono estese in modo che le punte delle dita siano rivolte le une contro le altre e traccino poi un ampio cerchio, andando prima in alto e all'esterno, e poi in basso, tenendo le mani unite e andando a finire esattamente sull'utero (fig. 107). Le mani si separano, ponendosi parallele ai lati del corpo (fig. 108) e vengono portate con forza al centro dell'utero come se schiacciassero una palla molto densa. Lo stesso movimento viene ripetuto e le mani sono ravvicinate, come se la palla venisse ulteriormente compressa e poi squarciata con un potente gesto delle mani, che afferrano e lacerano (fig. 109). Le mani vengono poi passate sulla zona dell'utero e delle ovaie.

6. STIMOLARE E GUIDARE L'ENERGIA DIRETTAMENE NELL'UTERO

Questo passo magico inizia con un'espirazione mentre il soggetto allunga le braccia davanti a sé, i dorsi delle mani che si toccano. Il soggetto inspira a fondo mentre scosta di lato le braccia, tracciando un semicerchio che termina quando gli avambracci si toccano all'altezza del petto e le braccia sono tese in avanti con i gomiti leggermente piegati, i palmi rivolti verso l'alto. Il tronco si piega poi in avanti mentre gli avambracci si muovono all'indietro, in modo che i gomiti siano attaccati al plesso solare mentre gli avambracci si toccano ancora, fianco a fianco (fig. 110). Il soggetto inizia poi una lenta espirazione che deve protrarsi durante i seguenti movimenti: il dorso del polso sinistro viene posto sopra al lato interno del polso destro, manovrando le braccia in modo che formino la lettera X; i polsi ruotano in modo che i palmi compiano un cerchio verso il corpo e tornino poi a girarsi verso l'esterno senza perdere la forma a X dei polsi; la mano sinistra finisce sopra la destra (fig. 111). Le mani sono contratte a pugno e distaccate con forza (fig. 112) e portate infine sulla zona delle ovaie, nell'istante preciso in cui termina l'espirazione.

110

111

112

7. ESTRARRE L'ENERGIA NEGATIVA DALLE OVAIE

Il soggetto tiene la mano sinistra davanti a sé, con il palmo rivolto verso l'alto. Il gomito è piegato ad angolo retto e appogggiato alla gabbia toracica. L'indice e il medio della mano sinistra sono allungati mentre il pollice comprime le altre due dita contro il palmo. La mano destra afferra da sotto le due dita allungate della sinistra e stringe come se stesse tirando qualcosa dalla base di queste due dita per farlo salire verso la punta delle dita stesse (fig. 113). La mano destra agita poi con vigore qualunque cosa abbia tirato giù dalle due dita, con un movimento del dorso della mano verso il basso, sul lato destro del corpo. Il pollice sinistro lascia andare le due dita, e la mano resta in una posizione a forma di

V, con l'indice e il medio uniti al pari di anulare e mignolo. Il palmo della mano viene dolcemente sfregato sulla zona dell'ovaia sinistra. Gli stessi movimenti vengono ripetuti con la mano destra.

Per eseguire la seconda parte di questo passo magico il soggetto deve chinare leggermente in avanti il tronco. Il braccio sinistro penzola tra le gambe, con il gomito appoggiato alla regione ombelicale. Vengono poi ripetuti gli stessi movimenti eseguiti nella prima parte del passo magico, tranne che questa volta le due dita allungate della mano sinistra vengono afferrate con la destra dall'alto (figure 114 e 115). Gli stessi movimenti vanno poi ripetuti a destra.

Quarto gruppo

PASSI MAGICI CHE APPARTENGONO ALL'ESPLORATORE BLU

I passi magici di questo gruppo rappresentano la conclusione naturale dell'intera Serie, che viene animata da una disposizione impersonale. Le inspirazioni e le espirazioni sono veloci ma non profonde, i movimenti sono accompagnati dal sibilo esplosivo dell'aria che viene espulsa.

Il valore dei passi magici dell'Esploratore Blu risiede nella capacità di ognuno di essi di dare all'utero la durezza di cui ha bisogno per arrivare alla sua funzione secondaria, che nel caso dell'Esploratore Blu può essere facilmente definita come la capacità di rimanere all'erta senza bisogno di pause. La critica che gli stregoni rivolgono alle nostre normali condizioni di vita è legata al fatto che noi sembriamo sempre agire con inserito il pilota automatico: diciamo cose che non vogliamo dire e ignoriamo quelle che non dovremmo ignorare. In altre parole, siamo consapevoli di quanto ci circonda solo in attimi fugaci. Per la maggior parte del tempo funzioniamo facendoci guidare dall'abitudine e questo significa ignorare qualunque altra cosa. L'idea degli stregoni dell'antico Messico era che nelle donne l'utero è l'organo che permette di risolvere questo blocco e proprio per questo motivo ha bisogno di essere rafforzato.

8. ATTIRARE ENERGIA DALLA PARTE ANTERIORE DEL CORPO CON LE ANTENNE DEGLI INSETTI

L'indice e il medio sono ai lati del petto e formano la lettera V, mentre il pollice tiene le altre due dita premute contro i palmi che sono sollevati verso l'alto (fig. 116). I palmi vengono poi girati verso il basso e il soggetto spinge in avanti le due dita, sempre nella posizione a V, mentre espira a fondo, tenendo i denti serrati e producendo un sibilo simile a un fischio (fig. 117). Il soggetto inspira poi a fondo mentre le mani con i palmi rivolti all'insù tornano ai lati del petto. Lo stesso movimento viene ripetuto un'altra volta: il soggetto accarezza la zona delle ovaie tenendo le dita staccate tra il medio e l'anulare.

9. TRACCIARE L'ENERGIA DAI LATI A UN ANGOLO

Questo passo magico inizia ruotando sul piede destro e mettendo davanti la gamba sinistra, a un angolo di quarantacinque gradi. Il piede destro è la linea orizzontale della lettera T, il piede sinistro rappresenta invece quella verticale. Il corpo oscilla avanti e indietro, poi il gomito sinistro viene piegato e la mano sale al petto con il palmo rivolto verso l'alto. L'indice e il medio rimangono a forma di lettera V. Il pollice tiene le altre due dita premute contro il palmo (fig. 118). Il soggetto sferra un colpo, piegandosi in avanti di scatto e girando il palmo della mano quando le dita colpiscono, ed espira con un sibilo (fig. 119), mentre la mano sale di fianco al petto con il palmo rivolto verso l'alto inspira e sfiora poi l'ovaia sinistra, con le dita staccate tra il medio e l'anulare.

Con un saltello il soggetto scambia la posizione dei piedi e guarda ora a destra, sempre a un'angolazione di quarantacinque gradi. Gli stessi movimenti vengono ripetuti con il braccio destro.

10. TRACCIARE L'ENERGIA LATERALMENTE CON UN TAGLIO DA INSETTO

Le mani sono ai lati del petto, con l'indice e il medio poste a forma di V e il pollice tiene le altre due dita premute contro il palmo, rivolto verso l'alto. Restando all'altezza del petto, le mani girano sui palmi e sono rivolte una contro l'altra. Il soggetto espira sibilando mentre entrambe le braccia sono allungate di lato, con i palmi rivolti davanti. L'indice e il medio si muovono come se davvero si trattasse di una forbice, mentre l'espirazione termina con una sorta di fischio (fig. 120).

Il soggetto inspira mentre rimette a posto le braccia; i gomiti sono abbassati e le braccia si riposano ai lati del corpo vicino al

120   *121*

petto, con le mani girate di lato (fig. 121). Le mani vengono poi girate sui palmi in modo che l'indice e il medio siano rivolti davanti. Le dita sono staccate all'altezza del medio e dell'anulare. Il soggetto espira con un sibilo mentre i palmi delle mani sfiorano la zona delle ovaie.

II. PERFORARE L'ENERGIA IN MEZZO AI PIEDI CON CIASCUNA MANO

Il soggetto inspira a fondo e compie poi un'espirazione sibilando mentre la mano sinistra scende con un movimento rotatorio del polso, in modo che la mano stessa sembri una punta che perfora una sostanza posta davanti al soggetto, tra le sue gambe. Il dito indice e il medio creano un artiglio prolungato e afferrano qualcosa che sta in un punto in mezzo ai piedi (fig. 122) e lo spinge verso l'alto, fino all'altezza delle anche, con una profonda inspirazione. Il braccio si muove sopra la testa sulla parte posteriore del corpo e il palmo viene posto sulla zona del rene sinistro e della ghiandola surrenale (fig. 123).

La mano sinistra rimane in questa posizione mentre la destra esegue gli stessi movimenti. Il soggetto inspira non appena la mano destra viene posta sulla zona del rene destro e della ghiandola surrenale. La mano sinistra passa sopra la testa verso la parte frontale del corpo e sfiora l'ovaia sinistra tenendo le dita separate all'al-

122

123

tezza del medio e dell'anulare. Questo movimento del braccio da dietro a davanti è accompagnato dal suono simile a un fischio di una espirazione veloce. Il soggetto inspira di nuovo a fondo e la mano destra si sposta allo stesso modo sull'ovaia destra.

12. PERFORARE L'ENERGIA TRA I PIEDI CON ENTRAMBE LE MANI

Questo passo magico è simile al precedente, a parte il fatto che le mani eseguono all'unisono il movimento di perforazione. L'indice e il medio di ciascuna mano creano una zampa a due artigli e afferrano contemporaneamente qualcosa nella zona tra i piedi.

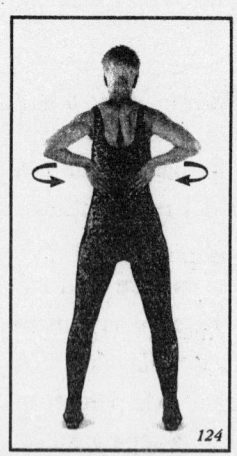

124

Tornano poi all'altezza delle anche e compiono un cerchio ai lati del corpo fino all'area dei reni e delle ghiandole surrenali; il soggetto respira a fondo mentre sfrega la zona con i palmi delle mani (fig. 124). Il soggetto espira mentre le braccia tracciano un altro cerchio intorno al corpo finendo davanti per sfiorare la zona sulle ovaie sinistra e destra con le dita di ogni mano separata all'altezza del medio. Questo movimento delle braccia da davanti a dietro è accompagnato di nuovo da un'espirazione simile a un fischio.

TERZA SERIE

LA SERIE DEI CINQUE ARGOMENTI: LA SERIE WESTWOOD

Per i praticanti di Tensegrità una delle serie più importanti è la *Serie dei Cinque Argomenti*, soprannominata *Serie Westwood* perché è stata insegnata per la prima volta presso il Pauley Pavillion della University of California di Los Angeles, situato in una zona denominata Westwood. Questa serie è stata concepita come un tentativo di integrare ciò che don Juan definiva *i cinque argomenti degli sciamani dell'antico Messico*. Tutto ciò che questi sciamani facevano ruotava intorno a cinque questioni:

1. i passi magici;
2. il centro energetico nel corpo umano chiamato *il centro per le decisioni*;
3. la *ricapitolazione*, lo strumento per comprendere lo scopo della consapevolezza umana;
4. *sognare*, l'arte di infrangere i parametri della percezione normale;
5. il *silenzio interiore*, il livello di percezione umana dal quale questi stregoni lanciavano ognuno dei loro risultati percettivi.

Questa sequenza di cinque argomenti è una sorta di suddivisione modellata sulla comprensione che quegli stregoni avevano del mondo che li circondava.

In base agli insegnamenti di don Juan, una delle loro scoperte più sconvolgenti fu quella legata all'esistenza nell'universo di una forza agglutinante che lega insieme i campi di energia in unità concrete e funzionali. Gli sciamani che scoprirono l'esistenza di questa forza la descrissero come una vibrazione o una condizione vibratoria che permea i gruppi di campi di energia e li unisce insieme.

Secondo questa disposizione dei cinque argomenti degli sciamani dell'antico Messico, i passi magici adempiono la funzione della condizione vibratoria di cui gli sciamani stessi parlavano; quando mettevano insieme questa sequenza sciamanica, essi copiavano il modello di energia che veniva rivelato loro nei momenti in cui erano capaci di *vedere* l'energia che fluisce nell'universo. La forza che legava tutto era rappresentata dai passi magici, cioè l'unità che permeava le altre quattro unità e le raggruppava in un insieme funzionale.

Seguendo il modello degli sciamani dell'antico Messico, la serie Westwood è stata di conseguenza divisa in quattro gruppi, organizzati secondo l'importanza attribuita loro dagli stregoni che li formularono:

1. *il centro per le decisioni*;
2. la *ricapitolazione*;
3. *sognare*;
4. il *silenzio interiore*.

Primo gruppo

IL *CENTRO PER LE DECISIONI*

Il *centro per le decisioni* era la questione più importante per gli sciamani che vivevano nell'antico Messico e per tutti gli sciamani del lignaggio di don Juan. Basandosi sui risultati pratici dei loro sforzi, gli sciamani sono infatti convinti che nel corpo umano esista un punto dove vengono prese le decisioni, il *punto V,* la zona sulla cresta dello sterno alla base del collo, dove le clavicole si incontrano a formare la lettera V. È un centro dove l'energia è rarefatta al punto da essere tremendamente sottile e che immagazzina un tipo specifico di energia che gli sciamani non sono capaci di definire, pur essendo comunque certi di poterne percepire la presenza, oltre che i suoi effetti. Gli stregoni sono convinti che questa energia speciale sia sempre spinta fuori da quel centro specifico molto presto nell'arco dell'esistenza di ogni essere umano e non vi faccia mai ritorno, privando così gli uomini di qualcosa forse più importante di tutta l'energia degli altri centri combinati: la capacità di prendere decisioni.

In riferimento alla questione delle decisioni, don Juan espresse l'opinione decisa degli stregoni del suo lignaggio; nell'arco dei secoli le loro osservazioni li avevano portati a concludere che gli esseri umani sono incapaci di prendere decisioni e che, per questo motivo, hanno creato l'ordine sociale, l'insieme cioè di gigantesche istituzioni che si assumono la responsabilità di prendere le decisioni. Gli uomini permettono loro di decidere, e si limitano a mettere in pratica le decisioni che sono già state prese.

Per quegli sciamani il punto V alla base del collo era un luogo di tale importanza che raramente lo toccavano con le mani e, in tal caso, si trattava comunque di un tocco rituale, eseguito sempre da qualcun altro che faceva ricorso a un oggetto. Essi utilizzavano infatti pezzi di legno e ossa lucidate di animali e usavano la testa rotonda dell'osso per avere un oggetto dal contorno perfetto, grande quanto lo spazio incavo sul collo. Premevano con le ossa o i pezzi di legno per creare una pressione sui bordi dello spazio incavo. Tali oggetti erano usati anche, seppure più raramente, per massaggi e per quella che adesso noi chiamiamo acupressione.

"Come hanno fatto a scoprire che quello spazio incavo è il *centro per le decisioni?*" chiesi una volta a don Juan.

"Ogni centro di energia nel corpo", mi rispose, "mostra una concentrazione o vortice di energia, simile a un imbuto che ruota in senso antiorario rispetto alla prospettiva di colui che guarda in esso. La forza di un centro particolare dipende dalla forza di tale movimento; se si muove a malapena, il centro è esausto, svuotato di ogni energia."

"Quando gli stregoni dei tempi antichi esaminavano il corpo con il loro occhio in grado di *vedere*, notarono la presenza di quei vortici e, incuriositi, ne tracciarono una mappa."

"In un corpo umano ci sono molti centri del genere?" volli sapere.

"Ce ne sono centinaia, se non addirittura migliaia!" rispose don Juan. "Si può dire che un essere umano non è altro che un conglomerato di migliaia di vortici turbinanti, alcuni minuscoli come capocchie di spilli, che rivestono però una notevole importanza. La maggior parte di tali vortici sono costituiti da energia che scorre liberamente al loro interno o è invece bloccata. Sei di loro sono così enormi che meritano un trattamento speciale: sono centri di vita e vitalità, nei quali l'energia non è mai bloccata, ma a volte è così scarsa che il centro ruota a malapena."

Don Juan mi spiegò che quegli enormi centri di vitalità erano situati in sei aree del corpo e li enumerò in base all'importanza attribuita loro dagli sciamani. Il primo si trova nella zona del fegato e della cistifellea; il secondo su pancreas e milza; il terzo su reni e ghiandole surrenali; il quarto sul punto incavo alla base del collo; il quinto intorno all'utero e il sesto sulla sommità del capo.

Il quinto centro, limitato esclusivamente alle donne, secondo le spiegazioni di don Juan possiede un tipo speciale di energia che dava agli stregoni l'impressione di una certa liquidità, una caratteristica che apparteneva solo ad alcune donne e che sembrava servire da filtro naturale per distinguere le influenze superflue.

Il sesto centro, situato sulla sommità del capo, per don Juan era poco più di un'anomalia, tanto che non voleva averci nulla a che fare: diceva che è caratterizzato da un vortice simile a un pendolo, che va avanti e indietro ricordando in qualche modo il battito del cuore, invece di possedere un vortice circolare come tutti gli altri.

"Per quale motivo l'energia di quel centro è così diversa?" gli chiesi.

"Il sesto centro di energia non appartiene del tutto all'uomo. Vedi, in un certo senso noi esseri umani siamo presi d'assedio, e quel centro è stato conquistato da un invasore, un predatore invisibile, e fortificare tutti gli altri centri è l'unico modo per sconfiggerlo."

"Non ti sembra che sentirsi presi d'assalto sia un atteggiamento paranoico don Juan?"

"Per te, forse, ma non per me", ribatté. "Io *vedo* l'energia, e *vedo* che l'energia che sovrasta il centro della sommità del capo non fluttua come l'energia degli altri centri e si muove andando avanti e indietro, un movimento disgustoso e insolito. *Vedo* anche che in uno stregone che è stato capace di sconfiggere la mente, che gli sciamani chiamano *installazione straniera*, la fluttuazione di tale centro diventa uguale a quella degli altri centri."

Negli anni del mio noviziato don Juan si era sistematicamente rifiutato di fornirmi spiegazioni in merito al sesto centro. Quando affrontò l'argomento dei centri di vitalità, zittì con una certa rudezza le mie domande pressanti e si mise a parlare del quarto centro, quello per le decisioni.

"Il quarto centro", disse, "possiede un tipo speciale di energia che agli occhi di colui che *vede* appare dotata di una trasparenza unica, qualcosa che si potrebbe dire assomigli all'acqua, energia così fluida da sembrare liquida. L'aspetto liquido di questa particolare energia è il segno distintivo di una qualità filtrante del centro stesso, che esamina qualunque energia vi arrivi e ne attira solo l'aspetto simile al liquido. Una tale liquidità è un aspetto uniforme e consistente di questo centro, che gli sciamani chiamano il *centro acquoso*."

"La rotazione dell'energia al *centro per le decisioni* è il più debole di tutti", proseguì. "Ecco perché l'uomo è raramente in grado di decidere. Gli stregoni *vedono* che dopo aver eseguito determinati passi magici quel centro diventa attivo ed essi possono prendere decisioni che li soddisfano, mentre prima non erano in grado di compiere alcun passo."

Don Juan sottolineò con enfasi il fatto che gli sciamani dell'antico Messico provavano un'avversione che rasentava la fobia quando si trattava di toccare il loro punto incavo alla base del collo. L'unico modo in cui accettavano interferenze di qualunque genere con quel punto era legato all'uso dei loro passi magici, che rinforzano il centro facendovi affluire l'energia dispersa ed eliminando qualunque esitazione per ciò che riguarda la capacità di prendere decisioni. Tali esitazioni sono provocate dalla naturale dispersione di energia derivata dall'usura e dalla fatica della vita quotidiana.

"Un essere umano", concluse don Juan, "percepito come un conglomerato di campi di energia, è una unità concreta e sigillata all'interno della quale non può essere inserita alcuna energia e dalla quale l'energia non può nemmeno uscire. L'impressione di perdere energia che prima o poi ognuno di noi prova deriva dall'allontanamento dell'energia stessa, dispersa dai cinque enormi centri naturali di vita e vitalità. La sensazione invece di guadagnare energia è dovuta alla *ridistribuzione* dell'energia precedentemente dispersa da questi centri. Questo significa che l'energia è ridistribuita su questi cinque centri di vita e vitalità."

I PASSI MAGICI PER IL
CENTRO PER LE DECISIONI

1. PORTARE ENERGIA AL *CENTRO PER LE DECISIONI* MUOVENDO AVANTI E INDIETRO MANI E BRACCIA, CON I PALMI RIVOLTI VERSO IL BASSO

Il soggetto espira e tende le braccia in avanti a un'inclinazione di quarantacinque gradi, con i palmi delle mani rivolti verso il basso (fig. 125); quando inspira riporta le braccia ai lati del petto, sotto le ascelle. Il soggetto alza le spalle per mantenere lo stesso livello di inclinazione (fig. 126). Nella seconda fase di questo movimento le braccia vengono tese verso il basso con una inspirazione e riportate poi nella posizione originaria con una espirazione.

2. PORTARE ENERGIA AL *CENTRO PER LE DECISIONI* MUOVENDO AVANTI E INDIETRO MANI E BRACCIA, CON I PALMI RIVOLTI VERSO L'ALTO

Questo passo magico è uguale al precedente e viene eseguito nello stesso modo, a parte il fatto che i palmi sono rivolti verso l'alto (fig. 127). Inspirazioni ed espirazioni avvengono esattamente come nel movimento precedente. Il soggetto espira mentre spinge in avanti le mani e le braccia a un'inclinazione di quarantacinque gradi, e inspira quando riporta le braccia alla posizione iniziale. L'aria viene inspirata mentre le mani e le braccia scendono in basso, ed espirata quando mani e braccia tornano alla posizione originaria.

3. PORTARE ENERGIA AL *CENTRO PER LE DECISIONI* CON UN MOVIMENTO CIRCOLARE DELLE MANI E DELLE BRACCIA, TENENDO I PALMI RIVOLTI VERSO IL BASSO

Questo passo magico inizia esattamente come il primo del gruppo, con l'unica differenza che quando le mani raggiungono la posizione di massima estensione devono tracciare due cerchi completi, allontanandosi le une dalle altre per raggiungere un punto a circa diciotto centimetri dalla cassa toracica. Quando le mani completano il cerchio (fig. 128), le braccia tornano ai lati della cassa toracica, sotto le ascelle.

Questo passo magico si divide in due fasi: nella prima il soggetto espira mentre traccia i cerchi ed inspira mentre riporta a posto le braccia. Nella seconda il soggetto inspira mentre traccia i cerchi con le mani e le braccia ed espira quando le mani tornano nella posizione originaria.

4. PORTARE ENERGIA AL *CENTRO PER LE DECISIONI* CON UN MOVIMENTO CIRCOLARE DELLE MANI E DELLE BRACCIA, TENENDO I PALMI RIVOLTI VERSO L'ALTO

Questo passo magico è identico al precedente e presenta le stesse due fasi di inspirazione ed espirazione, ma tracciando i due cerchi le mani hanno i palmi rivolti verso l'alto (fig. 129).

5. PORTARE ENERGIA AL *CENTRO PER LE DECISIONI* DALLA PARTE CENTRALE DEL CORPO

Il soggetto piega le braccia all'altezza del gomito e le tiene ben in alto, al livello delle spalle. Le dita indicano il punto V, senza però toccarlo (fig. 130). Le braccia si muovono avanti e indietro da destra a sinistra e da sinistra a destra. Tale movimento non si compie coinvolgendo le spalle o i fianchi, ma contraendo i muscoli dello stomaco che muovono la parte centrale del corpo verso destra, verso sinistra e poi ancora a destra, e via di seguito.

6. PORTARE ENERGIA AL *CENTRO PER LE DECISIONI* DALLA ZONA DELLE SCAPOLE

Il soggetto piega le braccia come nel passo precedente, ma le spalle sono curve in modo che i gomiti vengano pesantemente attirati in avanti. La mano sinistra viene posta sopra la destra. Le dita sono rilassate e indicano il punto V, senza però toccarlo, mentre il mento sporge in avanti e si appoggia sulla cavità che separa il pollice e l'indice della mano sinistra (fig. 131). I gomiti piegati sono spinti in avanti estendendo al massimo le scapole, una alla volta.

7. STIMOLARE L'ENERGIA INTORNO AL *CENTRO PER LE DECISIONI* CON IL POLSO PIEGATO

Il soggetto porta entrambe le mani al punto V alla base del collo, senza però toccarlo. Le mani sono piegate dolcemente e le dita indicano il *centro per le decisioni*. Le mani cominciano poi a muoversi, prima la sinistra e poi la destra, come se stessero mescolando una sostanza liquida intorno a quella zona, o come se stessero facendo entrare aria nel punto V con una serie di movimenti dolci compiuti da ciascuna mano. Questi movimenti vengono eseguiti estendendo di lato tutto il braccio e riportandolo poi nella zona davanti al punto V (fig. 132). Il braccio sinistro si allunga poi davanti al punto V, con la mano che si gira di scatto all'interno; la spinta a colpire parte dal polso e dal dorso della mano stessa (fig. 133). Il braccio destro esegue lo stesso movimento. In questo modo viene sferrata una serie di forti colpi nella zona proprio davanti al punto V.

8. TRASFERIRE L'ENERGIA DAI DUE CENTRI VITALI NELLA PARTE ANTERIORE DEL CORPO AL *CENTRO PER LE DECISIONI*

Il soggetto porta entrambe le mani nello zona del pancreas e della milza, pochi centimetri davanti al corpo. La mano sinistra, che ha il palmo rivolto verso l'alto, è posta dieci o dodici centimetri sotto la mano destra, che ha il palmo rivolto verso il basso. L'avambraccio sinistro, allungato in avanti, è piegato a un angolo di novanta gradi. Anche l'avambraccio destro è piegato a novanta gradi, ma viene invece tenuto vicino al corpo, in modo che le dita indichino verso sinistra (fig. 134). La mano sinistra traccia due cerchi all'interno, aventi il diametro di circa trenta centimetri, nella zona che circonda il pancreas e la milza. Dopo aver completato il secondo cerchio, la mano destra si allunga in avanti e colpisce di lato una zona a un braccio di distanza davanti al fegato e alla cistifellea (fig. 135).

Gli stessi movimenti vengono poi eseguiti sull'altro lato del corpo invertendo la posizione delle mani, che vengono portate nelle zona del fegato e della cistifellea, con la mano destra che traccia i cerchi e la sinistra che colpisce in avanti a un braccio di distanza davanti al pancreas e alla milza.

9. PORTARE ENERGIA AL *CENTRO PER LE DECISIONI* DALLE GINOCCHIA

Con il braccio e la mano sinistra il soggetto traccia due cerchi aventi il diametro di circa trenta centimetri davanti al punto V, leggermente spostati a sinistra (fig. 136). Il palmo della mano è rivolto verso il basso. Dopo aver tracciato il secondo cerchio, il soggetto alza l'avambraccio a livello della spalla e la mano sferra un colpo lontano dalla faccia, in senso diagonale verso destra, all'altezza del punto V, con uno scatto del polso, come se tenesse in mano una frusta (fig. 137). Gli stessi movimenti vengono poi ripetuti con la mano destra.

Il soggetto inspira a fondo, ed espira poi mentre le mani e le braccia scivolano verso il basso fino a raggiungere le ginocchia, con i palmi rivolti verso l'alto. Il soggetto inspira a fondo e solleva le braccia sopra la testa, cominciando con il sinistro sul quale pone poi in senso trasversale il destro, facendo in modo che le dita si appoggino delicatamente sulla parte posteriore del collo. Il soggetto trattiene il respiro mentre la parte superiore del tronco si muove tre volte in successione con un movimento alternato: abbassa prima la spalla sinistra poi la destra e via di seguito (fig. 138). Il soggetto espira riportando le braccia e le mani sulle ginocchia, sempre con i palmi rivolti verso l'alto.

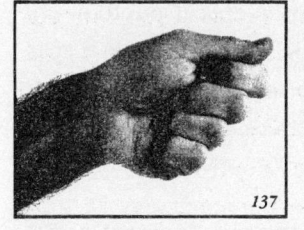

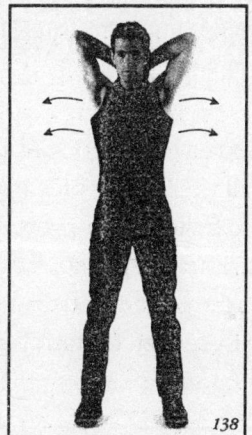

Il soggetto inspira a fondo ed espira poi mentre alza le mani, spostandole dalle ginocchia e sollevandole fino al punto V, con le dita che indicano tale punto senza però toccarlo (fig. 139). Con una successiva espirazione le mani vengono portate di nuovo sulle ginocchia. Il soggetto inspira a fondo un'ultima volta e alza le mani all'altezza degli occhi, abbassandole infine lungo i lati quando espira.

Secondo don Juan, i tre passi magici seguenti trasferiscono l'energia che appartiene solo al *centro per le decisioni* dal bordo anteriore della sfera luminosa, luogo in cui si è accumulata per anni, alla parte posteriore, e poi dalla parte posteriore della sfera luminosa di nuovo a quella anteriore. Mi disse che questa energia spostata avanti e indietro attraversa il punto V che agisce da filtro, utilizzando solo l'energia a lui più adatta e scartando il resto. A causa di questo processo selettivo del punto V, è essenziale eseguire con la massima frequenza possibile questi tre passi magici.

10. L'ENERGIA ATTRAVERSA IL *CENTRO PER LE DECISIONI* DALLA PARTE ANTERIORE A QUELLA POSTERIORE E DA QUELLA POSTERIORE A QUELLA ANTERIORE CON DUE COLPI

Il soggetto inspira a fondo ed espira poi lentamente mentre il braccio sinistro si allunga all'altezza del plesso solare, con il palmo della mano rivolto verso l'alto e ben piatto, mentre le dita sono unite. La mano viene poi serrata a pugno. Il braccio si muove all'indietro, sferrando un colpo partendo dall'altezza dei fianchi con un rovescio (fig. 140). L'espirazione termina quando la mano si apre.

140    *141*    *142*

Il soggetto inspira di nuovo a fondo ed espira poi lentamente mentre il palmo della mano aperta, sempre dietro al corpo, batte dieci volte come se stesse colpendo delicatamente un oggetto solido e rotondo. La mano si serra in un pugno prima che il braccio si muova oscillando in avanti e sferrando un colpo che va a finire nella zona davanti al punto V, a un braccio di distanza da esso (fig. 141). La mano si apre come se volesse lasciar andare qualcosa. Il braccio si abbassa prima verso il basso, poi all'indietro e si alza infine sopra la testa, e colpisce con il palmo rivolto verso il basso la zona davanti al punto V, come se volesse rompere ciò che la mano ha appena lasciato andare. A questo punto termina l'espirazione (fig. 142).

La stessa sequenza di movimenti viene ripetuta con il braccio destro.

II. TRASFERIRE L'ENERGIA DALLA PARTE ANTERIORE A QUELLA POSTERIORE E DA QUELLA POSTERIORE A QUELLA ANTERIORE CON IL GANCIO DEL BRACCIO

Il soggetto inspira a fondo ed espira poi lentamente muovendo il braccio sinistro in avanti con il palmo della mano rivolto verso l'alto; la mano viene rapidamente serrata a pugno e ruota in modo da

143 *144* *145*

rivolgere il dorso verso l'alto e colpisce all'indietro la zona sopra la spalla. Il palmo chiuso a pugno è rivolto verso l'alto. La mano si apre e si rivolge verso il basso e il soggetto termina l'espirazione.

Il soggetto inspira di nuovo ed espira poi lentamente mentre la mano, che assume la posizione di un gancio rivolto verso il basso, compie il gesto di raccogliere tre volte qualcosa di solido, come se stesse facendo una palla (fig. 143). Questa palla viene lanciata in alto all'altezza della testa con uno scatto della mano e dell'avambraccio (fig. 144) ed è poi afferrata rapidamente con la mano piegata ancora all'altezza del polso come un gancio (fig. 145). Il braccio si muove in avanti, poi all'altezza della spalla destra e colpisce in avanti la zona proprio davanti al punto V, a un braccio di distanza da esso; la spinta per colpire parte dal polso e dal dorso della mano come zona che colpisce (fig. 146). La mano si apre, come per lasciar andare qualunque cosa contenesse e il braccio si abbassa all'indietro e passa poi sopra la testa per colpire con grande forza con il palmo piatto. L'espirazione termina mentre il corpo intero trema per l'intensità del colpo stesso.

I medesimi movimenti vengono ripetuti con l'altro braccio.

12. TRASFERIRE L'ENERGIA DALLA PARTE ANTERIORE A QUELLA POSTERIORE E DA QUELLA POSTERIORE A QUELLA ANTERIORE CON TRE COLPI

Il soggetto inspira a fondo ed espira poi lentamente mentre il braccio sinistro colpisce in avanti con la mano aperta, il palmo piatto rivolto verso l'alto. La mano viene rapidamente serrata a pugno e il braccio ritorna nella posizione originaria come se volesse sferrare una gomitata all'indietro; si muove poi di lato verso destra e sferra un pugno di lato con l'avambraccio che sfrega contro il corpo (fig. 147). Il gomito viene spostato di nuovo come se volesse sferrare una gomitata all'indietro. Il braccio viene allungato e mosso di lato verso sinistra e all'indietro, per sferrare il quarto colpo all'indietro con il dorso della mano chiusa a pugno. L'espirazione termina mentre la mano si apre (fig. 148).

Il soggetto inspira di nuovo a fondo ed espira poi lentamente mentre la mano, piegata verso il basso a forma di gancio, raccoglie tre volte qualcosa. La mano afferra poi come se stesse prendendo qualcosa di solido (fig. 149). Il braccio oscilla in avanti all'altezza del *centro per le decisioni* e arriva fino alla spalla destra, dove l'avambraccio compie una curva verso l'alto e sferra un pugno con il dorso della mano colpendo la zona davanti al punto V, a un braccio di distanza da esso (fig. 150). La mano si apre come se volesse lasciar andare qualcosa che stava afferrando e poi si abbassa, si sposta dietro al corpo, sale sopra la testa, con il palmo della mano rivolto verso il basso, e colpisce qualunque cosa abbia lasciato andare con un colpo potente della mano aperta. A questo punto termina la lenta espirazione (fig. 151).

Gli stessi movimenti vengono ripetuti con il braccio destro.

Secondo gruppo

LA *RICAPITOLAZIONE*

Secondo quanto insegnato da don Juan ai suoi discepoli, la *ricapitolazione* era una tecnica scoperta dagli sciamani dell'antico Messico e usata in seguito da tutti gli stregoni praticanti per vedere e rivivere le esperienze della loro vita, al fine di ottenere due obiettivi trascendentali: quello astratto del rispetto di un codice universale che richiede che la consapevolezza sia abbandonata al momento della morte, e quello estremamente pragmatico di acquisire la fluidità percettiva.

Don Juan dichiarò che la formulazione del loro primo obiettivo era il risultato delle osservazioni che quegli stregoni compivano grazie alla loro capacità di *vedere* direttamente l'energia che scorre nell'universo. Essi avevano *visto* che nell'universo esiste una forza gigantesca, un immenso conglomerato di campi di energia che chiamavano *l'Aquila*, o *il mare oscuro della consapevolezza*; scoprirono inoltre che tale *mare oscuro della consapevolezza* è la forza che presta la consapevolezza a tutti gli esseri viventi, dai virus agli uomini, e dona la consapevolezza a ogni neonato, che la amplia poi per mezzo delle sue esperienze di vita fino al momento in cui questa stessa forza non ne pretende il ritorno.

Secondo questi stregoni, tutti gli esseri viventi muoiono perché sono costretti a restituire la consapevolezza che è stata prestata loro. Nel corso dei secoli gli sciamani hanno capito che quello che l'uomo moderno definisce "pensiero lineare" non è in grado di spiegare un simile fenomeno, dato che non c'è spazio per una linea di ragionamento causa-ed-effetto che spieghi come e perché la consapevolezza viene data e poi ripresa. Gli stregoni dell'antico Messico lo ritenevano un *fatto energetico* dell'universo, un evento che non può essere spiegato in termini di causa ed effetto, o come un obiettivo che potrebbe essere determinato a priori.

Gli stregoni del lignaggio di don Juan credevano che *ricapitolare* significasse dare al *mare oscuro della consapevolezza* ciò che esso cercava, e cioè le loro esperienze di vita. Grazie alla *ricapitolazione* essi ritenevano di poter acquisire un grado di controllo grazie al quale potevano separare le loro esperienze di vita dalla loro forza vitale, che ritenevano non fossero congiunte in maniera inestricabile ma fossero unite solo in modo secondario.

Questi stregoni affermavano che il *mare oscuro della consapevolezza* non vuole prendersi la vita degli esseri umani, ma solo le loro esperienze di vita. La mancanza di disciplina degli esseri umani impedisce loro di separare le due forze e alla fine essi perdono la vita, mentre invece dovrebbero rinunciare solo alle loro esperienze di vita. Gli sciamani valutavano la *ricapitolazione* come la procedura grazie alla quale potevano dare al *mare oscuro della consapevolezza* qualcosa in cambio della loro stessa vita: rinunciavano alle esperienze della loro esistenza raccontandole, ma conservavano la loro forza vitale.

Quando venivano esaminate secondo i termini dei concetti lineari del nostro mondo occidentale, le rivendicazioni percettive degli stregoni non avevano alcun senso. La civiltà occidentale è stata in contatto con gli sciamani del Nuovo Mondo per cinquecento anni, e in tutto questo tempo gli scienziati non hanno mai provato seriamente a formulare un discorso filosofico basato sulle affermazioni fatte dagli stregoni. Per esempio, a qualunque individuo del mondo occidentale la *ricapitolazione* può apparire in qualche modo legata alla psicanalisi, una sorta di procedura psicologica o tecnica di self-help. E invece non c'è nulla di più lontano dalla verità.

Secondo don Juan Matus, l'uomo perde sempre per abbandono: nel caso delle premesse della stregoneria, l'uomo occidentale sta perdendo una notevole opportunità per l'ampliamento della sua consapevolezza e che il modo in cui si mette in relazione con l'universo, la vita e la consapevolezza è solo una tra le tante opzioni.

Per i praticanti sciamani, *ricapitolare* significava fornire a una forza incomprensibile, *il mare oscuro della consapevolezza*, ciò che essa desiderava, e cioè le loro esperienze di vita, in pratica la consapevolezza che avevano ampliato grazie a tali esperienze. Poiché don Juan non era in grado di spiegarmi questi fenomeni nei termini della logica standard, mi disse che tutto ciò che gli stregoni potevano augurarsi di fare era ottenere il loro scopo e mantenere la loro forza vitale senza sapere come ciò avveniva. Disse inoltre che migliaia di stregoni erano riusciti a farlo, conservando la loro forza vitale dopo aver ceduto *al mare oscuro della consapevolezza* la forza delle loro esperienze di vita. Per don Juan questo significava che quegli stregoni non morivano nel solito modo in cui noi intendiamo la morte, ma trascendevano trattenendo la loro forza vitale e svanendo dalla faccia della terra, imbarcandosi in un viaggio definitivo di percezione.

Gli sciamani del lignaggio di don Juan credevano che quando la morte avviene secondo queste modalità, tutto il nostro essere si trasforma in un tipo speciale di energia che conserva il marchio della nostra individualità. Don Juan cercò di spiegare tale concetto in senso metaforico, dicendo che siamo composti da un numero di *singole nazioni:* la nazione dei polmoni, la nazione del cuore, la nazione dello stomaco, quella dei reni e via di seguito. Ognuna di queste nazioni a volte lavora in maniera indipendente dalle altre, ma al momento della morte tutte loro vengono unite in una singola unità. Gli stregoni del lignaggio di don Juan chiamavano questo stato *libertà totale:* per loro la morte unifica e non annienta, come ritengono invece le persone normali.

"Questo stato è dunque l'immortalità?" chiesi.

"Non lo è affatto", mi rispose lui. "È semplicemente l'entrata in un processo evolutivo, ricorrendo all'unico strumento per l'evoluzione che l'uomo ha a disposizione, cioè la consapevolezza. Gli stregoni del mio lignaggio erano convinti che l'uomo non potesse più evolversi dal punto di vista biologico; di conseguenza, ritenevano che la sua consapevolezza fosse l'unico mezzo per evolversi. Al momento di morire gli stregoni non vengono annullati dalla morte, ma si trasformano invece in *esseri inorganici,* che possiedono la consapevolezza ma sono privi di un organismo. La trasformazione in esseri inorganici era per loro una forma di evoluzione e voleva dire che avevano ottenuto un nuovo e indescrivibile tipo di consapevolezza che sarebbe durata per milioni di anni ma che un giorno o l'altro avrebbero comunque dovuto restituire al donatore, il *mare oscuro della consapevolezza."*

Una delle più importanti scoperte degli sciamani del lignaggio di don Juan è stata quella che al pari di ogni altra cosa dell'universo il nostro mondo è una combinazione di due forze opposte e al tempo stesso complementari. Una di queste forze è il mondo che conosciamo e che questi stregoni chiamavano il *mondo degli esseri organici.* L'altra forza è qualcosa che definivano il *mondo degli esseri inorganici.*

Don Juan dichiarò: "Il mondo degli esseri inorganici è popolato da esseri che possiedono la consapevolezza ma sono privi di organismo. Sono conglomerati di campi di energia, proprio come noi. Agli occhi di coloro che sanno vedere appaiono opachi e non luminosi al pari degli esseri umani. Sono configurazioni energetiche simili a candele, lunghe e non rotonde. In pratica sono conglomerati di campi di energia che possiedono una coesione e confini precisi, esattamente come noi. Vengono inoltre tenuti insieme dalla stessa forza agglutinante che tiene uniti i nostri campi di energia".

"Dove si trova questo mondo inorganico don Juan?" domandai.

"È il nostro mondo gemello", mi rispose. "Occupa lo stesso tempo e il medesimo spazio del nostro mondo, ma il tipo di consapevolezza del nostro mondo è così diversa da quella del mondo inorganico che noi non ci rendiamo mai conto della presenza degli esseri inorganici, sebbeno loro si accorgano della nostra.

"Questi esseri inorganici sono forse uomini che si sono evoluti?" gli chiesi.

"Nient'affatto", esclamò. "Gli esseri inorganici del nostro mondo gemello sono stati intrinsecamente inorganici fin dall'inizio, nello stesso modo in cui noi siamo stati intrinsecamente organici fin dal principio. La loro coscienza può evolversi al pari della nostra e lo fa senz'altro, ma io non possiedo una conoscenza diretta del modo in cui ciò avviene. So comunque che un essere umano la cui consapevolezza si è evoluta è un essere inorganico rotondo, luminoso e luminescente di tipo speciale."

Don Juan mi fornì una serie di descrizioni di questo processo evolutivo, che io considerai come poetiche metafore. Ne scelsi una che mi soddisfaceva in modo particolare: la *libertà totale*. Pensai che un essere umano che ha accesso alla *libertà totale* è l'essere più coraggioso e immaginativo possibile. Don Juan disse che io non stavo immaginando nulla e che per entrare nella *libertà totale* gli esseri umani devono coinvolgere davvero il loro lato sublime, che tutti possiedono ma non usano mai.

Don Juan mi descrisse il secondo obiettivo pragmatico della *ricapitolazione* come l'*acquisizione della fluidità*. La spiegazione logica degli stregoni era legata a uno degli argomenti più elusivi della stregoneria: il *punto di unione*, un punto di intensa luminosità grande quanto una palla da tennis, percepibile quando gli stregoni *vedono* un essere umano come un conglomerato di campi di energia.

Gli stregoni come don Juan *vedono* che miliardi di miliardi di campi di energia sotto forma di filamenti di luce dall'universo convergono sul punto d'unione e lo attraversano. Questa confluenza di filamenti fornisce al punto d'unione la sua luminosità. Il punto d'unione permette a un essere umano di percepire questi miliardi di miliardi di filamenti di energia trasformandoli in dati sensoriali. Il punto di unione interpreta poi questi dati al livello del mondo della vita quotidiana, in termini cioè di socializzazione e potenziale umano.

Ricapitolare significa rivivere tutte o quasi le esperienze che abbiamo vissuto; così facendo spostiamo il punto di unione, leggermente o in maniera notevole, costringendolo con la forza della memoria ad adottare la posizione che aveva quando è avvenuto l'evento che stiamo rivivendo. Questo gesto di spostarsi avanti e indietro dalle posizioni precedenti a quella attuale fornisce agli sciamani praticanti la fluidità necessaria a sopportare straordinari imprevisti durante il loro viaggio verso l'infinito. Ai praticanti di Tensegrità la ricapitolazione assicura la fluidità necessaria a superare gli imprevisti che non fanno in alcun modo parte della loro abituale cognizione.

Nei tempi antichi la *ricapitolazione* come procedura formale veniva eseguita richiamando alla mente tutte le persone che il praticante aveva conosciuto e tutte le esperienze in cui erano state coinvolte. Don Juan suggerì che per quanto mi riguardava, nel caso cioè dell'uomo moderno, io avrei dovuto scrivere un elenco di tutte le persone che avevo incontrato nell'arco della mia esistenza, eseguendo così una sorta di esercizio mnemonico. Dopo che ebbi compilato la mia lista, don Juan mi spiegò come usarla: avrei dovuto prendere la prima persona indicata nella lista stessa, che andava all'indietro nel tempo partendo dal presente e arrivando all'epoca della mia prima esperienza di vita, e rivivere mentalmente l'ultima interazione vissuta con lei. Questo atto viene definito *sistemazione dell'evento che deve essere rivissuto*.

Il ricordo dettagliato dei minimi particolari è richiesto in quanto è lo strumento necessario a migliorare la propria capacità di ricordare. Questa forma di ricordo permette di avere tutti i dettagli fisici relativi, per esempio l'ambiente in cui si è svolto il fatto ricordato. Dopo che l'evento è stato sistemato, il soggetto dovrebbe entrare personalmente nella scena, prestando particolare attenzione a qualunque configurazione fisica relativa. Se, per esempio, l'interazione è avvenuta in un ufficio, bisogna ricordare il pavimento, le porte, le pareti, i quadri, le finestre, le scrivanie e gli oggetti che vi stanno sopra, tutto ciò che avrebbe potuto essere visto con un'occhiata e poi dimenticato.

La *ricapitolazione* in qualità di procedura formale deve iniziare con l'enumerazione degli eventi che sono appena avvenuti. In questo modo, l'esperienza più recente ha la precedenza: qualcosa che è appena successo si ricorda con grande accuratezza. Gli stregoni fanno sempre affidamento sul fatto che gli esseri umani sono capaci di immagazzinare informazioni dettagliate di cui non sono consapevoli: proprio tali dettagli sono ciò che il *mare oscuro della consapevolezza vuole ottenere*.

Per eseguire la vera e propria *ricapitolazione* di un fatto il soggetto deve respirare a fondo, girando lentamente e dolcemente la testa da una parte all'altra, cominciando indifferentemente da destra o da sinistra. Il capo dev'essere girato per il numero di volte ritenute necessarie, mentre si ricordano tutti i dettagli accessibili: secondo don Juan, gli stregoni definivano questo gesto come l'inspirazione di tutte le emozioni vissute grazie all'evento ricordato e all'espirazione di tutti i sentimenti non desiderati e le emozioni indesiderate che il fatto stesso ha lasciato in noi.

Gli stregoni credono che il mistero della *ricapitolazione* stia nel gesto di inspirare ed espirare; poiché la respirazione è una funzione indispensabile per mantenersi in vita, gli stregoni sono certi che grazie a essa sia possibile consegnare al *mare oscuro della consapevolezza* il facsimile delle esperienze della propria vita. Quando sollecitai don Juan cercando di ottenere da lui una spiegazione razionale di questo concetto, lui ribadì che cose come la *ricapitolazione* possono essere solo vissute e non spiegate. Mi disse che compiendo tale gesto il soggetto può trovare la liberazione, e spiegarlo significa dissipare la nostra energia in sforzi inutili. Il suo invito ad agire si basava sulla conoscenza da lui accumulata.

La lista dei nomi viene usata nella *ricapitolazione* come un esercizio mnemonico che stimola la memoria a compiere un viaggio inimmaginabile. A tale proposito, gli sciamani ritengono che ricordare gli avvenimenti che si sono appena verificati permetta di rammentare con la stessa chiarezza e immediatezza avvenimenti più distanti nel tempo. Richiamare in questo modo le esperienze significa riviverle, ricavando da tale ricordo un impeto straordinario in grado di stimolare l'energia dispersa dai nostri centri di vitalità e di restituirla ai centri stessi. Gli stregoni definiscono questa ridistribuzione dell'energia fornita dalla *ricapitolazione* come l'acquisizione di fluidità ottenuta dopo aver dato al *mare oscuro della consapevolezza* quello che sta cercando.

A livello più pratico, la *ricapitolazione* fornisce ai praticanti la capacità di esaminare le ripetizioni che si sono verificate nel corso della loro esistenza. *Ricapitolare* può convincerli al di là di ogni ragionevole dubbio che tutti noi siamo alla mercé di forze che non hanno alcun senso, sebbene a prima vista possano apparire del tutto ragionevoli. Prendiamo ad esempio il fatto di essere alla mercé del corteggiamento, che per molte persone pare essere lo scopo dell'intera esistenza. Io stesso ho sentito confessare da gente di una certa età che il loro unico ideale era quello di trovare un compagno perfetto e che la loro massima aspirazione era di avere almeno un anno di gioia amorosa.

In risposta alle mie veementi proteste, don Juan Matus era solito dirmi che il problema era che in realtà nessuno era disposto ad amare qualcun altro, ma che tutti volevano invece *essere* amati. Ripeteva che questa ossessione per il corteggiamento era per noi la cosa più naturale del mondo. Sentir dire da un uomo o da una donna di settantacinque anni che è ancora alla ricerca dell'anima gemella è un'affermazione idealistica, romantica, splendida. Esaminando questa ossessione nel contesto delle infinite ripetizioni di una vita la vediamo per ciò che è davvero: grottesca.

Don Juan mi assicurò che qualunque cambiamento di carattere si ottenga con la *ricapitolazione,* l'unico strumento in grado di ampliare la consapevolezza liberando il praticante dalle richieste non espresse di socializzazione, che sono così automatiche e scontate da non essere mai notate e quindi analizzate in condizioni normali.

Il gesto della *ricapitolazione* è il compito di una vita; ci vogliono anni per compilare la lista delle persone, soprattutto per chi ha cononosciuto e interagito con migliaia di altri individui. Questo elenco viene incrementato dal ricordo di avvenimenti impersonali nei quali non erano coinvolti esseri umani ma che devono essere comunque esaminati perché sono in qualche modo legati alla persona che sta *ricapitolando*.

Don Juan dichiarava che ciò che gli stregoni dell'antico Messico ricercavano avidamente eseguendo la *ricapitolazione* era il ricordo dell'interazione, perché nell'interazione stessa risiedono gli effetti profondi della socializzazione che essi si sforzavano di dominare con tutti i mezzi disponibili.

PASSI MAGICI PER LA *RICAPITOLAZIONE*

La *ricapitolazione* influisce su ciò che don Juan chiamava il *corpo energetico*, formalmente spiegato come un conglomerato di campi energetici: immagini speculari dei campi di energia che compongono il corpo umano quando è *visto* come energia. Don Juan raccontava che, nel caso degli antichi stregoni, il corpo fisico e quello energetico erano un'unica entità. I passi magici per la *ricapitolazione* conducono il corpo *energetico* al corpo *fisico*, indispensabile per attraversare l'ignoto.

13. FORMARE IL TRONCO DEL CORPO ENERGETICO

Don Juan disse che il tronco del corpo energetico si forma con tre colpi sferrati con il palmo delle mani, che vanno tenute all'altezza delle orecchie con i palmi rivolti in avanti; partendo da questa posizione il soggetto le spinge in avanti, all'altezza delle spalle, come se volesse colpire le spalle di un corpo ben sviluppato. Le mani tornano poi nella loro posizione d'origine intorno alle orecchie, con i palmi rivolti in avanti, e colpiscono un punto al centro del tronco di quel corpo immaginario, all'altezza del petto. Il

152

secondo colpo non è ampio come il primo, e il terzo è molto più stretto perché colpisce la cintola di un tronco di forma triangolare (fig. 152).

14. SCHIAFFEGGIARE IL CORPO ENERGETICO

La mano destra e la sinistra scendono da sopra la testa e scendendo i loro palmi creano una corrente di energia che delinea le braccia, gli avambracci e le mani del corpo di energia. La mano sinistra si muove diagonalmente per colpire la mano sinistra del corpo energetico (fig. 153); la mano destra compie poi lo stesso gesto, muovendosi diagonalmente per colpire la mano destra del corpo di energia.

Questo passo magico traccia le braccia, gli avambracci e soprattutto le mani del campo energetico.

15. ESPANDERE DI LATO IL CORPO ENERGETICO

I polsi sono incrociati a formare una lettera X davanti al corpo, quasi toccandolo e sono piegati all'indietro a un angolo di novanta gradi rispetto all'avambraccio, all'altezza del plesso solare. Il polso sinistro è posto sopra il destro (fig. 154). Partendo da questa posizione le mani scendono lateralmente, con un movimento lento, come se stessero incontrando una terribile resistenza (fig. 155).

Quando le braccia raggiungono la massima apertura, il soggetto le riporta al centro, con i palmi posti a novanta gradi rispetto all'avambraccio, creando così la sensazione di spingere qualcosa di solido da entrambi i lati verso il centro del corpo. La mano sinistra è incrociata sopra la destra mentre le mani si preparano a sferrare un altro colpo laterale.

Il corpo fisico, in qualità di conglomerato di campi di energia, possiede limiti più che definiti, mentre il corpo energetico non possiede tale caratteristica: diffondere lateralmente l'energia gli fornisce i limiti ben definiti di cui è sprovvisto.

16. DEFINIRE IL FULCRO DEL CORPO ENERGETICO

Il soggetto tiene gli avambracci in posizione verticale all'altezza del petto, con i gomiti ben vicini al corpo, ai lati del torace. I polsi vengono spinti dolcemente prima all'indietro e poi in avanti con grande forza, senza muovere gli avambracci (fig. 156).

Oltre a possedere limiti ultra-definiti, il corpo umano inteso come conglomerato di campi energetici ha un fulcro di luminosità compatta, che gli sciamani chiamano la *banda dell'uomo,* che sono campi energetici con cui l'uomo è più familiare. Secondo gli stregoni, all'interno della sfera luminosa, che è anche l'insieme delle possibilità energetiche umane, ci sono zone di energia di cui gli

156 *157* *158*

esseri umani non sono affatto consapevoli. Si tratta dei campi energetici situati alla distanza massima dalla *banda dell'uomo*. Definire il fulcro del corpo energetico significa fortificare il corpo energetico stesso per consentirgli di avventurarsi nelle aree di energia sconosciuta.

17. FORMARE I CALCAGNI E I POLPACCI DEL CORPO ENERGETICO

Il soggetto tiene il piede sinistro davanti al corpo con il calcagno sollevato all'altezza della caviglia, in posizione perpendicolare rispetto all'altra gamba. Il calcagno sinistro sferra poi un colpo a destra, come se tirasse un calcio, a circa quattordici o quindici centimetri dalla tibia della gamba destra (figure 157 e 158).

Lo stesso movimento viene poi eseguito con l'altra gamba.

18. FORMARE LE GINOCCHIA DEL CORPO ENERGETICO

Questo passo magico si divide in due fasi. Nella prima il ginocchio sinistro viene piegato e sollevato all'altezza dei fianchi, o se possibile ancora più in alto. Il peso totale del corpo viene sostenuto dalla gamba destra, che è tesa con il ginocchio leggermente piegato in avanti. Il soggetto traccia poi tre cerchi con il ginocchio sinistro, muovendolo all'interno verso l'inguine (fig. 159). Lo stesso movimento viene ripetuto con la gamba destra.

159

160

Nella seconda fase di questo passo magico, i movimenti vengono ripetuti con ciascuna gamba, ma questa volta il ginocchio traccia un cerchio esterno (fig. 160).

19. FORMARE LE COSCE DEL CORPO ENERGETICO

Il soggetto inspira, piegando leggermente il corpo all'altezza delle ginocchia mentre le mani scivolano giù lungo le cosce. Le mani si fermano sulle rotule e vengono poi riportate indietro su per le cosce all'altezza dei fianchi, come se stessero trascinando una sostanza solida, mentre il soggetto inspira. Le mani sono tenute quasi come due artigli. Il corpo si raddrizza non appena questa parte del movimento viene eseguita (fig. 161).

Il movimento viene poi ripetuto, alternando il modello di respirazione: il soggetto inspira mentre piega le ginocchia e fa scendere le mani lungo le rotule, ed espira quando riporta le mani stesse alla posizione di partenza.

20. STIMOLARE LA STORIA PERSONALE RENDENDOLA FLESSIBILE

Questo passo magico allunga i tendini e li rilassa portando le gambe, una alla volta e piegate all'altezza del ginocchio, a colpire le natiche con un colpetto gentile del calcagno (fig. 162). Il calcagno sinistro colpisce la natica sinistra, e il destro colpisce la destra.

Gli sciamani attribuiscono una grandissima importanza al rafforzamento dei muscoli della parte posteriore delle cosce: sono infatti convinti che più essi sono tesi, maggiore è la facilità con cui il praticante identifica ed elimina i modelli comportamentali ormai inutili.

21. STIMOLARE LA STORIA PERSONALE BATTENDO PIU' VOLTE A TERRA IL CALCAGNO

La gamba destra è posta a un angolo di novanta gradi rispetto alla sinistra. Il soggetto pone il piede sinistro il più lontano possibile davanti al corpo, che appoggia quasi completamente il proprio peso sulla gamba destra. I muscoli posteriori della gamba destra sono tesi e contratti al massimo, così come sono allungati i muscoli posteriori della gamba sinistra. Il calcagno sinistro batte ripetutamente il terreno (fig. 163).

Gli stessi movimenti vengono poi eseguiti con l'altra gamba.

22. STIMOLARE LA STORIA PERSONALE TENENDO IL CALCAGNO A TERRA E MANTENENDO TALE POSIZIONE

Questo passo magico prevede gli stessi movimenti del precedente, eseguiti a turno con ciascuna gamba, ma invece di battere a terra con il calcagno, il corpo mantiene una tensione maggiore tenendo allungata la gamba (fig. 164).

Poiché prevedono inspirazioni ed espirazioni profonde, i seguenti passi magici devono essere eseguiti con una certa moderazione.

163

164

23. LE ALI DELLA *RICAPITOLAZIONE*

Il soggetto inspira a fondo mentre solleva gli avambracci al livello delle spalle, con le mani all'altezza delle orecchie, i palmi rivolti verso l'esterno. Gli avambracci sono in posizione verticale ed equidistanti l'uno dall'altro. Il soggetto espira mentre gli avambracci sono portati il più possibile all'indietro senza però oscillare (fig. 165). Il soggetto inspira di nuovo a fondo e, durante la successiva lunga espirazione, entrambe le braccia tracciano un semicerchio simile a un'ala, cominciando con il braccio sinistro che si tende il più possibile in avanti e poi di lato, tracciando un semicerchio che si spinge il più possibile all'indietro. Il braccio esegue una curva al termine di questa estensione e ritorna davanti (fig. 166), nella sua posizione iniziale di riposo di fianco al corpo (fig. 167). Il braccio destro segue poi la stessa sequela di movimenti nell'arco di una singola espirazione. Dopo aver effettuato questi movimenti, il soggetto respira profondamente con l'addome.

24. LA FINESTRA DELLA *RICAPITOLAZIONE*

La prima parte di questo passo magico è uguale a quella del precedente: il soggetto inspira a fondo con le mani sollevate all'al-

168   *169*

tezza delle orecchie, i palmi rivolti verso l'esterno. Gli avambracci sono in posizione verticale. Il soggetto espira a fondo mentre le braccia vengono spinte all'indietro e inspira poi altrettanto a fondo mentre i gomiti sono spinti di lato all'altezza delle spalle. Le mani sono piegate a un angolo di novanta gradi rispetto agli avambracci, con le dita che indicano l'alto. Le mani vengono spinte lentamente verso il centro del corpo finché gli avambracci non si incrociano. Il braccio sinistro è più vicino al corpo e il destro è posto davanti al sinistro. In questo modo le mani creano quella che don Juan chiamava la *finestra della ricapitolazione,* un'apertura davanti agli occhi che sembra una minuscola finestra, attraverso la quale il praticante può sbirciare nell'infinito (fig. 168). Il soggetto espira a fondo mentre il corpo si raddrizza; i gomiti vengono spinti di lato, e le mani sono raddrizzate e tenute alla stessa altezza dei gomiti (fig. 169).

25. I CINQUE RESPIRI PROFONDI

L'inizio di questo passo magico è identico a quello dei due precedenti. Alla seconda inspirazione le braccia scendono e si incrociano all'altezza delle ginocchia mentre il praticante è quasi accovacciato. Le mani sono poste dietro le ginocchia: la destra afferra i tendini posteriori del ginocchio sinistro, mentre la destra, con l'avambraccio sinistro sopra quello destro, afferra i tendini posteriori del ginocchio destro. L'indice e il medio afferrano i tendini esterni e il pollice è avvolto intorno alla parte interiore del ginocchio. L'espirazione termina a questo punto; il soggetto inspira ora a fondo, esercitando al tempo stesso una pressione sui tendini (fig. 170), e compie così cinque respiri profondi.

Questo passo magico raddrizza la schiena e mette la testa in linea con la spina dorsale; viene usato per eseguire cinque respiri profondi che riempiono sia la parte superiore sia quella inferiore dei polmoni, spingendo in basso il diaframma.

26. ATTIRARE ENERGIA DAI PIEDI

La prima parte di questo passo magico è uguale alla prima parte degli altri tre passi di questa serie. Alla seconda inspirazione il soggetto abbassa gli avambracci e li avvolge intorno alle caviglie, andando dall'interno all'esterno, assumendo al tempo stesso una posizione accovacciata. Il dorso delle mani è appoggiato sulla punta delle dita dei piedi; a questo punto il soggetto inspira ed espira profondamente tre volte (fig. 171). Dopo l'ultima espirazione il corpo si raddrizza e il soggetto inspira profondamente per terminare il passo magico.

L'unico chiarore di consapevolezza rimasto negli esseri umani si trova sul fondo della loro sfera luminosa, una frangia che si estende in circolo e raggiunge il livello delle dita dei piedi. Grazie a questo passo magico il soggetto attinge a tale frangia con il dorso delle dita, e la stimola con il respiro.

Terzo gruppo

SOGNARE

Don Juan Matus definì il *sognare* come la capacità di usare i sogni normali per permettere alla consapevolezza umana di entrare in altri regni della percezione; secondo tale definizione, i sogni ordinari possono venire usati come una porta che conduce la percezione in altre regioni di energia, diversa da quella del mondo della vita quotidiana e al tempo stesso simile per ciò che riguarda la sua essenza di base. Per gli stregoni il risultato di un simile passaggio era la percezione dei mondi veritieri in cui potevano vivere o morire, mondi diversi dai nostri e al tempo stesso incredibilmente simili.

Pressato per una spiegazione lineare di questa contraddizione, don Juan Matus ribadiva la posizione tipica degli stregoni: le risposte a tutte quelle domande stavano nella pratica, e non nella ricerca intellettuale. Mi disse che per poter parlare di tali possibilità avremmo dovuto usare la sintassi del linguaggio, qualunque sia il linguaggio che parliamo, e che la sintassi, con la forza dell'uso, limita le possibilità di espressione. La sintassi di qualunque linguaggio si riferisce solo alla possibilità percettive trovate nel mondo in cui viviamo.

Don Juan evidenziò una significativa distinzione tra due verbi spagnoli: uno era "sognare", *soñar*, e l'altro *ensoñar*, che significa *sognare* nel modo in cui *sognano* gli stregoni. Nelle altre lingue non esiste una distinzione altrettanto chiara tra queste due condizioni, il sogno normale o *sueño* e lo stato più complesso che gli stregoni chiamano *ensueño*.

In base agli insegnamenti di don Juan, l'arte di *sognare* ebbe origine dall'osservazione del tutto casuale che gli stregoni dell'antico Messico fecero quando *videro* le persone addormentate: notarono che durante il sonno il punto d'unione si spostava in maniera molto naturale e facile dalla sua posizione abituale, e si muoveva ovunque lungo la periferia della sfera luminosa, o in qualunque posto al suo interno. Mettendo in relazione il loro *vedere* con i racconti delle persone che erano state osservate mentre dormivano, si resero conto che maggiore era lo spostamento riscontrato del punto d'unione, più sbalorditivi erano i resoconti degli avvenimenti e delle scene vissute in sogno.

Dopo tali osservazioni, quegli stregoni cominciarono a cercare avidamente di spostare i loro punti di unione, e per riuscirci usarono piante psicotropiche. Ben presto si resero conto che lo spostamento ottenuto con l'uso di tali piante era irregolare, forzato e privo di controllo. Nonostante questo fallimento, scoprirono un elemento di grande valore che chiamarono l'*attenzione del sogno*.

Don Juan spiegò questo fenomeno riferendosi prima alla consapevolezza quotidiana degli esseri umani come all'attenzione posta sugli elementi del mondo della vita quotidiana. Mi fece notare che gli esseri umani si limitano solo a una breve occhiata e sostengono poi di aver guardato tutto ciò che li circonda. Più che esaminare le cose, gli esseri umani stabilivano semplicemente la presenza di questi elementi grazie a un tipo speciale di *attenzione,* un aspetto specifico della loro consapevolezza generale. Secondo don Juan, il medesimo tipo di "sguardo" breve e al tempo stesso sostenuto può essere applicato agli elementi di un sogno ordinario. Egli chiamava questo altro specifico aspetto di consapevolezza generale come l'*attenzione del sogno* o la capacità acquisita dai praticanti di mantenere la loro consapevolezza fissata sugli oggetti dei loro sogni.

Coltivare l'*attenzione del sogno* fornì agli stregoni del lignaggio di don Juan una tassonomia di base dei sogni; essi scoprirono che la maggior parte dei loro sogni erano immaginari, prodotti della cognizione del loro mondo quotidiano. Ce n'erano però alcuni che sfuggivano a tale classificazione, ed erano veritieri stati di *consapevolezza intensa* in cui gli elementi del sogno non erano semplici immagini ma questioni che producevano energia. Per quegli sciamani i sogni che possedevano elementi capaci di generare energia erano sogni all'interno dei quali essi erano capaci di *vedere* l'energia che fluisce nell'universo.

Quegli sciamani erano in grado di concentrare la loro *attenzione del sogno* su qualunque elemento dei loro sogni, e scoprirono così che esistono due tipi di sogno: al primo appartengono quelli che noi tutti conosciamo, nei quali entrano in gioco elementi fantasmagorici, qualcosa che potremmo definire come il prodotto della nostra mentalità e della nostra psiche, e che è forse legato alla nostra connotazione neurologica. Dell'altra categoria fanno invece parte i *sogni che generano energia*. Don Juan dichiarò che gli stregoni dei tempi antichi si ritrovarono in sogni che in realtà non erano sogni, ma vere e proprie visite compiute in una sorta di stato onirico in luoghi che non appartengono a questo mondo, posti veri, proprio come quelli in cui viviamo, dove gli oggetti producono energia, nello stesso modo in cui per uno stregone capace di *vedere* gli alberi, gli animali o i sassi generano energia nel nostro mondo di tutti i giorni.

Le loro visioni di quei luoghi erano troppo fugaci e momentanee per poter essere utili. Essi attribuivano questo difetto al fatto che il loro punto d'unione non restava fissato per un tempo sufficientemente lungo nella posizione in cui essi l'avevano spostato. I loro tentativi di rimediare a tale situazione risultarono nell'altra grande arte della stregoneria: *l'arte dell'agguato*.

Don Juan definì con molta chiarezza le due arti un giorno in cui mi spiegò che l'arte di *sognare* consiste nello spostare di proposito il punto di unione dalla sua posizione abituale; l'arte dell'*agguato* permette invece di mantenerlo volutamente fissato nella nuova posizione in cui è stato spostato.

Questo spostamento concedeva agli stregoni dell'antico Messico l'opportunità di vedere altri mondi in pieno sviluppo. Secondo don Juan, alcuni di questi stregoni non hanno mai fatto ritorno dai loro viaggi, e hanno deciso di restare "laggiù", di qualunque luogo si sia trattato.

"Quando gli antichi stregoni finirono di tracciare la mappa degli esseri umani intesi come sfere luminose", mi disse una volta don Juan, "avevano scoperto nientemeno che seicento punti nella sfera luminosa globale che corrispondeva ai luoghi in bona fide dei mondi. Se il punto di unione si fissava a uno di questi posti, il praticante entrava in un mondo completamente nuovo."

"Ma dove sono questi altri seicento mondi, don Juan?" gli chiesi.

"L'unica risposta a questa domanda è incomprensibile", mi rispose, ridendo. "È l'essenza della stregoneria, eppure non significa nulla per l'uomo normale. I seicento mondi si trovano nella posizione del punto di unione. Per trovare il senso di questa risposta ci vorrebbe un'incalcolabile quantità di energia: noi possediamo l'energia, ma non abbiamo la facilità o la disposizione a usarla."

Potrei aggiungere che nulla è più vero di queste affermazioni, e al tempo stesso niente potrebbe avere meno senso.

Don Juan spiegava la percezione normale nei termini in cui la comprendevano gli stregoni del suo lignaggio: il punto di unione, nel suo solito posto, riceve un flusso di campi di energia dall'intero universo sottoforma di miliardi di filamenti luminosi. Poiché la sua posizione è costantemente la stessa, gli stregoni ritenevano che gli stessi campi di energia, sotto forma di filamenti luminosi, convergessero sul punto di unione e lo attraversassero, fornendo come risultato consistente la percezione del mondo che noi conosciamo. Questi sciamani arrivarono all'inevitabile conclusione che, quando viene spostato in un'altra posizione, il punto d'unione è attraversato da un altro insieme di filamenti energetici, e fornisce così la percezione di un mondo che per definizione non è lo stesso della vita di tutti i giorni.

Secondo don Juan, ciò che gli esseri umani normalmente considerano come percezione è invece l'atto di interpretare i dati sensoriali; dal momento della nostra nascita, tutto ciò che ci circonda ci fornisce la possibilità di interpretare e, con il passare del tempo, tale possibilità si trasforma in un sistema completo grazie al quale eseguiamo tutte le nostre transazioni percettive nel mondo.

Egli sottolineò che il punto d'unione è il centro dove si assembla la percezione e in cui si esegue l'interpretazione dei dati sensoriali, in modo che, se dovesse cambiare locazione, interpreterebbe il nuovo afflusso di campi energetici quasi negli stessi termini in cui interpreta il mondo della vita quotidiana. Il risultato di questa nuova interpretazione è la percezione di un mondo stranamente simile al nostro e al tempo stesso intrinsecamente diverso. Don Juan dichiarò che dal punto di vista energetico questi mondi sono diversissimi dai nostri: è solo l'interpretazione del punto d'unione a determinare le apparenti similitudini.

Egli riteneva che fosse necessaria una nuova sintassi per esprimere questa incredibile qualità del punto d'unione e le possibilità di percezione portate dalla capacità di *sognare*. Concesse comunque che l'attuale sintassi del nostro linguaggio potrebbe forse riuscire a esprimerle, nel caso in cui questa esperienza diventasse disponibile a ciascuno di noi, e non solo agli iniziati sciamani.

L'affermazione di don Juan secondo cui non esiste una procedura vera e propria per insegnare a *sognare* mi ha profondamente interessato, pur lasciandomi sbalordito. Mi disse infatti che più di ogni altra cosa *sognare* rappresentava uno sforzo immane da parte dei praticanti per mettersi in contatto con la forza indescrivibile che pervade ogni cosa, e che gli sciamani dell'antico Messico chiamavano *intento*. Dopo che questo legame è stato instaurato, anche *sognare* diventa misteriosamente possibile. Don Juan dichiarava che tale legame avrebbe potuto essere ottenuto assumendo un qualunque atteggiamento che comporti una forma di disciplina.

Quando gli chiesi di fornirmi una breve spiegazione delle relative procedure, mi rise in faccia.

"Avventurarsi nel mondo degli stregoni", disse, "non è come imparare a guidare una macchina. Per guidare un'auto occorrono istruzioni e manuali, per *sognare* bisogna avere l'*intento*".

"Ma come posso avere l'*intento?*" ribattei.

"L'unico modo di avere l'*intento* sta nell'*intenderlo*", dichiarò. "La mancanza di una procedura è una delle cose più difficili da accettare per l'uomo moderno che, soffocato da manuali, procedure, metodi, passi che conducono a qualcosa, continua a prendere appunti e tracciare diagrammi, profondamente coinvolto nel 'know-how'. Ma nel mondo degli stregoni, le procedure e i rituali sono semplici modi per attirare e concentrare l'attenzione, strumenti utilizzati per forzare la concentrazione di interesse e determinazione, e non hanno altro valore."

Ciò che don Juan considerava di estrema importanza per poter *sognare* è la rigorosa esecuzione dei passi magici, l'unico strumento che gli stregoni del suo lignaggio avevano a disposizione per favorire lo spostamento del punto d'unione. L'esecuzione dei passi magici forniva a quegli sciamani la stabilità e l'energia necessari per evocare la loro *attenzione al sogno,* senza la quale non avrebbero potuto *sognare*. Se non emergeva l'*attenzione al sogno,* i praticanti potevano sperare al massimo di avere sogni lucidi su mondi fantasmagorici. Forse avrebbero potuto avere visioni di mondi che generano energia, ma per essi tutto ciò non avrebbe alcun senso in mancanza di una spiegazione completamente razionale, in grado di classificarli in maniera adeguata.

Dopo aver sviluppato l'*attenzione al sogno,* gli stregoni del lignaggio di don Juan si resero conto di aver bussato alle *porte dell'infinito*. Erano riusciti ad ampliare i parametri della loro normale percezione, e scoprirono che il loro stato normale di consapevolezza era infinitamente più vario di quanto non fosse stato prima dell'avvento dell'*attenzione al sogno*. Da quel punto in poi gli stregoni poterono avventurarsi nell'ignoto.

"L'aforisma 'l'unico limite è il cielo' si adattava sicuramente agli stregoni del passato, che superarono ogni barriera", mi disse un giorno don Juan.

"Per loro il cielo era dunque l'unico limite, don Juan?" gli chiesi.

"A questa domanda dovrebbe rispondere singolarmente ognuno di noi", mi rispose con un ampio sorriso. "Essi ci hanno dato gli strumenti: spetta a noi singoli individui usarli o rifiutarli. In pratica, siamo soli davanti all'infinito, e la questione se siamo o meno capaci di superare i nostri limiti può trovare risposta solo a livello individuale."

I PASSI MAGICI PER SOGNARE

27. SBLOCCARE IL PUNTO D'UNIONE

Il soggetto solleva il braccio sinistro, con il palmo rivolto verso l'alto, e lo pone sulla zona dietro le scapole, piegando leggermente in avanti il tronco. Il braccio compie poi un movimento dal lato sinistro del corpo alla parte anteriore, ponendosi davanti al viso e allungandosi verso l'alto, con il palmo della mano sinistra rivolto verso il destro. Le dita sono unite (figure 172 e 173).

Questo passo magico viene eseguito da ciascun braccio in successione. Le ginocchia sono piegate per assicurare maggiore stabilità e forza di spinta.

28. COSTRINGERE IL PUNTO D'UNIONE AD ABBASSARSI

Il soggetto tiene la schiena dritta il più possibile; le ginocchia sono bloccate; il braccio sinistro è completamente allungato all'indietro, a pochi centimetri dal corpo. La mano è piegata a un angolo di novanta gradi rispetto all'avambraccio; il palmo è rivolto verso il basso e le dita tese sono rivolte all'indietro. Il braccio destro, completamente allungato, è posto davanti al corpo, nella medesima posizione, con il polso piegato a un angolo di novanta gradi, il palmo rivolto verso il basso, le dita rivolte in avanti.

La testa gira nella direzione del braccio che viene tenuto all'indietro e, in quel preciso istante, i tendini delle gambe e delle braccia vengono allungati; tale tensione viene mantenuta per un momento (fig. 174). Lo stesso movimento viene poi ripetuto con il braccio destro dietro e il sinistro davanti.

29. CONVINCERE IL PUNTO D'UNIONE A SCENDERE ATTIRANDO ENERGIA DALLE GHIANDOLE SURRENALI E TRASFERENDOLA NELLA PARTE ANTERIORE

Il soggetto posiziona il braccio sinistro dietro il corpo, all'altezza dei reni, il più possibile a destra, tenendo la mano come un artiglio e muovendola attraverso la zona dei reni da destra a sinistra come se stesse trascinando una sostanza solida. Il braccio destro è invece in posizione normale, di fianco alla coscia.

La mano sinistra si muove poi sul davanti; il palmo viene tenuto piatto sul lato destro, sopra il fegato e la cistifellea. La mano sinistra si muove attraverso la parte anteriore del corpo verso sinistra, nella zona cioè del pancreas e della milza, come se volesse lisciare la superficie di una sostanza solida; al tempo stesso la mano destra, tenuta come un artiglio dietro il corpo, si muove da sinistra a destra sopra i reni, come se stesse trascinando una sostanza solida.

Il soggetto posiziona poi la mano destra davanti al corpo, con il palmo ben piatto sulla zona del pancreas e della milza, e la muove attraverso la parte anteriore del corpo fino alla zona del fega-

175 *176* *177*

to e della cistifellea, come se volesse lisciare una superficie ruvida, mentre la mano sinistra ad artiglio si muove attraverso la zona dei reni da destra a sinistra come se volesse trascinare una sostanza solida (figure 175 e 176). Le ginocchia sono piegate per assicurare maggiore forza e stabilità.

30. MUOVERE I TIPI DI ENERGIA A E B

L'avambraccio destro, piegato in posizione verticale a novanta gradi, è centrato davanti al corpo, con il gomito quasi a livello delle spalle e il palmo della mano rivolto a sinistra. L'avambraccio sinistro, in posizione orizzontale e piegato all'altezza del gomito, è tenuto con il dorso della mano sotto il gomito destro. Gli occhi mantengono una visione periferica degli avambracci, senza concentrare su di essi lo sguardo. La pressione del braccio destro è rivolta verso il basso, quella del sinistro verso l'alto. Le due forze agiscono simultaneamente su entrambe le braccia, che vengono sottoposte a questa tensione per un minuto (fig. 177).

Lo stesso movimento viene poi eseguito invertendo l'ordine e la posizione delle braccia.

Gli sciamani dell'antico Messico credevano che nell'universo ogni cosa sia composta da forze duplici, e che gli esseri umani siano soggetti a tale duplicità in ogni aspetto della loro esistenza. A livello dell'energia, essi ritenevano che fossero in gioco due forze: don Juan le chiamava le *forze A e B*. La forza A viene utilizzata normalmente nella vita di tutti i giorni ed è rappresentata da una linea dritta verticale; la forza B è in genere oscura e repressa, entra raramente in azione ed è rappresentata da una linea orizzontale tracciata alla sinistra di quella verticale, alla sua base, in modo da creare una lettera L maiuscola rovesciata.

Secondo don Juan, gli sciamani (uomini e donne) erano gli unici a essere stati capaci di trasformare la forza B, che di solito è stesa orizzontalmente e non viene usata, in una linea verticale attiva e, di conseguenza, erano riusciti a far riposare la forza A. Questo processo veniva rappresentato tracciando una linea orizzontale alla base di quella verticale, alla sua destra, creando così una lettera L maiuscola. Don Juan definiva questo passo come quello che meglio esemplificava tale dualità e lo sforzo degli stregoni di rovesciarne gli effetti.

31. TRASCINARE IL CORPO ENERGETICO VERSO LA PARTE ANTERIORE

Il soggetto tiene le braccia all'altezza delle spalle con i gomiti piegati. Le mani sono una sull'altra, girate con i palmi rivolti verso il basso. Il soggetto traccia un cerchio con le mani che ruotano una intorno all'altra; il movimento è rivolto all'interno, verso la faccia (fig. 178). Le mani ruotano tre volte l'una intorno all'altra, poi il soggetto spinge in avanti il braccio sinistro con la mano serrata a pugno, come se volesse colpire un obiettivo invisibile davanti al corpo, a un braccio di distanza da esso (fig. 179). Con entrambe le mani traccia poi altri cerchi, e infine il braccio destro sferra un colpo, così come ha fatto il sinistro.

32. LANCIARE IL PUNTO D'UNIONE COME UN COLTELLO OLTRE LA SPALLA

Il soggetto allunga la mano sinistra sulla testa per raggiungere la zona dietro le scapole e afferra qualcosa, come se si trattasse di un oggetto solido; la mano si sposta poi sopra le testa per posizionarsi davanti al corpo, facendo il gesto di lanciare qualcosa in avanti. Le ginocchia sono piegate per assicurare stabilità al lancio. Lo stesso movimento viene poi ripetuto con il braccio destro (figure 180 e 181).

Questo passo magico è un vero e proprio tentativo di lanciare il punto d'unione al fine di spostarlo dalla sua posizione abituale. Il praticante tiene il punto di unione come se fosse un coltello, e qualcosa nell'*intento* di lanciare tale punto ne influenza profondamente lo spostamento.

182 *183*

33. LANCIARE IL PUNTO D'UNIONE COME UN COLTELLO DA DIETRO LA SCHIENA ALL'ALTEZZA DELLA CINTOLA

Le ginocchia sono piegate e il corpo inclinato in avanti; il braccio sinistro si allunga poi dietro la schiena, dal lato, fino alla zona dietro le scapole, afferra qualcosa come se fosse solido e lo lancia in avanti muovendosi all'altezza della cintola, con uno scatto del polso, come se stesse lanciando un disco piatto o un coltello (figure 182 e 183). Gli stessi movimenti vengono ripetuti con la mano destra.

34. LANCIARE IL PUNTO D'UNIONE COME UN DISCO DALLA SPALLA

Il soggetto ruota il torace verso sinistra, facendo così oscillare il braccio destro verso il lato sinistro della gamba sinistra. Muovendosi poi nella direzione opposta, il torace spinge il braccio sinistro facendolo oscillare al lato destro della gamba destra. Un altro movimento della cintola spinge il braccio destro a oscillare ancora verso il lato sinistro della gamba sinistra. A questo punto il soggetto arretra di scatto la mano sinistra con un movimento circolare per afferrare qualcosa di solido nella zona dietro le scapole (fig. 184). La mano sinistra compie un movimento oscillatorio circolare davanti al corpo e all'altezza della spalla destra. Il palmo della mano serrata è rivolto verso l'alto. Da questa posizione, con uno scatto del polso

184

185

la mano sinistra compie un movimento come se stesse lanciando in avanti qualcosa di solido, per esempio un disco (fig. 185).

Le gambe sono leggermente piegate all'altezza delle ginocchia; il soggetto esercita una notevole pressione sulla parte posteriore delle cosce. Il braccio destro, con il gomito leggermente piegato, viene allungato dietro al corpo per dare maggiore stabilità al lancio del disco. Questa posizione viene tenuta per un minuto, mentre il braccio sinistro mantiene la posizione come se avesse appena lanciato un oggetto.

Gli stessi movimenti vengono poi ripetuti con l'altro braccio.

186

187

188

35. SCAGLIARE IL PUNTO D'UNIONE SOPRA LA TESTA COME SE FOSSE UNA PALLA

Il soggetto porta velocemente la mano sinistra nella zona dietro le scapole e afferra qualcosa di solido (fig. 186). Il braccio ruota due volte in un ampio cerchio sopra la testa come se volesse acquistare una spinta più forte (fig. 187), e compie il gesto di lanciare in avanti una palla (fig. 188). Le ginocchia sono piegate. Questi movimenti vengono ripetuti con la mano destra.

Quarto gruppo

IL *SILENZIO INTERIORE*

Secondo don Juan, il *silenzio interiore* era la condizione più avidamente ricercata dagli sciamani dell'antico Messico: egli stesso lo definiva come uno stato naturale della percezione umana nel quale i pensieri vengono bloccati, e tutte le facoltà dell'uomo agiscono da un livello di consapevolezza che non richiede l'utilizzazione del normale sistema cognitivo.

Gli sciamani del lignaggio di don Juan associavano il *silenzio interiore* con l'oscurità, forse perché quando è privata del suo compagno abituale, il *dialogo interiore,* la percezione umana cade in qualcosa che assomiglia a un pozzo oscuro. Don Juan mi disse che il corpo funziona come al solito, ma la consapevolezza diventa più acuta; le decisioni sono immediate, e sembrano nascere da una speciale forma di conoscenza che è privata della verbalizzazione-pensiero.

La percezione umana che funziona in una condizione di *silenzio interiore,* sempre secondo don Juan, è capace di raggiungere livelli indescrivibili. Alcuni di questi livelli di percezione sono mondi a sé, e non assomigliano affatto ai mondi raggiunti grazie al *sogno:* sono stati indescrivibili, inspiegabili in base ai paradigmi lineari a cui ricorre lo stato abituale della percezione umana per spiegare l'universo.

In base alle dichiarazioni di don Juan, il *silenzio interiore* è la matrice per un gigantesco passo dell'evoluzione: la *conoscenza silenziosa,* cioè il livello della consapevolezza umana dove la conoscenza è automatica e immediata. A questo livello la conoscenza non è il prodotto della cognizione cerebrale o della deduzione e dell'induzione logica, e nemmeno delle generalizzazioni basate su similitudini e differenze. Al livello della *conoscenza silenziosa* non c'è nulla a priori, niente che possa costituire un corpo di conoscenza, perché ogni cosa è *adesso*. Complesse informazioni potrebbero essere comprese senza il bisogno di preliminari cognitivi.

Don Juan credeva che la *conoscenza silenziosa* fosse insita nei primi uomini, che non erano però i possessori di tale *conoscenza interiore*. Un tale processo era infinitamente più forte di ciò che l'uomo moderno può sperimentare, ora che il fulcro della conoscenza è il prodotto dell'apprendimento. In base a un assioma degli stregoni, sebbene abbiamo perso questa caratteristica, la via che porta alla *conoscenza silenziosa* sarà sempre aperta a molti grazie al *silenzio interiore*.

Don Juan Matus insegnava la linea dura del suo lignaggio: il *silenzio interiore* deve essere acquisito con una consistente pressione della disciplina. Dev'essere ottenuta o immagazzinata pezzo per pezzo, un secondo dopo l'altro. In altre parole, un individuo deve costringersi a essere silenzioso, anche se solo per pochi secondi. Secondo lui, tra gli stregoni era risaputo che se una persona persiste in tale attività, la persistenza diventa un'abitudine, e di conseguenza è possibile raggiungere una soglia di vari minuti o secondi, che varia da un soggetto all'altro. Se la soglia di *silenzio interiore* è per esempio di dieci minuti per ciascun essere umano, dopo che questa soglia viene superata il *silenzio interiore* avviene da sé, spontaneamente.

Ero stato avvisato in anticipo che non avrei potuto sapere qual era la mia soglia individuale e che l'unico modo per scoprirlo sarebbe stata l'esperienza diretta. Ed è proprio quello che mi è successo: seguendo il suggerimento di don Juan, avevo insistito costringendomi a restare in silenzio e un giorno, mentre mi recavo a piedi all'UCLA, raggiunsi la mia misteriosa soglia. Mi resi conto di averla raggiunta perché in un solo istante vissi un'esperienza di cui don Juan mi aveva parlato a lungo, definendola *fermare il mondo:* in un battito di ciglia il mondo cessò di essere ciò che era, e per la prima volta in vita mia diventai consapevole del fatto che *vedevo* l'energia che fluisce nell'universo. Dovetti sedermi su alcuni gradini di pietra: sapevo di essere seduto, ma solo a livello intellettuale, grazie all'intervento della memoria. A livello empirico mi stavo basando sull'energia; io stesso ero energia, al pari di tutto ciò che mi circondava: avevo disattivato il mio sistema interpretativo.

Dopo aver *visto* direttamente l'energia, mi resi conto di qualcosa che mi rovinò la giornata, e che solo don Juan avrebbe potuto spiegarmi in maniera soddisfacente: capii che sebbene stessi *vedendo* per la prima volta in vita mia, in realtà avevo sempre *visto* tale energia senza però esserne consapevole. La novità non era dunque rappresentata dalla capacità di *vedere* l'energia che fluisce nell'universo, ma piuttosto dall'interrogativo che nasceva in me con tale impeto da farmi ripiombare nel mondo della vita di tutti i giorni: chiesi infatti a me stesso che cosa mi aveva impedito fino ad allora di capire che in realtà *vedevo* da sempre l'energia che fluisce nell'universo.

Quando gli chiesi delucidazioni su questa contraddizione assurda, don Juan mi rispose: "Le questioni in gioco sono due: una è la consapevolezza generale, l'altra è la consapevolezza particolare e deliberata. Ogni essere umano è consapevole, in termini generali, di *vedere* l'energia che fluisce nell'universo, ma solo gli stregoni ne sono particolarmente e deliberatamente consapevoli. Per diventare consapevoli di qualcosa di cui si è genericamente consci occorre energia, unita alla ferrea disciplina necessaria per ottenerla. Il tuo *silenzio interiore,* il risultato ottenuto da disciplina ed energia, ha varcato lo spazio tra la consapevolezza generale e quella particolare".

Egli sottolineò in tutti i modi il valore di un atteggiamento pragmatico al fine di facilitare l'avvento del *silenzio interiore;* definì un atteggiamento pragmatico come la capacità di assorbire qualunque contingenza che potrebbe apparire lungo il cammino. Lui stesso era per me l'esempio vivente di un simile atteggiamento: non c'erano incertezze o ostacoli che la sua semplice presenza non potesse dissipare.

Alla minima occasione ripeteva che gli effetti del *silenzio interiore* sono sconvolgenti, e che l'unico deterrente a questa condizione è l'atteggiamento pragmatico di un corpo superbamente duttile, agile e forte. Mi disse che per gli antichi stregoni il corpo fisico era l'unica entità che avesse senso, e il dualismo tra corpo e mente non esisteva affatto. Dichiarò inoltre che il corpo fisico comprendeva sia il corpo sia la mente così come noi li conosciamo, e che al fine di controbilanciare il corpo fisico come una unità olistica, gli stregoni prendevano in considerazione un'altra configurazione di energia che era raggiunta grazie al *silenzio interiore,* e cioè il *corpo energetico.* Ciò che io avevo sperimentato nel momento in cui avevo *fermato il mondo* era il riaffiorare del mio *corpo energetico,* la configurazione di energia che era sempre stata capace di *vedere* l'energia che fluisce nell'universo.

PASSI MAGICI CHE AIUTANO A RAGGIUNGERE IL *SILENZIO INTERIORE*

36. TRACCIARE DUE SEMICERCHI CON CIASCUN PIEDE

Il praticante appoggia il peso totale del corpo sulla gamba destra, davanti alla quale posiziona il piede sinistro, a mezzo passo di distanza; facendo poi scivolare il piede sinistro sul pavimento traccia un semicerchio verso sinistra, e al termine del movimento l'avampiede sfiora il calcagno destro. Da questa posizione traccia poi un altro semicerchio all'indietro (fig. 189). Questi cerchi vengono tracciati con l'avampiede sinistro; il calcagno viene tenuto sollevato, in modo da rendere il movimento scorrevole e uniforme.

La sequenza dei movimenti viene invertita, e il soggetto traccia nello stesso modo altri due semicerchi, partendo da dietro e muovendosi in avanti.

Il soggetto esegue poi gli stessi movimenti con il piede destro dopo che l'intero peso del corpo viene trasferito sulla gamba sinistra. Il ginocchio della gamba che sostiene il peso viene piegato per assicurare maggiore forza e stabilità.

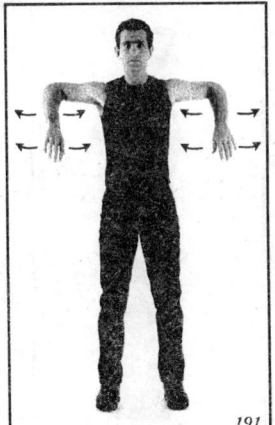

37. TRACCIARE UNA MEZZA LUNA CON CIASCUN PIEDE

Il peso del corpo viene appoggiato sulla gamba destra. Il soggetto avanza il piede sinistro di mezzo passo rispetto al piede destro, tracciando un ampio semicerchio sul terreno intorno al corpo partendo da davanti e arrivando dietro al corpo, muovendosi verso sinistra. Questo semicerchio è tracciato con l'avampiede (fig. 190). Un altro semicerchio è tracciato allo stesso modo partendo da dietro e muovendosi in avanti. Gli stessi movimenti vengono eseguiti con la gamba destra, dopo aver trasferito il peso sulla gamba sinistra.

38. LO SPAVENTAPASSERI NEL VENTO CON LE BRACCIA ABBASSATE

Il soggetto tende le braccia di lato all'altezza delle spalle, tenendo i gomiti piegati e gli avambracci che penzolano piegati a un'angolatura di novanta gradi, oscillando liberamente da un lato all'altro, come se fossero mossi dal vento. Polsi e avambracci sono tesi e in posizione verticale, mentre le ginocchia sono bloccate (fig. 191).

193 *194* *195*

39. LO SPAVENTAPASSERI NEL VENTO CON LE BRACCIA ALZATE

Come nel precedente passo magico, le braccia vengono estese di lato all'altezza delle spalle, con l'unica differenza che gli avambracci sono rivolti verso l'alto, piegati a un'angolatura di novanta gradi. Gli avambracci e i polsi sono tesi e in posizione verticale (fig. 192), e oscillano poi in avanti verso il basso (fig. 193) e poi ancora in alto. Le ginocchia sono bloccate.

40. SPINGERE L'ENERGIA ALL'INDIETRO CON TUTTO IL BRACCIO

I gomiti sono piegati ad angolo acuto e gli avambracci sono stretti ai lati del corpo, il più in alto possibile, con le mani chiuse a pugno (fig. 194). Il soggetto espira, allungando le braccia il più possibile verso il basso e all'indietro. Le ginocchia sono bloccate, e il tronco leggermente chino in avanti (fig. 195). Quando il soggetto inspira, le braccia vengono riportate in avanti nella posizione di partenza piegando i gomiti.

La sequenza della respirazione viene quindi invertita: quando tira le braccia all'indietro il soggetto inspira ed espira poi quando piega i gomiti e gli avambracci sono alzati verso le ascelle.

196 *197* *198*

41. RUOTARE L'AVAMBRACCIO

Le braccia sono tese davanti al corpo con i gomiti piegati e gli avambracci in posizione verticale. Le mani sono piegate all'altezza del polso, e assomigliano alla testa di un uccello, a livello dell'occhio, con le dita che indicano la faccia (fig. 196). Tenendo i gomiti tesi e in posizione verticale, il soggetto piega avanti e indietro i polso, usando gli avambracci come perni e muovendo le dita che indicavano inizialmente la faccia e indicano ora davanti (fig. 197). Le ginocchia sono piegate per assicurare maggiore forza e stabilità.

42. MUOVERE L'ENERGIA CON UN MOVIMENTO ONDULATORIO

Il praticante tiene le ginocchia tese e il tronco piegato in avanti. Le braccia dondolano ai lati del corpo. Il braccio sinistro si muove in avanti con tre movimenti ondulatori della mano, come se stesse seguendo il profilo di una superficie che contiene tre semicerchi (fig. 198). La mano si muove poi in diagonale davanti al corpo, in una linea retta da sinistra a destra, poi da destra a sinistra (fig. 199) e si muove all'indietro di fianco al corpo con altre tre ondulazioni, tracciando così la spessa sagoma di una lettera L maiuscola rovesciata (dev'essere spessa almeno tredici centimetri).

Gli stessi movimenti vengono ripetuti con il braccio destro.

43. L'ENERGIA A T DELLE MANI

Il soggetto tiene gli avambracci ad angolo retto proprio davanti al plesso solare, creando così la lettera T. La mano sinistra forma la barra orizzontale della T con il palmo rivolto verso l'alto; la mano destra è invece la barra verticale della T con il palmo rivolto verso il basso (fig. 200). Le mani si muovono poi avanti e indietro simultaneamente con notevole forza. Il palmo della sinistra è rivolto verso il basso e quello della destra verso l'alto, ed entrambe le mani mantengono la stessa forma della lettera T (fig. 201).

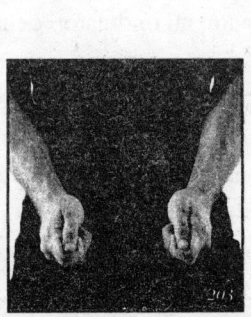

Gli stessi movimenti vengono eseguiti di nuovo, ponendo la mano destra come barra orizzontale della lettera T e la mano sinistra come barra verticale.

44. PREMERE L'ENERGIA CON I POLLICI

Il soggetto tiene gli avambracci, piegati all'altezza dei gomiti, davanti al corpo in posizione perfettamente orizzontale, con le mani ai lati del corpo. Le dita sono piegate, formando una sorta di pugno rilassato, e i pollici sono dritti, appoggiati sugli indici piegati (figure 202 e 203). Il soggetto esercita una pressione intermittente tra il pollice e l'indice, e tra le dita piegate e il palmo della mano, che si contraggono e rilassano, diffondendo l'impulso alle braccia. Le ginocchia sono piegate per assicurare una maggiore stabilità.

45. TRACCIARE UN ANGOLO ACUTO CON LE BRACCIA TRA LE GAMBE

Le ginocchia sono bloccate, con i tendini tesi il più possibile. Il tronco è piegato in avanti con la testa quasi al livello delle ginocchia. Le braccia penzolano in avanti, e muovendosi ripetutamente avanti e indietro tracciano un angolo acuto che ha il vertice in un punto tra le gambe (figure 204 e 205).

205

206

207

46. TRACCIARE UN ANGOLO ACUTO CON LE BRACCIA DAVANTI ALLA FACCIA

Le ginocchia sono bloccate, con i tendini tesi il più possibile. Il tronco è piegato in avanti con la testa quasi al livello delle ginocchia. Le braccia penzolano in avanti, e muovendosi ripetutamente avanti e indietro tracciano un angolo acuto che ha il vertice in un punto davanti alla faccia (figure 206 e 207).

47. TRACCIARE UN CERCHIO DI ENERGIA TRA LE GAMBE E DAVANTI AL CORPO

Le ginocchia sono bloccate, con i tendini tesi il più possibile. Il tronco è piegato in avanti, con la testa quasi al livello delle ginocchia. Le braccia penzolano in avanti e si incrociano all'altezza dei polsi, con l'avambraccio sinistro sopra il destro. Le braccia così incrociate oscillano all'indietro in mezzo alle gambe (fig. 208). Partendo da questa posizione, ciascun braccio traccia un cerchio esterno davanti alla faccia. Alla fine del cerchio le braccia sono tese in avanti, con il polso sinistro sopra a quello destro (fig. 209), e partendo da questa posizione tracciano due cerchi rivolti all'interno che terminano tra le gambe, con i polsi che tornano a essere incrociati nella posizione iniziale.

Il polso destro va poi a riposarsi sopra quello sinistro, e gli stessi movimenti vengono infine ripetuti.

48. TRE DITA SUL PAVIMENTO

Il soggetto inspira a fondo e porta lentamente le braccia sopra la testa; espira altrettanto lentamente e porta le braccia a terra, tenendo le ginocchia bloccate e i tendini tesi il più possibile. L'indice e il medio di ciascuna mano toccano il pavimento davanti al soggetto, poi anche il pollice viene appoggiato a terra (fig. 210). Il soggetto inspira a fondo mantenendo questa posizione, poi si raddrizza, alza le braccia sulla testa ed espira mentre le braccia scendono a livello della cintola.

49. LE NOCCHE SULLE DITA DEI PIEDI

Il soggetto inspira a fondo e alza le braccia sopra la testa; mentre l'aria fuoriesce le braccia scendono fino al pavimento; le ginocchia sono bloccate e i tendini rimangono tesi il più possibile. Al termine dell'espirazione le nocchie si appoggiano sulle dita dei piedi (fig. 211). Il soggetto inspira a fondo mantenendo questa posizione, poi si raddrizza, sollevando le braccia sopra la testa, ed espira riportando le braccia all'altezza della cintola.

50. ATTIRARE ENERGIA DA TERRA CON IL RESPIRO

Il soggetto inspira a fondo e alza le braccia sopra la testa, tenendo le ginocchia piegate; quando espira gira il tronco verso sinistra e si piega il più possibile. Le mani con i palmi rivolti verso il basso si appoggiano sul piede sinistro: la mano destra è davanti al piede e la sinistra dietro di esso. Entrambe le mani si muovono avanti e indietro per cinque volte mentre l'espirazione finisce (fig. 212). Il soggetto inspira a fondo e si raddrizza sollevando le braccia sulla testa, gira il tronco verso destra e poi espira abbassando il più possibile il tronco. L'espirazione termina dopo che le mani si sono mosse per cinque volte avanti e indietro vicino al piede destro. Il soggetto inspira di nuovo a fondo e si raddrizza, muovendo le braccia sopra la testa e girando il tronco per tornare nella posizione di partenza; quando espira abbassa le braccia.

QUARTA SERIE

LA SEPARAZIONE DEL CORPO SINISTRO E DEL CORPO DESTRO: LA SERIE DEL CALORE

Don Juan insegnò ai suoi discepoli che gli sciamani dell'antico Messico attribuivano un'importanza fondamentale al concetto secondo il quale un essere umano è composto da due corpi completi e funzionanti, uno a sinistra e uno a destra. Questa classificazione non aveva nulla a che vedere con eventuali speculazioni intellettuali o conclusioni logiche sulle possibili modalità di distribuzione della massa nel corpo.

Quando don Juan mi illustrò questo principio, io ribattei che i moderni biologi propugnano il concetto di *simmetria bilaterale,* che significa "un piano fondamentale del corpo in cui le parti sinistra e destra dell'organismo possono essere divise in immagini approssimativamente speculari l'una dell'altra seguendo una linea mediana".

"Le classificazioni degli sciamani dell'antico Messico erano più profonde delle conclusioni degli scienziati moderni, perché nascevano dall'osservazione diretta dell'energia che fluisce nell'universo", ribatté don Juan. "Quando il corpo umano viene percepito come energia, diventa chiaro che non è composto da due parti, ma da due diversi tipi di energia, due differenti correnti, due forze opposte e al tempo stesso complementari che convivono una accanto all'altra, rispecchiando così la duplice struttura dell'intero universo."

Gli sciamani dell'antico Messico attribuivano a ciascuno di questi due tipi di energia la levatura di un corpo totale, e parlavano esclusivamente di corpo sinistro e corpo destro. Attribuivano una particolare enfasi al corpo sinistro perché lo consideravano il più efficace per ottenere gli obiettivi della stregoneria, grazie alla sua configurazione energetica. Essi vedevano i due corpi come due flussi di energia, e ritenevano che il sinistro, più turbolento e aggressivo, si muovesse con un movimento ondulatorio, emettendo onde di energia. Per illustrarmi ciò di cui stava parlando, don Juan mi chiese di visualizzare una scena in cui il corpo sinistro rappresentava metà sole, e su questa metà c'erano tutti i raggi solari: le onde di energia proiettate dal corpo sinistro sono simili a questi raggi solari, sempre perpendicolari alla superficie rotonda da cui vengono emessi.

Dichiarò che il flusso di energia del corpo destro non è per niente agitato in superficie, ma si muove come acqua all'interno di una vasca che viene leggermente chinata avanti e indietro. In essa non ci sono onde, ma un continuo movimento oscillante; a livello più profondo ruota in cerchi a forma di spirale. Don Juan mi chiese di visualizzare un ampio e tranquillo fiume tropicale, la cui acqua in superficie sembra muoversi appena, e che in profondità presenta invece correnti vorticose. Nel mondo della vita di tutti i giorni queste due correnti sono amalgamate in una singola unità, che corrisponde al corpo umano così come lo conosciamo.

Per colui che è in grado di *vedere*, l'energia del corpo totale è circolare; per gli stregoni del lignaggio di don Juan ciò voleva dire che il corpo destro è la forza predominante.

"Che succede alle persone mancine?" chiesi una volta. "Sono forse più adatti a svolgere i compiti degli stregoni?"

"Per quale motivo dovrebbero esserlo?" ribatté lui, apparentemente sorpreso dalla mia domanda.

"Perché è chiaro che in loro il lato sinistro ha il predominio", dissi.

"Questo tipo di predominio non ha alcuna importanza per gli sciamani. Il lato sinistro delle persone mancine prevale nel senso che costoro sanno scrivere, impugnare un martello o un coltello con la mano sinistra; se hanno l'abitudine di agitare le gambe, di sicuro muovono con grande ritmo il ginocchio sinistro. In altre parole, la parte sinistra del loro corpo possiede un forte senso del ritmo, ma il predominio legato alla stregoneria è ben altra cosa. Il corpo destro continua infatti a governare questi soggetti con un movimento circolare."

"Il fatto di essere o meno mancini offre qualche vantaggio o svantaggio agli sciamani?" volli sapere, incuriosito dalle credenze insite in molte lingue indo-europee circa le sinistre caratteristiche proprie dei mancini.

"Che io sappia, non ci sono vantaggi o svantaggi", mi rispose. "La divisione di energia tra i due corpi", continuò don Juan, "non viene misurata dalla destrezza o dalla sua eventuale mancanza. Il predominio del corpo destro è di carattere energetico, e venne riscontrato dagli sciamani dei tempi antichi, che non cercarono mai di scoprirne il motivo e non ne investigarono nemmeno le implicazioni filosofiche. Per loro si trattava di un fatto molto speciale. Era un fatto che poteva essere modificato."

"Perché volevano cambiarlo don Juan?"

"Perché il movimento circolare predominante dell'energia del corpo destro è troppo dannatamente noioso!" esclamò. "Quel movimento circolare si prende certamente cura di qualunque avvenimento del mondo della vita di tutti i giorni, ma lo fa in modo circolare, se capisci quello che voglio dire."

"Non ho idea di cosa stai dicendo", gli confessai.

"Qualunque situazione della vita viene affrontata in questa maniera circolare", dichiarò, tracciando un minuscolo cerchio con la mano.

"Avanti e avanti e avanti e avanti e avanti e avanti: è un movimento circolare che sembra attirare sempre l'energia all'interno, e continua a girare con movimento centripeto. In queste condizioni non può esserci espansione, e non può avvenire nulla di nuovo: non c'è niente che non possa essere giustificato all'interno. Che seccatura!"

"In che modo si può cambiare questa situazione don Juan?" io chiesi.

"È troppo tardi per poterla cambiare sul serio, ormai il danno è stato fatto. La qualità a spirale c'è e rimarrà, ma non deve essere a tutti i costi continua. Noi camminiamo come camminiamo, è qualcosa che non possiamo cambiare, ma vorremmo anche correre, camminare all'indietro o salire su una scala; limitarsi a camminare, camminare, camminare e camminare è un gesto efficace, ma privo di significato. Il contributo del corpo sinistro renderebbe più docili questi centri di vitalità. Se potessero ondeggiare, invece di muoversi in spirale, anche se solo per un istante, una diversa energia entrerebbe in loro, con risultati incredibili."

Compresi ciò di cui mi stava parlando a un livello al di là del pensiero, perché non avrei assolutamente potuto capirlo in modo lineare.

"La sensazione di estrema noia che provano gli esseri umani è dovuta al predominio del corpo destro", proseguì. "L'unica cosa che possono fare, a livello universale, è trovare qualche sistema per liberarsi della noia. E invece finiscono sempre per ammazzare il tempo, l'unico bene che nessuno possiede mai a sufficienza. La cosa peggiore è la reazione a questa distribuzione non equilibrata di energia. Le reazioni violente delle persone sono dovute proprio a questa distribuzione non equilibrata. Pare che di tanto in tanto l'impotenza crei furiose correnti di energia all'interno del corpo umano che esplode in comportamenti violenti. Per gli esseri umani la violenza sembra essere un altro modo di ammazzare il tempo."

"Don Juan, per quale motivo gli stregoni dell'antico Messico non hanno mai cercato di sapere *perché* si verificava questa situazione?" domandai, sbalordito e al tempo stesso affascinato da questo movimento interiore.

"Non cercarono mai di scoprirlo perché nell'istante preciso in cui formulavano la domanda, sapevano la risposta."

"Allora sapevano il motivo?" chiesi.

"No, non lo conoscevano, ma sapevano come era accaduto. Ma questa è un'altra storia."

Mi lasciò in sospeso, ma nell'arco della mia associazione con lui mi spiegò questa apparente contraddizione.

"La consapevolezza è l'unica via che gli esseri umani hanno a disposizione per raggiungere l'evoluzione, e qualcosa di estraneo a noi, qualcosa che ha a che fare con la condizione predatoria dell'universo, ha interrotto la nostra possibilità di evolverci impadronendosi della nostra coscienza. Gli esseri umani sono vittime di una forza predatoria che ha imposto loro, per sua convenienza, la passività caratteristica dell'energia del corpo destro", mi disse.

Don Juan descrive la nostra possibilità evolutiva come un viaggio che la nostra consapevolezza intraprende attraverso qualcosa che gli sciamani dell'antico Messico chiamavano *il mare oscuro della consapevolezza* e consideravano un vero e proprio aspetto dell'universo, un elemento incommensurabile che permea l'universo, come nuvole di materia o luce.

Egli era convinto che il predominio del corpo destro in questa fusione priva di equilibrio del corpo destro e del sinistro segni l'interruzione del nostro *viaggio di consapevolezza*. Quello che per noi è il naturale predominio di un lato sull'altro, per gli sciamani del suo lignaggio era invece una aberrazione che andava corretta.

Quegli stregoni credevano che per poter stabilire una divisione armoniosa tra il corpo sinistro e il corpo destro i praticanti avessero bisogno di ampliare la loro consapevolezza. Ma qualunque ampliamento della consapevolezza umana deve essere sostenuto da una disciplina ferrea: in caso contrario tale ampliamento, ottenuto con tanta sofferenza, si trasformerebbe in un'ossessione che porta all'aberrazione psicologica o alla ferita energetica.

Don Juan Matus chiamava l'insieme dei passi magici relativi esclusivamente alla separazione del corpo sinistro e del corpo destro il *gruppo del calore*, l'elemento cruciale dell'intero addestramento degli sciamani dell'antico Messico. Questo era un soprannome dato a questo insieme di passi magici perché fornisce una certa vivacità all'energia del corpo destro. Don Juan era solito scherzarci sopra, dicendo che i movimenti per il corpo sinistro sottopongono a una enorme pressione il corpo destro, che è stato abituato fin dalla nascita a governare senza mai incontrare la minima opposizione: non appena viene contrastato, viene assalito dal calore provocato dalla rabbia che lo divora. Egli suggeriva a tutti i suoi discepoli di eseguire il *gruppo del calore* con assiduità, in modo da usare la sua aggressività per rinforzare il debole corpo sinistro.

Nell'ambito di Tensegrità questo gruppo viene chiamato la *Serie del calore* per renderlo più pertinente agli scopi della stessa Tensegrità, che sono estremamente pragmatici da un lato e del tutto astratti dall'altro, per esempio in merito all'utilizzo pratico dell'energia per raggiungere il benessere unito all'idea astratta di come venga ottenuta tale energia. In tutti i passi magici di questa serie si raccomanda di adottare la divisione del corpo sinistro e di quello destro, invece che delle parti sinistra e destra del corpo. Durante l'esecuzione di questi passi magici il corpo che non esegue i movimenti viene tenuto immobile; tutti i suoi muscoli dovrebbero comunque essere impegnati, non in attività ma in consapevolezza. Questa immobilità del corpo che non sta eseguendo i movimenti dovrebbe essere estesa e includere anche la sua testa. Tale immobilità di mezza faccia e testa è più difficile da ottenere, ma ci si può riuscire grazie alla pratica.

La serie è divisa in quattro gruppi.

PRIMO GRUPPO

STIMOLARE L'ENERGIA SUL CORPO SINISTRO E SUL CORPO DESTRO

Il primo gruppo è composto da sedici passi magici che stimolano l'energia del corpo sinistro e del corpo destro, in maniera indipendente l'uno dall'altro. Ogni passo magico viene eseguito con il braccio sinistro o il braccio destro, e in determiate occasioni con entrambi contemporaneamente; in ogni caso, le braccia non si spingono mai oltre la linea verticale che separa i due corpi.

I. RACCOGLIERE ENERGIA IN UNA PALLA DALLA PARTE FRONTALE DEL CORPO SINISTRO E DEL CORPO DESTRO, E ROMPERLA CON IL DORSO DELLA MANO

Il soggetto traccia due cerchi rivolti all'interno davanti al corpo, tenendo il palmo della mano leggermente curvo e rivolto verso destra (fig. 213). Tutti i muscoli del braccio sono tesi mentre il soggetto esegue questo movimento circolare. Il dorso della mano colpisce poi con forza verso sinistra come se volesse rompere la sommità di una palla solida raccolta con il movimento del braccio (fig. 214).

La mano colpisce un punto a un braccio di distanza dal corpo, sopra le spalle, a un angolo di quarantacinque gradi. Mentre il soggetto sferra questo colpo, tutti i muscoli sono tesi, compresi

213 *214*

quelli del braccio; questa tensione permette di controllare il colpo stesso. L'impatto viene percepito sulla zona del pancreas e della milza, su quella del rene sinistro e delle ghiandole surrenali.

2. RACCOGLIERE ENERGIA SUL CORPO SINISTRO E SUL CORPO DESTRO IN UN CERCHIO CHE VIENE PERFORATO CON LA PUNTA DELLE DITA

Il soggetto tiene l'avambraccio sinistro davanti al corpo, a un angolo di novanta gradi rispetto a esso. Il polso è dritto. Il palmo della mano è rivolto verso destra e le dita indicano davanti. Il polli-

215 *216*

ce è bloccato. Come nel passo magico precedente, il soggetto traccia due cerchi con l'avambraccio, partendo da sinistra, salendo verso la spalla e girando verso il centro del corpo (fig. 215). A questo punto il gomito torna indietro di scatto, e il cerchio tracciato dall'avambraccio viene perforato dalla punta delle dita con una spinta in avanti (fig. 216). Il gomito viene di nuovo tirato indietro per acquisire una maggiore forza di spinta, e la mano si spinge ancora in avanti.

La stessa sequenza di movimenti viene ripetuta con il braccio destro.

3. SOLLEVARE IN ALTO L'ENERGIA SINISTRA E QUELLA DESTRA

Il soggetto tiene le ginocchia leggermente piegate. Il ginocchio sinistro viene alzato all'altezza del pancreas, completamente piegato, con le dita del piede tese verso terra. Mentre esegue questo movimento, il soggetto alza di scatto l'avambraccio sinistro fino a trovarsi a un angolo di quarantacinque gradi rispetto al corpo; il gomito è piegato, attaccato al corpo. La gamba e il braccio si muovono in totale sincronicità, squotendo la parte centrale del corpo (fig. 217).

Gli stessi movimenti vengono ripetuti con la gamba destra e il braccio destro.

L'energia ha la tendenza ad affondare, ed è molto importante che si diffonda verso l'alto, nella parte centrale del corpo. Gli sciamani ritengono che il corpo sinistro venga regolato dalla zona del pancreas e della milza, il corpo destro da quella del fegato e della cistifellea. Gli stregoni giudicano questo processo di sollevamento dell'energia come una manovra per caricare separatamente di energia questi due centri.

4. LA PRESSIONE SU E GIÙ

Il soggetto alza il gomito sinistro davanti al corpo, all'altezza della spalla, piegato a un angolo di novanta gradi rispetto all'avambraccio. La mano è serrata a pugno, e il polso è piegato il più possibile verso destra (fig. 218). Usando il gomito come perno tenendolo nella stessa posizione, il soggetto abbassa l'avambraccio finché raggiunge la zona davanti al plesso solare (fig. 219). L'avambraccio torna poi in posizione eretta.

Lo stesso movimento viene ripetuto con il braccio destro.

218

219

Questo passo magico viene usato per stimolare l'energia che esiste in un arco tra un punto sopra la testa, in linea con la spalla sinistra, un punto sopra il plesso solare.

5. LA ROTAZIONE VERSO L'INTERNO

La prima parte di questo passo magico è uguale alla prima parte del passo precedente, ma invece di piegare in basso l'avambraccio, il soggetto lo fa ruotare verso l'interno e compie un cerchio completo usando come perno il gomito, posto a un angolo di quarantacinque gradi rispetto al corpo. La cima del cerchio è un punto appena sopra l'orecchio, in linea con la spalla sinistra. Il soggetto ruota anche il polso mentre traccia il cerchio (fig. 220).

Lo stesso movimento viene poi ripetuto con la mano destra.

6. LA ROTAZIONE VERSO L'ESTERNO

Questo passo magico è quasi identico al precedente, a parte il fatto che invece di girare l'avambraccio sinistro verso destra per tracciare un cerchio, il soggetto lo gira verso sinistra (fig. 221). In questo modo compie quello che don Juan chiamava un *cerchio esterno,* contrapposto al cerchio tracciato nel passo magico precedente, che definiva invece *cerchio interno.*

220

221

Lo stesso movimento viene poi eseguito con la mano destra.

In questo passo magico l'energia stimolata fa parte dell'arco di energia trattata nei due passi magici precedenti. Il quarto, quinto e sesto passo magico di questo gruppo vengono eseguiti insieme. Grazie alla loro capacità di *vedere,* gli sciamani hanno scoperto che gli esseri umani possiedono enormi scorte di energia inutilizzata, posta lungo la loro sfera luminosa, e che questi passi magici stimolano l'energia dispersa dai centri vitali intorno al fegato e al pancreas, che rimane sospesa per un certo periodo prima di calare sul fondo della sfera luminosa.

222 *223*

7. UNA SPINTA VERSO L'ALTO CON I PUGNI

Il soggetto tende le braccia davanti al corpo a livello delle spalle; le mani sono chiuse a pugno con i palmi rivolti verso terra e i gomiti sono piegati. La mano sinistra sferra un breve colpo in avanti, senza tirare indietro i gomiti per acquisire forza. La mano sinistra torna alla posizione di partenza; la mano destra sferra poi un colpo simile e viene riportata nella posizione di partenza (fig. 222). I pugni vengono sferrati contraendo i muscoli delle braccia, delle scapole e dell'addome.

8. UNA SPINTA VERSO IL BASSO CON I PUGNI

Il soggetto piega i gomiti a un angolo di novanta gradi, tenendoli all'altezza della cintola, a tre o quattro centimetri dal corpo. Le mani sono serrate a pugno con i palmi rivolti uno verso l'altro. L'avambraccio sinistro si muove per sferrare un colpo breve, spinto dai muscoli dello stomaco che si contraggono all'unisono con i muscoli del braccio e della scapola (fig. 223). Dopo aver colpito, l'avambraccio si ritira di scatto, come se il pugno stesso avesse generato la forza di spingere all'indietro il braccio. Il braccio destro si muove subito dopo nello stesso modo. Esattamente

224 *225*

come nel passo precedente, i gomiti non vengono tirati all'indietro per acquistare forza, che deriva solo dalla tensione muscolare di addome, braccia e scapole.

9. UNA RUOTA CON LE DITA CONTRATTE ALL'ALTEZZA DELLE ARTICOLAZIONI CENTRALI

I gomiti sono all'altezza della cintola sulla zona del pancreas e della milza, e del fegato e della cistifellea. I polsi sono diritti; i palmi delle mani sono rivolti uno verso l'altro mentre le dita sono strettamente serrate all'altezza delle articolazioni centrali. I pollici sono piegati (fig. 224). I gomiti si muovono in avanti, lontano dal corpo. La mano sinistra traccia un cerchio con un movimento circolare, come se le nocchie piegate stessero limando una superficie davanti al corpo, subito imitata dalla mano destra. Entrambe le mani si muovono così alternativamente (fig. 225). I muscoli dell'addome sono tesi il più possibile, in modo da dare forza a questo movimento.

10. LEVIGARE L'ENERGIA DAVANTI AL CORPO

Il soggetto solleva il palmo piatto della mano sinistra, rivolta in avanti, portandolo appena sopra la testa, davanti al corpo. Il palmo scivola verso il basso seguendo una traiettoria inclinata, e arriva all'altezza del pancreas e della milza, come se stesse levigando una superficie verticale. Senza fermarsi, il palmo continua il suo movimento arrivando dietro il corpo, che gira verso sinistra per permettere al braccio di arrivare sopra la testa. La mano, con il palmo rivolto verso il basso, scende poi con grande forza, come se volesse schiaffeggiare una sostanza gommosa nella zona davanti al pancreas e alla milza (fig. 226).

Gli stessi movimenti vengono poi eseguiti con il braccio destro, andando però a colpire la zona sopra il fegato e la cistifellea.

11. COLPIRE L'ENERGIA DAVANTI ALLA FACCIA CON UN PUGNO SFERRATO VERSO L'ALTO

Il tronco si gira leggermente verso sinistra per permettere al braccio sinistro di compiere due rotazioni complete all'indietro, che iniziano andando davanti, sopra la testa, e poi dietro al corpo, dove il palmo gira leggermente verso l'interno come se volesse raccogliere qualcosa da dietro (fig. 227). Il movimento termina al secondo giro con una spinta verso l'alto della mano chiusa a pugno che arriva davanti alla faccia (fig. 228).

Questo passo magico viene ripetuto con il braccio destro seguendo la stessa sequenza.

226

227

228

12. MARTELLARE L'ENERGIA DAVANTI AL CORPO SINISTRO E AL CORPO DESTRO

Il soggetto traccia con il braccio un cerchio e mezzo in avanti, seguito da un colpo sferrato verso il basso; il corpo ruota leggermente per permettere al braccio sinistro una rotazione completa partendo dalla sua posizione iniziale di fianco alla coscia e muovendosi all'indietro, sopra la testa e davanti, per tornare ancora di fianco alla coscia. Dopo aver tracciato questo cerchio, il soggetto ruota il palmo come se la mano stesse raccogliendo una sostanza appiccicosa (fig. 229). Partendo da questa posizione iniziale, il braccio si muove ancora all'indietro e sopra la testa, dove la mano si chiude a pugno e sferra con grande forza un colpo verso il basso, diretto verso un punto davanti, sopra il pancreas e la milza; il bordo della mano stessa è la superficie che colpisce come un martello (fig. 230).

Gli stessi movimenti vengono ripetuti con il braccio destro.

13. TRACCIARE DUE CERCHI ESTERNI DI ENERGIA E SPEZZARLI ALL'ALTEZZA DELL'OMBELICO

Il soggetto muove entrambe le braccia all'unisono davanti al corpo, ai lati e tutt'intorno, come se stesse nuotando, per tracciare due cerchi simili ad ali a un angolo di quarantacinque gradi rispetto alla parte anteriore del corpo (fig. 231). I cerchi vengono poi spezzati sul fondo, all'altezza dell'ombelico, con un forte colpo di entrambe le mani che sono piegate a un angolo di novanta gradi rispetto agli avambracci, e le dita che indicano in avanti. I palmi delle mani si avvicinano, fermandosi a pochi centimetri uno dall'altro, grazie alla forza del colpo stesso (fig. 232).

231 *232*

14. TRACCIARE DUE CERCHI LATERALI DI ENERGIA CON L'INDICE E IL MEDIO ALLUNGATI

Il soggetto allunga l'indice e il medio di ciascuna mano, mentre il terzo e il quarto dito sono trattenuti dal pollice, piegato contro il palmo.

Le braccia tracciano all'unisono un cerchio muovendosi dalla loro posizione di partenza lungo i fianchi, passando sopra la testa e poi di lato a un angolo di quarantacinque gradi all'indietro (fig. 233). Quando il cerchio è quasi completato, le dita si contraggono a pugno, lasciando sporgere le articolazioni centrali del dito medio. Il movimento termina quando i pugni colpiscono in avanti e verso l'alto, arrivando fino all'altezza del mento e tenendo i palmi rivolti verso il corpo (fig. 234).

15. STIMOLARE L'ENERGIA INTORNO ALLE TEMPIE

Il soggetto inspira a lungo e inizia a espirare quando le braccia vengono portate sopra la testa, dove si serrano a pugno; i palmi delle mani chiuse a pugno sono rivolti verso il corpo; da questo punto di partenza colpiscono verso il basso con il palmo fino a un punto sopra i fianchi (fig. 235). Le mani chiuse a pugno si muovono ai lati del corpo, tracciando semicerchi laterali e arrivando a pochi centimetri dalla fronte, a dieci o dodici centimetri uno dall'altro. I palmi chiusi a pugno sono rivolti verso l'esterno (fig. 236). Durante l'espirazione il soggetto porta i pugni sulle tempie, in modo che riposino per un attimo. Il corpo si allunga leggermente all'indietro piegando appena le ginocchia per acquisire la spinta e la forza necessarie, poi le braccia scendono con forza, senza raddrizzare i gomiti, per colpire dietro il corpo su entrambi i fianchi con il dorso delle mani chiuse a pugno (fig. 237). L'espirazione termina a questo punto.

16. PROIETTARE UN PICCOLO CERCHIO DI ENERGIA DAVANTI AL CORPO

Dalla sua posizione naturale di fianco alla coscia, il braccio sinistro si allunga di lato; il palmo della mano, rivolto verso destra, traccia un piccolo cerchio mentre il palmo si gira verso il basso, arriva alla zona del pancreas e della milza, e continua a muoversi verso sinistra arrivando all'altezza della cintola. Il gomito si estende ad angolo acuto (fig. 238A), e la mano si serra in un pugno. Il palmo della mano chiusa a pugno è rivolto verso terra e sferra un colpo breve sul davanti, come se volesse perforare il cerchio che ha tracciato (fig. 238B). Il movimento è continuo, non si interrompe quando la mano si chiude a pugno ma si ferma solo quando il colpo è stato sferrato. Il colpo fornisce una forte carica al centro vitale situato intorno al pancreas e alla milza. Lo stesso movimento viene eseguito con la mano destra, il cui colpo fornisce la carica al fegato e alla cistifellea.

238A

238B

Secondo gruppo

MESCOLARE L'ENERGIA DEL CORPO SINISTRO E DEL CORPO DESTRO

Il secondo gruppo è costituito da quattordici passi magici che mescolano l'energia di entrambi i corpi ai loro rispettivi centri di vitalità. Gli sciamani dell'antico Messico credevano che mescolare l'energia in questo modo facilitasse la separazione dell'energia di entrambi i corpi, lasciando cadere in essi energia non familiare, un processo che descrivevano come *esacerbare i centri di vitalità*.

17. RACCOGLIERE L'ENERGIA NECESSARIA E DISPERDERE QUELLA NON NECESSARIA

Questo passo magico implica movimenti che potrebbero essere descritti come spingere qualcosa di solido davanti al corpo con il palmo della mano e trascinarlo all'indietro con il dorso della mano.

Il soggetto inizia tenendo il braccio sinistro vicino al corpo, all'altezza della cintola, con l'avambraccio piegato a un angolo di novanta gradi. All'inizio del movimento l'avambraccio viene avvicinato al corpo, e la mano è piegata all'indietro all'altezza del polso. Il palmo della mano sinistra è rivolto verso destra e il pollice serrato; poi, come se incontrasse la resistenza di una grande forza, si muove attraverso il corpo verso destra, senza che il gomito perda la posizione ad angolo retto (fig. 239). Da questo punto in poi,

239 *240* *241*

sempre come se incontrasse la resistenza di una grande forza, la mano viene trascinata il più possibile verso sinistra senza che il gomito perda l'angolatura a novanta gradi, con il palmo sempre rivolto verso destra (fig. 240).

Durante questa intera sequenza di movimenti, i muscoli del corpo sinistro sono contratti al massimo, e il braccio destro è tenuto immobile contro la gamba destra.

La stessa sequenza di movimenti viene ripetuta con il braccio e la mano destra.

18. AMMUCCHIARE ENERGIA SUL CORPO SINISTRO E SUL CORPO DESTRO

Il soggetto appoggia il peso del corpo sulla gamba destra. Il ginocchio è leggermente piegato per assicurare maggiore supporto ed equilibrio. La gamba e il braccio sinistro, che sono quasi tesi, oscillano all'unisono davanti al corpo in un arco che va da sinistra a destra. Il piede sinistro e la mano sinistra tornano nella posizione iniziale a destra del corpo. Il bordo esterno del piede sinistro tocca il terreno. La punta delle dita della mano sinistra indica verso il basso mentre si compie il movimento oscillatorio (fig. 241). La gamba e il braccio sinistro tornano infine nella posizione di partenza.

La sequenza esatta viene ripetuta facendo oscillare la gamba e il braccio destro verso sinistra.

242   243   244

19. RACCOGLIERE ENERGIA CON UN BRACCIO E COLPIRLA CON L'ALTRO

Don Juan disse che con questo passo magico l'energia viene stimolata e raccolta con il movimento di un braccio, ed è poi colpita con il movimento di quello opposto. Egli era convinto che colpire con una mano l'energia che era stata raccolta con l'altra consentisse l'entrata in un corpo di energia proveniente da fonti che appartengono all'altro corpo, un gesto che non avviene mai in condizioni normali.

Il braccio destro sale all'altezza degli occhi; il polso viene leggermente piegato all'indietro; in questa posizione, andando da sinistra a destra e poi da destra a sinistra, le mani tracciano un ovale largo circa cinquanta centimetri, e lungo quanto la larghezza del corpo (fig. 242). In seguito la mano, con il palmo rivolto verso il basso, si muove in diagonale all'altezza degli occhi da sinistra a destra come se volesse tagliare in due con la punta delle dita la figura che ha tracciato (fig. 243).

Nel momento in cui la mano sinistra arriva all'altezza della spalla destra, la mano destra, che è tenuta a livello della cintola con il palmo a coppa rivolto verso l'alto, si allunga di scatto in avanti, colpendo il punto in mezzo all'ovale tracciato con la mano sinistra, mentre la mano sinistra si abbassa lentamente (fig. 244). Mentre colpisce, il palmo della mano destra è rivolto in avanti e le dita sono leggermente curve, permettendo così al contorno del palmo di colpire una superficie rotonda. Il colpo termina con il gomito leggermente piegato, per evitare di sottoporre i tendini a una tensione eccessiva.

Gli stessi movimenti vengono poi ripetuti iniziando con il braccio destro.

20. RACCOGLIERE ENERGIA CON LE BRACCIA E LE GAMBE

Il soggetto ruota leggermente verso destra sull'avampiede destro; la gamba sinistra scivola fuori a un angolo di quarantacinque gradi, con il ginocchio piegato in modo da chinare leggermente in avanti il tronco. Il corpo oscilla tre volte, quasi volesse acquisire velocità. Il braccio sinistro scende come per afferrare qualcosa all'altezza del ginocchio sinistro (fig. 245). Il corpo si piega all'indietro, e grazie a questa spinta la parte inferiore della gamba sinistra, dal ginocchio in giù, viene portata vicino all'inguine, sfiorandolo con il calcagno, e la mano sinistra sfiora velocemente la zona vitale del fegato e della cistifellea, a destra (fig. 246).

La stessa sequenza di movimenti viene ripetuta con la gamba e il braccio destro, che portano l'energia raccolta al centro vitale situato intorno al pancreas e alla milza, a sinistra.

21. SPOSTARE L'ENERGIA DALLA SPALLA SINISTRA E DALLA SPALLA DESTRA

Il braccio sinistro si sposta dalla sua posizione naturale, disteso accanto alla coscia sinistra, e allunga verso la spalla destra dove afferra qualcosa, e la mano si chiude a pugno. Questo movimento è facilitato da una rapida torsione della cintola verso destra. Le ginocchia sono leggermente piegate per permettere la torsione. Il gomito piegato ad angolo acuto non si curva, ma viene tenuto a livello delle spalle (fig. 247). Grazie alla spinta fornita dal raddrizzarsi della cintola, il pugno si allontana dalla spalla destra formando un arco verso l'alto, e colpisce con il dorso della mano un punto leggermente sopra la testa, in linea con la spalla sinistra (fig. 248). La mano serrata si apre ora come se volesse lasciar cadere qualcosa che aveva afferrato.

La stessa sequenza di movimenti viene ripetuta con il braccio destro.

247

248

22. RACCOGLIERE L'ENERGIA IN UN CORPO E DISPERDERLA NELL'ALTRO

Partendo dalla sua posizione naturale di fianco alla coscia sinistra, il braccio sinistro traccia un arco da sinistra a destra, passando in diagonale davanti al pube finché raggiunge il punto più a destra. Questo movimento viene favorito da una leggera rotazione della cintola. Da questo punto in poi il braccio continua a muoversi in cerchio sopra la testa, arrivando all'altezza della spalla sinistra; incrocia poi a livello della spalla destra. La mano si chiude a pugno, come se volesse afferrare qualcosa, con il palmo rivolto verso il basso (fig. 249). Il pugno colpisce poi un punto sopra la testa, a un braccio di distanza da esso. Il colpo viene sferrato con il bordo più morbido della mano, usata come se fosse un martello. Il braccio viene allungato, leggermente piegato all'altezza del gomito (fig. 250).

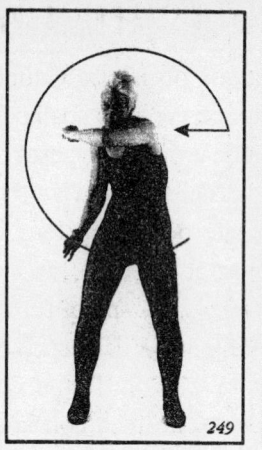

Gli stessi movimenti vengono ripetuti con il braccio destro.

23. MARTELLARE L'ENERGIA DALLA SPALLA SINISTRA E DALLA SPALLA DESTRA SUL PUNTO CENTRALE DAVANTI ALLA FACCIA

Il braccio sinistro passa sopra la testa, con il gomito piegato a un angolo di novanta gradi. La mano si chiude a pugno, con il palmo rivolto verso l'alto, e colpisce poi da sinistra, con il bordo morbido della mano, la linea divisoria che separa il corpo sinistro e il corpo destro, davanti alla faccia. Il corpo si piega leggermente in avanti verso sinistra mentre il colpo viene sferrato (fig. 251). La mano chiusa a pugno continua a muoversi finché sfiora la spalla destra; il palmo si gira in modo da essere rivolto verso il basso, e sferra poi un colpo simile, partendo questa volta da destra; il corpo si piega verso destra (fig. 252).

251 *252*

La stessa sequenza di movimenti viene ripetuta con il braccio destro.

Questo passo magico permette la creazione di un serbatoio di energia neutrale, energia cioè che può essere usata indifferentemente dal corpo sinistro o dal corpo destro.

24. UN COLPO SFERRATO CON LA MANO SERRATA ALL'ALTEZZA DELLA SECONDA ARTICOLAZIONE

Il soggetto alza entrambe le braccia all'altezza del collo, tenendo i gomiti piegati ad angolo retto; le dita delle mani sono piegate

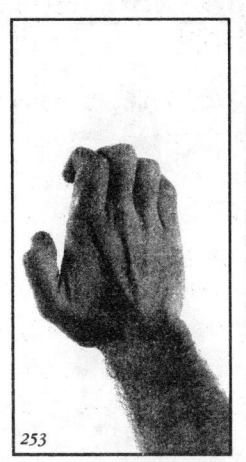

253 *254* *255*

all'altezza della seconda articolazione, ben serrate sui palmi (figure 253 e 254). La mano sinistra parte da questa posizione e colpisce; il colpo è una potente oscillazione verso destra, attraverso la linea della spalla destra, senza però muovere molto il braccio, che viene guidato da una potente torsione della cintola (fig. 255).

Il braccio destro si muove allo stesso modo oltre la linea della spalla sinistra, spinto da una veloce spinta verso sinistra della cintola.

25. AFFERRARE L'ENERGIA SULLE SPALLE E SCHIACCIARLA SUI CENTRI VITALI

Il soggetto porta il braccio sinistro sulla spalla destra, con la mano chiusa a pugno, come se stesse afferrando qualcosa (fig. 256). Il gomito è piegato ad angolo acuto; il pugno viene poi riportato con forza alla sinistra della cintola (fig. 257), dove rimane un istante ad acquistare forza, prima di lanciarsi verso destra attraverso il corpo per colpire un punto dell'area del fegato e della cistifellea (fig. 258).

Lo stesso movimento viene ripetuto con il braccio destro, che colpisce la zona del pancreas e della milza.

26. SPINGERE L'ENERGIA SUI FIANCHI CON I GOMITI

Il soggetto porta entrambe le braccia all'altezza delle spalle, con i gomiti piegati che sporgono ai lati. I polsi sono incrociati a formare la lettera X e l'avambraccio sinistro è sopra il destro. Le mani, serrate a pugno, toccano i muscoli pettorali ai bordi delle ascelle; il pugno sinistro sfiora i bordi dell'ascella destra, il pugno destro sfiora invece i bordi dell'ascella sinistra (fig. 259). I gomiti vengono poi spinti all'infuori con forza ai lati, in linea con le spalle, come se il soggetto volesse assestare una gomitata laterale (fig. 260).

Questo movimento viene ripetuto con il braccio destro sopra al sinistro.

259

260

27. TRACCIARE DUE CERCHI DI ENERGIA ALL'INTERNO DAVANTI AL CORPO E SCHIACCIARLI AI LATI

Il soggetto inspira a fondo e muove all'unisono le braccia che partono dalla loro posizione naturale di fianco alle cosce e compiono un cerchio, arrivando alla linea naturale che divide il corpo sinistro e il corpo destro. Questo movimento termina con gli avambracci incrociati sopra il petto. Le dita, vicine e ben unite, indicano l'alto, con i pollici piegati; i polsi sono a loro volta piegati ad angolo acuto. Il braccio sinistro è sopra il destro. Il pollice piegato della mano sinistra tocca il muscolo pettorale del corpo destro, mentre il pollice piegato della mano destra tocca il muscolo pettorale del corpo sinistro (fig. 261). A questo punto termina l'inspirazione. Il soggetto espira poi rapidamente mentre le braccia vengono spalancate con forza, con le mani chiuse a pugno che colpiscono con il dorso due punti ai lati della testa (fig. 262).

Gli stessi movimenti vengono ripetuti con il braccio destro sopra il sinistro.

28. COLPIRE CON ENTRAMBI I PUGNI L'ENERGIA DAVANTI AL CORPO, OLTRE CHE A SINISTRA E A DESTRA

Il soggetto tiene le mani serrate a pugno a livello della cintola, con i palmi rivolti uno verso l'altro. Solleva poi entrambe le mani all'altezza degli occhi e le abbassa con forza andando a colpire due punti davanti all'inguine: le mani centrano il loro obiettivo con la parte molle del pugno (fig. 263). A questo punto le braccia oscillano all'unisono, tracciando un arco che si innalza verso sinistra mentre anche il tronco si piega verso sinistra, seguendo la spinta delle braccia. I pugni colpiscono con le articolazioni (fig. 264), e tornano poi a sferrare un altro colpo sugli stessi punti davanti all'inguine; le braccia oscillano poi all'unisono, tracciando un arco che si innalza verso destra mentre anche il tronco si piega verso destra, seguendo la spinta delle braccia. I pugni colpiscono con le articolazioni, muovendosi uno alla volta per sferrare un colpo con il bordo molle delle mani agli stessi due punti davanti all'inguine.

29. COLPIRE CON ENTRAMBI I PUGNI L'ENERGIA DAVANTI AL CORPO, A SINISTRA E A DESTRA

L'inizio di questo passo magico è esattamente come il precedente (fig. 265). Dopo aver sferrato il colpo, il soggetto alza entrambe le braccia come martelli all'altezza della testa, e gira di scatto il tronco verso sinistra. I pugni colpiscono due punti davanti all'anca sinistra (fig. 266). Il soggetto alza poi le braccia sulla testa, apre i pugni serrati e abbassa poi le mani per colpire gli stessi due punti (fig. 267). Alza di nuovo le braccia all'altezza della testa; le mani si serrano a pugno per colpire ancora gli stessi punti. Il praticante solleva gli avambracci al livello della testa, girando completamente il corpo, e colpisce con i pugni gli stessi punti davanti all'inguine.

La stessa sequenza di movimenti viene poi ripetuta con il tronco girato di scatto verso destra.

30. SCHIACCIARE L'ENERGIA CON I POLSI SOPRA LA TESTA, A SINISTRA E A DESTRA

Il soggetto alza entrambe le mani sopra la testa, con i polsi che si toccano e i palmi curvi come se stessero tenendo una palla (fig. 268); gira poi il tronco verso sinistra, mentre entrambe le braccia si muovono di scatto alla sinistra della cintola senza staccare i polsi, che ruotano uno sull'altro per conformarsi alla nuova posizione della mani. Il palmo della mano sinistra è rivolto verso l'alto, mentre il palmo della destra è rivolto in basso (fig. 269). Il soggetto alza di nuovo le braccia sopra la testa, sempre senza staccare i polsi, che ruotano per adottare la loro posizione iniziale.

Le stessa sequenza di movimenti viene eseguita portando di scatto le mani in un punto alla destra della cintola. Il movimento termina riportando le mani nella loro posizione di partenza sopra la testa.

Terzo gruppo

MUOVERE CON LA RESPIRAZIONE L'ENERGIA DEL CORPO SINISTRO E DEL CORPO DESTRO

Il terzo gruppo è composto da nove passi magici che utilizzano inspirazioni ed espirazioni come spinta per separare o unire i due corpi. Come ho già detto, secondo gli sciamani del lignaggio di don Juan inserire una certa quantità di energia di un corpo in qualunque centro vitale dell'altro crea una momentanea e molto ambita agitazione di tale centro. In base agli insegnamenti di don Juan, gli stregoni dell'antico Messico consideravano questa miscela estremamente benefica perché spezza e interrompe l'immissione ordinaria e consueta di questi centri, e credevano che la respirazione fosse un elemento fondamentale per la separazione del corpo sinistro e del corpo destro.

31. LA RESPIRAZIONE PER LA PARTE SUPERIORE DEI POLMONI

Il soggetto inspira a fondo e solleva le braccia con le mani chiuse a pugno, portandole all'altezza della fronte; i palmi sono rivolti verso il basso. Quando l'inspirazione termina, i palmi delle mani sono a otto o dieci centimetri l'uno dall'altro, proprio davanti alla fronte (fig. 270). Il praticante espira allargando le braccia verso due punti ai lati del corpo, a livello delle spalle (fig. 271). Le mani si aprono, rilassate; i polsi sono incrociati davanti alla testa; il soggetto inspira a fondo mentre le braccia compiono due grossi cerchi lunghi quanto ciascun braccio, partendo da davanti al corpo e salendo sopra la testa per scendere infine lungo i lati. L'inspirazione termina quando le mani si fermano a riposare all'altezza della cintola, con i palmi rivolti verso l'alto (fig. 272). Il soggetto espira lentamente mentre solleva le mani lungo i bordi della cassa toracica, al livello delle ascelle. L'espirazione termina mentre il praticante alza le spalle, come se fossero state spinte dalla forza delle mani (fig. 273).

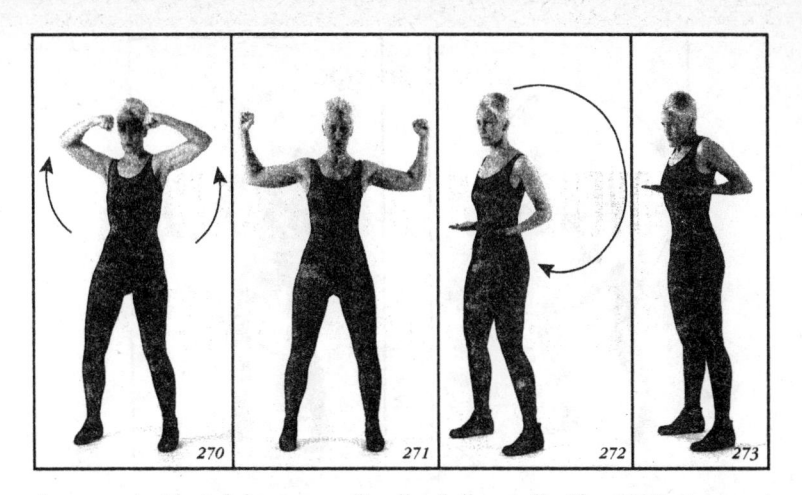

Questa respirazione è ottima perché permette la mobilità della parte superiore dei polmoni, che in circostanze normali avviene raramente.

32. OFFRIRE IL RESPIRO

Il soggetto inspira a fondo mentre traccia un cerchio con il braccio sinistro; parte da sopra la testa, davanti al corpo, va all'indietro e torna di nuovo davanti al corpo. Mentre il braccio gira, il tronco ruota verso sinistra in modo da permettere al braccio di compiere un cerchio completo. L'inspirazione termina quando il cerchio è completo. Il palmo della mano è all'altezza del mento, rivolto verso l'alto, e il polso è piegato ad angolo retto. Il praticante assume la postura di chi sta offrendo qualcosa che tiene nel palmo della mano. Il tronco è piegato in avanti (fig. 274). Il palmo della mano viene poi rivolto verso il basso, e il soggetto espira mentre il braccio si muove lentamente e con grande potenza verso il basso (fig. 275) per appoggiare sul lato sinistro della coscia; il palmo è ancora rivolto verso il basso e il dorso della mano rimane in una posizione ad angolo retto rispetto all'avambraccio.

La stessa sequenza di movimenti viene eseguita con il braccio destro.

33. MUOVERE L'ENERGIA CON IL RESPIRO DALLA SOMMITÀ DEL CAPO AI CENTRI VITALI

Il soggetto tiene entrambi i polsi leggermente piegati e inspira: durante l'inspirazione le mani sono quasi a coppa e scivolano così verso l'alto, con le punte delle dita che sfiorano la parte anteriore del corpo e arrivano sopra la testa (fig. 276). Quando le braccia raggiungono la massima estensione sopra la testa, le mani si raddrizzano e i polsi sono tirati all'indietro ad angolo retto. L'inspirazione termina a questo punto. Mentre riporta in basso le mani, il soggetto trattiene il respiro e solleva l'indice di entrambe le mani; le altre dita vengono tenute contro il palmo, piegate all'altezza della seconda articolazione, con i pollici piegati. Il praticante riporta poi entrambe le braccia all'altezza del petto, con il dorso delle mani contro le ascelle.

Il soggetto espira a fondo mentre le braccia si allungano lentamente in avanti, finché i gomiti non vengono delicatamente bloccati; inspira poi a fondo mentre le mani tornano nella posizione iniziale contro le ascelle, sempre con gli indici sollevati, i polsi piegati all'indietro e i palmi rivolti in avanti. Il praticante inspira lentamente mentre le mani si alzano tracciando un cerchio che arriva sopra la testa e scende poi, compiendo un cerchio completo in avanti, senza cambiare la posizione degli indici. Le mani si appoggiano ai lati della gabbia toracica (fig. 277). L'espirazione termina mentre le mani vengono spinte in basso ai lati delle anche.

34. FRANTUMARE L'ENERGIA CON IL RESPIRO

Il soggetto inspira a fondo tracciando con la mano sinistra un ampio cerchio laterale, partendo da davanti al corpo, salendo sopra la testa e arrivando poi dietro al corpo stesso. Il tronco gira verso sinistra per facilitare la rotazione completa del braccio. L'inspirazione termina quando il braccio ha compiuto un giro completo e si ferma in un punto sopra la testa, di fianco a essa. Il palmo della mano è rivolto in avanti; il polso è leggermente piegato all'indietro

278 *279* *280*

(fig. 278). Il soggetto espira lentamente mentre il braccio traccia un altro ampio cerchio laterale nella direzione opposta, partendo da davanti, scendendo verso la parte posteriore del corpo e andando poi sopra la testa, per arrivare di nuovo davanti al corpo. Quando il cerchio è completo, il braccio si posiziona davanti alla spalla destra, mentre l'espirazione continua. Il palmo è rivolto verso il corpo e sfiora appena la spalla destra (fig. 279). Il braccio si allunga poi lateralmente di scatto con la mano serrata a pugno, e colpisce con il dorso della mano un punto a un braccio di distanza dalla spalla sinistra, all'altezza della testa (fig. 280). L'espirazione termina a questo punto.

La stessa sequenza di movimenti viene ripetuta con il braccio destro.

35. IL RESPIRO DELLA SCIMMIA

Il soggetto tiene le ginocchia leggermente piegate; solleva lentamente le braccia sopra la testa mentre la parte superiore dei polmoni si riempie d'aria. Le ginocchia si bloccano e il corpo è teso verso l'alto. Questo tipo di respirazione può essere effettuata sia con i calcagni appoggiati a terra sia stando in punta di piedi.

Il soggetto trattiene il respiro mentre le braccia scendono e il corpo si piega leggermente in avanti, contraendo il diaframma; le ginocchia si piegano di nuovo. L'espirazione inizia quando le mani arrivano all'altezza della cintola. Al tempo stesso, l'indice di ciascuna mano viene allungato e indica verso terra; le altre dita sono contratte sui palmi delle mani, che continuano a scendere mentre tutta l'aria viene espirata (fig. 281). Il praticante contrae il diaframma per evitare di spingerlo verso il basso con l'aria che viene espirata.

36. IL RESPIRO DELL'ALTITUDINE

Il soggetto tiene le gambe dritte il più possibile; inspira ruotando lentamente le spalle da davanti a dietro, piegando le braccia all'altezza del gomito. Al termine della rotazione e dell'inspirazione, le braccia tornano nella posizione iniziale (fig. 282); espira alzando le braccia al livello delle spalle, e allungando il più possibile le braccia in avanti con i palmi rivolti verso terra.

Il soggetto inspira, con i palmi delle mani rivolti verso l'alto; nel frattempo piega e tira indietro i gomiti, alzando le spalle. L'inspirazione termina con la massima tensione verso l'alto delle spalle (fig. 283).

Il praticante espira mentre i palmi sono rivolti verso terra, e mani e spalle spingono verso il basso; le mani sono piegate il più possibile all'indietro all'altezza dei polsi e le braccia sono dritte ai lati del corpo.

37. IL RESPIRO LATERALE

Il soggetto inspira, spostando le braccia dalla loro posizione naturale di fianco alle cosce e tracciando verso il centro del corpo un cerchio che termina con le braccia incrociate; i palmi sono rivolti verso

284 *285* *286*

l'esterno e i polsi sono completamente piegati in modo che le punte delle dita siano rivolte verso l'alto (fig. 284). L'inspirazione continua mentre le braccia vengono spinte fuori di lato, con i palmi delle mani rivolti in avanti; quando il movimento termina sono rivolti uno contro l'altro. L'inspirazione termina quando le braccia raggiungono la massima estensione. Il corpo è il più possibile eretto (fig. 285).

Il soggetto espira piegando le braccia all'altezza dei gomiti, mentre i palmi delle mani, con le punte delle dita rivolte verso l'alto, si muovono verso il centro del corpo, lo superano e continuano a muoversi diagonalmente, raggiungendo i bordi opposti del corpo. L'avambraccio sinistro è sopra il destro. Il corpo è contratto nella parte centrale e le ginocchia sono piegate (fig. 286).

38. IL RESPIRO DELLA FARFALLA

Il soggetto tiene le braccia piegate all'altezza dei gomiti, davanti al petto. L'avambraccio sinistro è sopra l'avambraccio destro, senza però toccarlo; i polsi sono diritti e le mani serrate a pugno. Le ginocchia sono piegate e il corpo notevolmente inclinato in avanti (fig. 287). Appena inizia l'inspirazione, il soggetto allon-

tana tra loro le braccia e le solleva sopra la testa, una a sinistra, l'altra a destra. L'inspirazione continua mentre le braccia si raddrizzano scendendo a tracciare un cerchio, ai lati e intorno alle spalle, e tornano poi nella loro posizione iniziale ripiegandosi sul petto (fig. 287). Mantenendo la loro posizione, le braccia si alzano sopra la testa; trattiene il respiro e il corpo si raddrizza all'altezza della cintola (fig. 288). Il praticante abbassa poi le braccia a livello della zona ombelicale mentre il corpo torna nella sua posizione iniziale, chino in avanti, con le ginocchia piegate.

Il soggetto mantiene con fermezza questa posizione inclinata, ed espira ripetendo gli stessi movimenti delle braccia eseguiti durante l'inspirazione. L'aria viene espulsa con il diaframma in tensione.

39. ESPIRARE ATTRAVERSO I GOMITI

All'inizio di questo movimento il soggetto tiene le gambe diritte; inspira poi a fondo tracciando con le braccia grossi cerchi esterni sopra la testa e intorno ai lati del corpo. L'inspirazione termina con le braccia che indicano dritto davanti al corpo e i gomiti piegati a livello della cintola. I palmi sono dritti, uno davanti all'altro e le dita sono tenute insieme.

Il soggetto espira, tenendo le mani puntate verso terra a un'angolazione di quarantacinque gradi. Le ginocchia sono piegate e il corpo si china in avanti (fig. 289). L'espirazione continua mentre il soggetto alza sopra la testa le braccia, piegate ad angolo acuto all'altezza dei gomiti. Il corpo si raddrizza, piegandosi poi leggermente all'indietro: questa posizione si ottiene piegando le ginocchia, invece di arcuare la schiena. Viene terminata l'espirazione con i muscoli addominali tesi al massimo; la testa è leggermente piegata all'indietro (fig. 290).

Eseguire questo tipo di respirazione crea la sensazione che l'aria venga espulsa attraverso i gomiti.

Quarto gruppo

LA PREDILEZIONE DEL CORPO SINISTRO E DEL CORPO DESTRO

Questo gruppo è composto da cinque passi magici per il corpo sinistro eseguiti in sequenza, e da tre passi magici per il corpo destro. Secondo don Juan Matus, il corpo sinistro predilige il silenzio, mentre il corpo destro preferisce le chiacchiere incessanti, il rumore, l'ordine sequenziale. Mi disse che è il corpo destro che ci costringe a marciare perché ama le parate e adora la coreografia, le sequenze e le disposizioni che si basano sulla classificazione in base alle dimensioni.

Don Juan raccomandava di ripetere più volte l'esecuzione di ogni movimento dei passi magici per il corpo destro mentre il praticante deve sempre contarli, e che è molto importante stabilire prima di cominciare quante volte occorre ripetere ogni singolo movimento, perché la predizione è il punto forte del corpo destro. Se il praticante decide di ripetere i gesti un numero preciso di volte e mantiene l'impegno preso, il piacere del corpo destro è incommensurabile.

Nell'ambito della pratica di Tensegrità, i passi magici per il corpo sinistro e quelli per il corpo destro vengono eseguiti in completo silenzio. Se il silenzio del corpo sinistro può essere imposto al corpo destro, l'atto della *saturazione* può diventare un modo diretto per accedere a quella che don Juan definiva la condizione più ambita dagli sciamani di tutte le generazioni: il *silenzio interiore*.

I CINQUE PASSI MAGICI PER IL CORPO SINISTRO

I passi magici per il corpo sinistro non hanno nomi propri. Don Juan disse che gli sciamani dell'antico Messico li chiamavano semplicemente *passi magici per il corpo sinistro*.

Il primo passo magico è composto da quindici movimenti brevi ed eseguiti con estrema attenzione. Poiché i passi magici per il corpo sinistro vengono eseguiti in sequenza, sono stati numerati in sequenza.

1. Il soggetto sposta di lato il braccio sinistro a circa trenta centimetri di distanza dalla sua posizione naturale vicino alla coscia (fig. 291).

2. Il palmo è rivolto di scatto verso l'esterno e il gomito viene leggermente piegato (fig. 292).

3. Il soggetto alza la mano al livello dell'ombelico e la muove spostandosi verso destra (fig. 293).

4. La mano è girata di scatto in modo che il palmo sia rivolto verso il basso (fig. 294).

291  *292*  *293*

5. La mano va da destra a sinistra con il palmo della mano rivolto verso il basso (fig. 295).

6. Il polso si gira di scatto verso sinistra; la mano è chiusa a coppa, come se il soggetto volesse raccogliere qualcosa, e sale di scatto con un movimento del polso (fig. 296).

7. Il praticante alza il braccio tracciando un arco davanti alla linea che divide il corpo sinistro e il corpo destro al livello degli occhi,

294  *295*  *296*

a trenta centimetri di distanza da essi, con il palmo della mano rivolto a sinistra (fig. 297).

8. Il soggetto gira il polso per rivolgere la mano in avanti (fig. 298).

9. Il praticante solleva il braccio sulla testa, traccia un cerchio laterale e torna nella stessa posizione davanti agli occhi, con il palmo della mano rivolto a sinistra (fig. 299).

10. Il soggetto muove di nuovo il polso per girare in basso il palmo della mano (fig. 300).

303   *304*   *305*

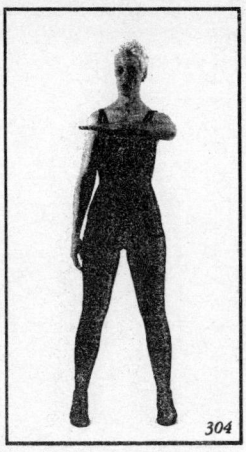

11. La mano scende verso sinistra con una curva leggera fino al livello della spalla, con il palmo rivolto verso terra (fig. 301).

12. Il polso è girato in modo da rivolgere il palmo verso l'alto (fig. 302).

13. La mano si allunga verso destra, raggiungendo un punto davanti alla spalla destra (fig. 303).

14. Il polso si muove di nuovo, rivolgendo il palmo verso terra (fig. 304).

15. La mano scivola verso il basso fermandosi a una trentina di centimetri dall'anca sinistra (fig. 305).

Il secondo passo magico è composto da nove movimenti.

16. Il soggetto tira indietro la mano e tocca la cresta (cioè il punto superiore) dell'anca (fig. 306).

17. Spinge poi il gomito di lato, e abbassa di scatto il polso in modo da rivolgere a sinistra il palmo della mano, tenuto a coppa e con le dita leggermente allargate (fig. 307).

306

307

308

18. Il braccio traccia poi un cerchio completo sopra la testa, andando a finire dietro. La mano torna sulla cresta dell'anca con il palmo rivolto verso l'alto (fig. 308).

19. Il gomito si sposta ancora di lato e un altro movimento rapido del polso rivolge di nuovo il palmo a sinistra (fig. 309).

20. La mano si sposta di lato per tracciare un cerchio, come se il soggetto volesse raccogliere qualcosa. Alla fine del movimen-

309

310

311

to la mano torna sopra la cresta dell'anca con il palmo rivolto verso l'alto (fig. 310).

21. Il gomito piegato si muove di scatto verso sinistra mentre un rapido gesto del polso riporta indietro la mano; le dita, leggermente piegate, sono rivolte all'indietro; il palmo è tenuto a coppa e rivolto verso l'alto (fig. 311).

22. Il gomito viene poi teso completamente all'indietro mentre il palmo della mano tenuta a coppa è ancora rivolto verso l'alto (fig. 312).

23. Mentre il braccio è ancora completamente teso, il polso si gira lentamente, compiendo una rotazione completa finché il palmo torna a essere rivolto all'insù (fig. 313).

24. Questo movimento ricorda il gesto di sfilare il braccio dalla manica. Guidato dal gomito, il braccio traccia un cerchio che va da davanti a dietro e il movimento termina con il palmo della mano all'insù, a livello del bordo della cassa toracica, e il gomito piegato tocca il bordo delle costole (fig. 314).

Il terzo passo magico è composto da dodici movimenti:

25. Il soggetto muove la mano compiendo un arco verso destra, con i palmi rivolti verso l'alto, come se il praticante volesse tagliare qualcosa con la punta delle dita, fermandosi a circa trenta centimetri dal margine destro delle costole (fig. 315).

26. Il palmo della mano è rivolto verso terra (fig. 316).

27. Il braccio traccia un arco verso sinistra e prosegue poi arrivando dietro la schiena (fig. 317).

28. Il palmo della mano è a coppa, il braccio completamente steso, e con uno scatto del polso la mano compie il gesto di raccogliere qualcosa (fig. 318).

29. La mano sale sopra la testa, seguendo un percorso diagonale da dietro a davanti, che termina sopra la spalla destra all'altezza del capo (fig. 319).

30. Il soggetto raddrizza la mano; il polso è contratto e si posiziona a un'angolatura di novanta gradi rispetto all'avambrac-

cio. La mano scende da sopra la testa fino alla destra della cintola (fig. 320).

31. Il palmo viene rivolto di scatto verso il basso (fig. 321).

32. Il soggetto fa oscillare il braccio che traccia un semicerchio fino a sinistra e torna poi nella posizione iniziale (fig. 322).

33. Il palmo è rivolto verso l'alto (fig. 323).

324   *325*   *326*

34. Il braccio oscilla poi in avanti, nella stessa posizione a destra, a trenta centimetri dalla cassa toracica (fig. 324).

35. La mano è rivolta in modo che il palmo sia rivolto di nuovo verso terra (fig. 325).

36. Il braccio oscilla verso sinistra e torna nello stesso punto dietro la schiena, a sinistra (fig. 326).

Il quarto passo magico consiste di quindici movimenti:

37. Il braccio oscilla tracciando un ampio cerchio davanti al corpo, sopra la testa e dietro la schiena, andando a finire in un punto a una trentina di centimetri dalla coscia sinistra (fig. 327).

38. Il soggetto gira la testa a sinistra. Il gomito è piegato ad angolo acuto e l'avambraccio è alzato al livello degli occhi, con il palmo della mano rivolto all'esterno come se volesse proteggere gli occhi da un bagliore di luce. Il corpo è chino in avanti (fig. 328).

327 *328* *329*

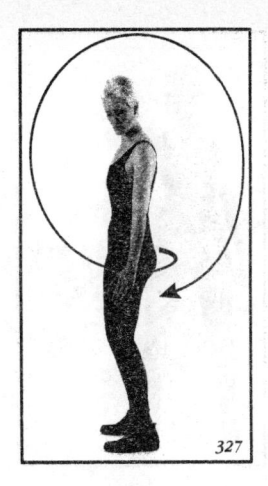

39. Il praticante gira lentamente e completamente la testa e il tronco verso destra, come se volesse guardare in lontananza proteggendosi gli occhi (fig. 329).

40. La testa e il tronco ruotano di nuovo verso sinistra (fig. 330).

41. Il soggetto ruota rapidamente il palmo della mano verso l'alto mentre la testa e il tronco si muovono per guardare dritto in avanti (fig. 331).

330 *331* *332*

42. La mano traccia poi una linea diagonale davanti al corpo, da sinistra a destra (fig. 332).

43. Il palmo è rivolto verso il basso (fig. 333).

44. Il braccio oscilla verso sinistra (fig. 334).

45. Il polso è girato di nuovo in modo da rivolgere il palmo verso l'alto (fig. 335).

339 *340* *341*

46. Il braccio traccia un altro arco davanti al corpo, verso destra (fig. 336).

47. La mano cambia di nuovo posizione e il palmo è ora rivolto verso il basso (fig. 337).

48. Il braccio oscilla di nuovo verso sinistra (fig. 338).

49. Il palmo è rivolto verso l'alto (fig. 339).

50. Il braccio traccia una linea diagonale sulla parte anteriore del corpo, verso destra (fig. 340).

51. Il palmo è rivolto verso terra (fig. 341).

Il quinto passo magico è composto da venticinque movimenti:

52. La mano traccia un ampio cerchio davanti al corpo, con il palmo della mano rivolta verso il basso. Il movimento termina in un punto davanti alla spalla destra, con il palmo all'insù (fig. 342).

53. Il praticante solleva il gomito, con il polso e la mano rivolti verso il basso. Il palmo della mano è leggermente a coppa (fig. 343).

54. La mano traccia una linea di forma ovale da destra verso sinistra come se il soggetto volesse raccogliere un pezzo di materia solida. Quando raggiunge la posizione di partenza, il palmo è rivolto verso l'alto (fig. 344).

55. La mano scende all'altezza dell'inguine, con le dita che indicano verso terra (fig. 345).

56. Il palmo della mano è rivolto verso il corpo (fig. 346).

57. La mano si muove poi, seguendo il contorno del corpo, con le dita che indicano un punto a terra, a dieci o dodici centimetri dalla coscia sinistra (fig. 347).

58. Il palmo della mano si gira verso la coscia grazie a un rapido scatto del polso (fig. 348).

59. Il soggetto gira il capo verso sinistra mentre alza la mano, come se strofinasse le dita lungo una superficie piatta all'altezza degli occhi (fig. 349).

60. Da qui la mano scende ad angolo, fino a raggiungere un punto leggermente a sinistra dell'inguine. La testa segue il movimento della mano (fig. 350).

61. La mano si alza di nuovo al livello degli occhi, assumendo una

351 *352* *353*

posizione ad angolo, e raggiunge un punto sulla linea di separazione tra corpo sinistro e corpo destro, proprio davanti agli occhi, a una distanza di circa cinquanta centimetri (fig. 351).

62. La mano scende di nuovo ad angolo, a un punto davanti all'inguine, leggermente spostato a destra (fig. 352).

63. La mano si alza ancora, tracciando un'altra linea obliqua, fino a un punto davanti agli occhi in linea con le spalle mentre la testa segue il movimento verso destra (fig. 353).

354 *355* *356*

357   *358*   *359*

64. La mano scende in linea retta fino a un punto a circa tre centimetri dalla coscia destra (fig. 354).

Nei sette movimenti precedenti sono stati tracciati tre picchi, il primo a sinistra, il secondo al centro, sulla linea divisoria, e il terzo a destra.

65. La mano cambia posizione in modo che il palmo sia rivolto verso sinistra (fig. 355).

66. La mano viene poi alzata per tracciare una linea curva che si pone esattamente in mezzo tra il picco sinistro e quello destro tracciati in precedenza (fig. 356).

67. Il palmo della mano viene ora ruotato verso destra (fig. 357).

68. La mano scende al livello dell'inguine e si ferma sulla linea che divide il corpo sinistro e il corpo destro (fig. 358).

69. Il palmo cambia nuovamente direzione ed è ora rivolto a sinistra (fig. 359).

360   *361*   *362*

70. Il soggetto alza la mano fino a un punto tra il picco al centro e quello di sinistra, a livello degli occhi (fig. 360).

71. Il palmo è girato e guarda ora a destra (fig. 361).

72. La mano scende fino al punto da cui è partita, davanti alla coscia (fig. 362).

I picchi tracciati grazie agli otto movimenti di questa seconda fase

363   *364*   *365*

sono leggermente tondi, in contrasto con i picchi aguzzi tracciati in precedenza.

73. La mano viene girata di nuovo per rivolgere il palmo in avanti (fig. 363).

74. Il braccio si muove sopra la testa come se volesse versare sul lato destro della faccia e del corpo una sostanza invisibile (fig. 364).

75. Il soggetto abbassa la mano (fig. 365); compiendo un semicerchio, il gomito ruota all'indietro (fig. 366).

76. La mano scivola sul centro vitale che circonda il pancreas e la milza (fig. 367), come se fosse un coltello che viene infilato nel suo fodero.

I TRE PASSI MAGICI PER IL CORPO DESTRO

Il primo passo magico per il corpo destro è composto da cinque movimenti:

1. Il praticante traccia con la mano destra, posta a un'angolazione di novanta gradi rispetto all'avambraccio e, con il palmo rivolto in avanti, un cerchio completo da sinistra a destra, a livello dell'orecchio destro, e va a riposarsi nella posizione di partenza, a circa trenta centimetri dalla cintola (fig. 368).

2. Il braccio traccia ora un arco acuto a livello del petto, piegando il gomito stesso ad angolo acuto. Il palmo è rivolto verso terra; le dita sono unite e diritte, con il pollice piegato. L'indice e il pollice sfiorano il petto (fig. 369).

3. L'avambraccio si allontana di scatto dal petto in modo che il gomito formi un angolo di quarantacinque gradi (fig. 370).

4. La mano ruota intorno al polso; le dita indicano il terreno per un istante e poi scattano sopra la testa, come se la mano fosse un coltello (fig. 371).

368 *369* *370*

5. La mano scende; usando il bordo esterno come se fosse un utensile per tagliare, taglia arrivando fino all'ombelico (fig. 372).

Il secondo passo magico per il corpo destro è composto dai seguenti dodici movimenti:

6. Partendo dalla posizione di fianco alla cintola, la mano si allunga di scatto in avanti; raggiunta la massima estensione del braccio le dita si separano (figure 373 e 374).

371 *372* *373*

374 *375* *376*

7. Il braccio torna a livello della cintola; il gomito è proteso all'indietro, piegato ad angolo acuto (fig. 375).

8. Il soggetto gira la mano in modo da rivolgere il palmo verso l'alto (fig. 376).

9. Il braccio è allungato in avanti con il palmo aperto e rivolto all'insù (fig. 377).

377 *378* *379*

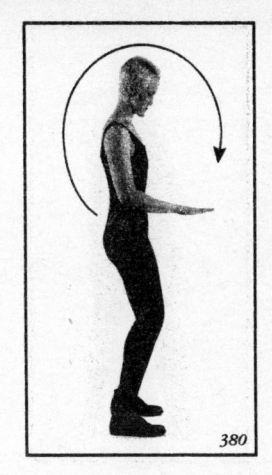

10. Con il palmo sempre rivolto all'insù, il braccio torna ancora all'altezza della cintola (fig. 378).

11. Il palmo è rivolto verso il basso (fig. 379).

12. Il braccio traccia un cerchio completo arrivando all'indietro, sopra la testa, e davanti, per terminare davanti all'ombelico abbassando con forza il palmo come se stesse colpendo qualcosa di solido (fig. 380).

13. Il palmo è rivolto verso il corpo grazie a un movimento simile al gesto di raccogliere qualcosa sul corpo destro (fig. 381).

14. Il braccio è alzato sopra la testa come se la mano fosse un coltello che viene impugnato (fig. 382).

15. La mano esegue un taglio diagonale fino al punto centrale davanti al corpo, a circa cinquanta centimetri di distanza. Il palmo è rivolto verso sinistra (fig. 383).

383 *384* *385*

16. La mano, con il palmo diritto, viene alzata a livello della faccia, seguendo una linea retta (fig. 384).

17. Compie poi un taglio diagonale con il palmo leggermente piegato verso il basso, fino a un punto davanti al bordo del corpo destro, a circa cinquanta centimetri da esso (fig. 385).

Il terzo passo magico per il corpo destro è composto da dodici movimenti:

18. Il braccio destro, con il gomito piegato ad angolo acuto verso destra e il palmo della mano rivolto verso il corpo, traccia un arco da destra fino a un punto davanti al plesso solare (fig. 386).

19. Facendo perno sul gomito, l'avambraccio compie un quarto di cerchio verso il basso, ruotando il palmo per farlo girare verso destra (fig. 387).

20. Il braccio compie un piccolo cerchio verso l'esterno, da sinistra a destra, andando verso l'alto poi in basso, e terminando

con il palmo vicino alla cintola, rivolto all'insù e poi di nuovo in basso, terminando con il palmo vicino alla cintola e rivolto verso l'alto (figure 388A e 388B).

21. Il praticante traccia un altro cerchio, partendo da davanti e arrivando dietro il corpo; il cerchio termina nel punto in cui è iniziato, con il palmo della mano rivolto verso l'alto (fig.389).

22. Il palmo è rivolto verso il basso (fig. 390).

23. La mano scende lentamente davanti al corpo (fig. 391).

24. Il polso è girato in modo che il palmo sia rivolto a sinistra. Con il palmo piatto, le dita unite strettamente e il pollice piegato, la mano viene alzata come se fosse un coltello (fig. 392).

25. La mano traccia poi un piccolo arco convesso verso sinistra in modo che il palmo scatti per girarsi verso destra, e scende poi a sinistra della linea tracciata in precedenza, fino al livello dell'ombelico (fig. 393).

26. Con la mano ancora rivolta verso destra, si alza e traccia di nuovo la stessa linea che ha tracciato in precedenza (fig. 394).

I tre movimenti precedenti sono serviti a tracciare un lungo ovale.

27. La mano scende poi come se volesse tagliare un terzo della lunga figura (fig. 395).

28. Il palmo si gira di nuovo verso destra (fig. 396).

29. Il soggetto raccoglie ciò che ha tagliato, trasformandolo in una palla, e lo getta sulla parte anteriore del corpo destro (figure 397 e 398).

30. Il praticante lascia cadere la mano fino alla cresta dell'anca destra (fig. 399).

31. La mano ruota mentre il braccio compie un mezzo cerchio che parte da davanti (fig. 400) e arriva dietro, fermandosi dietro la spalla destra (fig. 401).

32. Il soggetto fa poi scivolare la mano sul centro vitale che circonda il fegato e la cistifellea (figure 402 e 403), come se fosse un coltello che viene riposto nella sua custodia.

QUINTA SERIE

LA SERIE MASCHILE

Virilità è il nome che gli sciamani diedero a un gruppo specifico di passi magici che avevano scoperto e usato per primi. Don Juan pensava che questo fosse probabilmente il nome più antico che sia mai stato dato a un gruppo di passi magici. In origine questo gruppo venne eseguito per generazioni e generazioni solo da praticanti sciamani di sesso maschile, e questa discriminazione in favore degli stregoni maschi nasceva non da una precisa necessità, ma piuttosto per motivi di rituali, oltre che per soddisfare un'esigenza primaria di supremazia maschile. Tale esigenza scomparve a causa dell'impatto della percezione intensa.

La tradizione in base alla quale questo gruppo di passi magici veniva eseguito solo da uomini perdurò in maniera ufficiosa per alcune generazioni: le donne li eseguivano infatti in segreto. Gli antichi stregoni dichiararono di aver accettato di includere anche le donne perché a causa della conflittualità e del disordine sociale che le circonda esse necessitano di un'ulteriore dose di forza e vitalità, che essi ritenevano fossero riservate agli uomini che eseguivano tali passi magici. Alle donne fu quindi concesso di eseguire quei movimenti in base a una sorta di solidarietà. All'epoca di don Juan, le linee di demarcazione tra uomini e donne divennero ancora più diffuse. La segretezza e l'esclusività degli antichi stregoni andò in frantumi, e le motivazioni ormai sorpassate che vietavano questi passi alle donne non ebbero più ragione d'esistere: le praticanti di sesso femminile cominciarono così a eseguire apertamente questi passi.

Il valore di questo gruppo di passi magici, il più antico tuttora esistente, è rappresentato dalla sua continuità. I passi furono generici fin dall'inizio e, a causa di questa condizione, si verificò un caso unico nell'intero lingnaggio di don Juan: un intero gruppo di sciamani, senza limiti di quantità, fu autorizzato a muoversi all'unisono. Nel corso degli anni i partecipanti a qualunque gruppo di stregoni non potevano essere più di sedici e, di conseguenza, nessuno di loro ebbe mai la possibilità di assistere al meraviglioso contributo energetico della *massa umana*. Per loro esisteva solo il consenso specializzato di pochi iniziati, un consenso che concedeva la possibilità di preferenze idiosincratiche e di un maggiore isolazionismo.

Come ho già dichiarato, il fatto che i movimenti di Tensegrità vengano eseguiti nel corso di seminari e workshop da centinaia di partecipanti nello stesso momento ha consentito di sperimentare gli effetti energetici della *massa umana*. Un effetto del genere è duplice: non solo i partecipanti di Tensegrità eseguono un'attività che li unisce dal punto di vista energetico, ma sono anche coinvolti in una ricerca delineata dagli sciamani dell'antico Messico quando si trovavano in condizioni di consapevolezza intensa: la *ridistribuzione dell'energia*. Eseguire questi passi magici nell'ambito dei seminari di Tensegrità è un'esperienza unica che permette ai partecipanti, spinti o trascinati dai passi magici e dalla *massa umana,* di raggiungere conclusioni energetiche a cui gli insegnamenti di don Juan non hanno nemmeno mai alluso.

Questa serie è stata chiamata *maschile* a causa delle sue caratteristiche di aggressività e anche perché la sua esecuzione richiede un notevole dispiego di forza e prontezza, qualità in genere legate agli uomini. Don Juan dichiarò che tale pratica non provocava solo una forte sensazione di benessere, ma suscitava anche una *speciale qualità sensoriale* che, se non viene esaminata con attenzione, potrebbe venire facilmente confusa con l'aggressività e la tensione. Se viene invece analizzata a fondo, è subito chiaro che si tratta di una inconfondibile sensazione di prontezza che pone i praticanti a un livello dal quale possono partire verso l'ignoto.

Un altro motivo per cui gli stregoni dell'antico Messico definivano questo gruppo *maschile* è dato dal fatto che gli uomini che eseguivano questi passi magici diventavano praticanti speciali che non avevano bisogno di essere presi per mano, e beneficiavano indirettamente di tutto ciò che facevano. In teoria, l'energia generata da questo gruppo di passi magici va direttamente ai centri vitali, come se ogni centro chiedesse automaticamente l'energia che si dirige prima al centro che più ne ha bisogno.

Per i discepoli di don Juan questo gruppo di passi magici è diventato l'elemento fondamentale del loro addestramento. Lo stesso don Juan li presentò a loro come un denominatore comune, dichiarando che avrebbero dovuto ripeterli senza modifiche: egli voleva infatti prepararli a sostenere i rigori legati ai viaggi nell'ignoto.

Nell'ambito di Tensegrità la parola *Serie* è stata aggiunta al termine *Maschile,* per omologarlo con le altre serie di Tensegrità. La Serie Maschile è divisa in tre gruppi, ognuno dei quali consiste di dieci passi magici; l'obiettivo del primo e del secondo gruppo è quello di mettere in sintonia l'*energia dei tendini*. Ognuno di questi venti passi magici è breve ma estremamente concentrato. I praticanti di Tensegrità vengono seriamente incoraggiati, al pari dei praticanti sciamani dei tempi antichi, a ottenere il massimo effetto dai movimenti così brevi grazie all'intenzione di lasciar andare una scossa di *energia dei tendini* ogni volta che seguono i passi stessi.

"Don Juan, non credi che ogni volta che io lascio andare questa scossa di energia in realtà sto sprecando la mia *energia dei tendini,* facendola fuoriuscire dal mio corpo?" gli chiesi una volta.

"Tu non puoi far uscire l'energia dal tuo corpo", rispose. "L'energia che stai solo apparentemente sprecando quando liberi una scossa nell'aria in realtà non viene affatto sprecata, perché non lascia mai i tuoi confini, qualunque sia la posizione di tali confini. In realtà stai fornendo una scossa di energia a quella che gli stregoni dell'antico Messico chiamavano la nostra 'crosta' o 'corteccia'. Secondo questi stregoni, dal punto di vista energetico gli esseri umani sono simili a palle luminose racchiuse da una buccia piuttosto spessa, simile a quella di un arancio; alcune ce l'hanno più dura e più spessa, simile alla corteccia di un vecchio albero."

Don Juan spiegò che il paragone tra un arancio e un essere umano è impreciso, perché la nostra buccia o corteccia si trova all'interno dei nostri confini, così come la buccia di un arancio è all'interno del frutto stesso, ed è composta dall'energia indurita che è stata scartata nell'arco della nostra esistenza dai nostri centri vitali a causa del logorio della vita moderna.

"Colpire questa corteccia apporta qualche beneficio don Juan?" chiesi.

"Molti", disse, "soprattutto se i praticanti concentrano il loro *intento* in modo da centrare con i loro colpi la corteccia. Se *intendono* frantumare pezzi di questa energia indurita ricorrendo ai passi magici, questa stessa energia frantumata può essere assorbita dai centri vitali di energia."

I passi magici del terzo gruppo della Serie Maschile sono più ampi ed estesi; per eseguirli i praticanti devono fare affidamento sulla fermezza delle mani, delle gambe e del resto del corpo. Gli sciamani dell'antico Messico ritenevano che questi passi servissero a creare resistenza e stabilità: secondo loro, tenere il corpo in posizione durante l'esecuzione di questi lunghi movimenti fornisce ai praticanti una base solida che permette loro di reggersi da soli.

Grazie all'esercizio i moderni praticanti di Tensegrità hanno scoperto che la Serie Maschile può essere eseguita solo con moderazione, per evitare di stancare troppo i tendini delle braccia e i muscoli della schiena.

Primo gruppo

PASSI MAGICI NEI QUALI LE MANI SI MUOVONO ALL'UNISONO MA SONO TENUTE SEPARATE

I. PUGNI SOPRA LE SPALLE

Il soggetto tiene le braccia lungo i fianchi con le mani serrate a pugno, i palmi rivolti verso l'alto, e le alza poi sopra la testa piegando i gomiti in modo che gli avambracci siano posti a un angolo di novanta gradi rispetto alla parte superiore del braccio. La spinta che provoca questo movimento è equamente divisa tra i muscoli del braccio e la contrazioni dei muscoli dell'addome. Quando il praticante alza i pugni, mettendo in tensione i muscoli della parte frontale del corpo, il corpo stesso si china leggermente all'indietro piegando le ginocchia (fig. 404). Le braccia, sempre con i pugni serrati, vengono abbassate ai lati delle cosce raddrizzando un po' i gomiti; mentre le braccia scendono, il corpo si piega in avanti, contraendo i muscoli della schiena e il diaframma (fig. 405).

405   *406*   *407*

2. USARE UN UTENSILE DA TAGLIO CON CIASCUNA MANO

Le mani sono serrate a pugno, con i palmi rivolti l'uno verso l'altro a livello della cintola (fig. 406). Partendo da questa posizione sferrano un colpo verso il basso all'altezza dell'inguine, a circa cinquanta centimetri da esso, tenendo sempre i pugni a una larghezza pari a quella del corpo (fig. 407). Dopo aver sferrato il colpo, le mani tornano nella posizione di partenza, ai lati della cassa toracica.

3. PULIRE UN TAVOLO ALTO CON IL PALMO DELLA MANO

Il soggetto alza le braccia al livello delle ascelle; le mani hanno il palmo rivolto verso terra. I gomiti, piegati ad angolo acuto, protendono dietro la schiena (fig. 408). Entrambe le braccia vengono poi portate di scatto in avanti, tendendole il più possibile, come se i palmi delle mani stessero lucidando una superficie rigida. Le mani, che si trovano a una distanza pari alla larghezza del corpo stesso (fig. 409), vengono poi riportate altrettanto di scatto alla posizione di partenza da cui è iniziato il movimento (fig. 408).

408 *409*

4. PICCHIETTARE L'ENERGIA CON ENTRAMBE LE MANI

Il soggetto alza entrambe le braccia all'altezza delle spalle, tendendole in avanti. Le mani sono serrate in un pugno angolare, nel senso che le dita sono piegate in maniera scalare contro il palmo; il pollice è a sua volta piegato sul bordo esterno dell'indice (fig. 410). I palmi delle mani sono rivolti l'uno contro l'altro. I pugni si abbassano leggermente ma con grande forza, grazie a un rapido scatto del polso. Il livello dei polsi non cambia mai: in altre parole, solo la mano scende, facendo perno sul polso. Con un

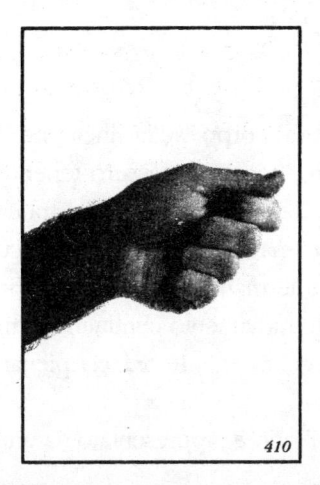

410 *411*

movimento contrario il praticante solleva di scatto i pugni senza cambiare la posizione dei polsi (fig. 411).

Gli sciamani ritengono che questo passo magico sia uno degli strumenti migliori per tenere in esercizio l'*energia dei tendini* delle braccia, a causa del gran numero di punti di energia che esistono intorno ai polsi, sul dorso delle mani, sui palmi e sulle dita.

5. SCUOTERE L'ENERGIA

Questo passo magico è il compagno del precedente, e inizia sollevando entrambe le braccia al livello delle spalle. Le mani si chiudono ancora in un pugno angolare, proprio come nel passo precedente, tranne che in questo caso i palmi delle mani sono rivolti verso il basso. I pugni vengono ritratti verso il corpo con uno scatto dei polsi e sono poi allontanati di colpo con un altro scatto dei polsi che li spinge in avanti in modo che i pollici siano allineati con l'avambraccio (fig. 412). Per eseguire questo passo magico occorre usare a fondo i muscoli dell'addome, che sono i veri responsabili dei rapidi movimenti dei polsi.

6. TIRARE UNA CORDA DI ENERGIA

Il soggetto tiene le mani davanti al corpo, sulla linea che separa il corpo sinistro e il corpo destro, come se stessero tenendo una corda molto spessa che penzola dall'alto; la mano sinistra è sopra quella destra (fig. 413). Il passo magico consiste nello scuotere entrambi i polsi e nell'abbassare le mani con uno scatto breve e potente. Il soggetto esegue questo movimento contraendo i muscoli dell'addome e lascia cadere leggermente le braccia piegando le ginocchia (fig. 414).

Il movimento che riporta l'equilibrio è rappresentato da uno scatto dei polsi che fanno salire di colpo le mani, mentre le ginocchia e il tronco si raddrizzano leggermente.

7. SPINGERE VERSO IL BASSO UN PALO DI ENERGIA

Il soggetto tiene le mani alla sinistra del corpo; la mano sinistra è all'altezza dell'orecchio, una quindicina di centimetri sopra la mano destra che si trova all'altezza della spalla; entrambe le mani sembrano impugnare un palo piuttosto largo. Il palmo della mano sinistra è rivolto a destra, mentre il palmo della destra è girato verso sinistra. La mano sinistra ha il comando, essendo sopra l'altra, e guida quindi il movimento (fig. 415). I muscoli della schiena, che circondano le ghiandole surrenali e i muscoli dell'addome, si contraggono e una spinta potente fa scendere entrambe le braccia di fianco alla coscia destra e alla cintola, come se stessero davvero tenendo un palo (fig. 416). Le mani cambiano ora posizione: la destra si sposta vicino all'orecchio destro e assume il comando, mentre la sinistra scende vicino alla spalla, come se le mani stessero cambiando palo. Gli stessi movimenti vengono poi ripetuti.

8. TAGLIARE L'ENERGIA CON UNA MANO ALLA VOLTA

Il soggetto alza di lato i pugni fino a farli arrivare ai bordi della cassa toracica, con i palmi rivolti uno contro l'altro (fig. 417). Il braccio sinistro scende in diagonale fino a un punto a cinque centimetri circa dalla coscia (fig. 418) e viene poi ritratto. Subito dopo il braccio destro esegue gli stessi movimenti.

417

418

9. USARE UN PIANO DI ENERGIA

Il soggetto alza la mano sinistra all'altezza dell'ombelico, chiudendola a pugno; piega il gomito a novanta gradi, tenendolo vicino alla cassa toracica (fig. 419). Il palmo destro si muove come se volesse sferrare un colpo sul pugno sinistro, fermandosi però a meno di tre centimetri da esso (fig. 420); si sposta poi a circa dieci o dodici centimetri davanti al pugno stesso con un movimento rapido, come se stesse tagliando qualcosa con il bordo della mano (fig. 421). Il braccio sinistro ritorna poi indietro, sporgendo il più possibile il gomito all'indietro; anche la mano destra torna indietro, seguendo la sinistra dalla quale mantiene la medesima distanza (fig. 422). Mantenendo la stessa distanza tra le mani, il braccio sinistro e quello destro si lanciano in avanti fino a un punto a circa cinque centimetri dalla cintola.

Gli stessi movimenti vengono poi ripetuti con il pugno del braccio destro.

10. COLPIRE L'ENERGIA CON UN FASCIO DI ENERGIA

Il soggetto alza il braccio sinistro a livello delle spalle con il gomito piegato a novanta gradi; la mano sembra impugnare saldamente l'elsa di un pugnale; il palmo è rivolto verso il basso. Il gomito colpisce all'indietro tracciando un arco fino all'altezza della spalla sinistra, a un punto che si trova a un angolo di quarantacinque gradi dietro a essa (fig. 423). Il braccio torna poi nella sua posizione iniziale con un rapido scatto che segue lo stesso percorso dell'arco.

Il medesimo movimento viene poi ripetuto con l'altro braccio.

423

Secondo gruppo

I PASSI MAGICI PER FOCALIZZARE L'*ENERGIA DEI TENDINI*

11. STRINGERE LE MANI

Il praticante porta entrambe le braccia in avanti, davanti all'ombelico. I gomiti piegati sfiorano la cassa toracica. Le mani sono strette fra loro e la sinistra sovrasta la destra. Le dita delle mani si afferrano con forza tra loro (fig. 424). Tutti i muscoli delle braccia e della schiena sono contratti. I muscoli tesi vengono rilassati e le mani cambiano posizione in modo che la destra passi sopra alla sinistra, senza però staccarsi, usando la parte dura del palmo come una sorta di perno. I muscoli delle braccia e della schiena vengono poi contratti di nuovo.

Gli stessi movimenti vengono ripetuti, cominciando con la mano destra in cima.

12. PRESA DEL CORPO SINISTRO E DEL CORPO DESTRO

Il soggetto porta gli avambracci davanti al corpo, di nuovo a livello dell'ombelico. Questa volta però l'avambraccio destro è allungato in linea con l'anca e viene tenuto vicino alla cassa toracica

425   *426*   *427*

mentre l'avambraccio sinistro, che ha il gomito staccato dal corpo, pone la mano sinistra sopra la mano destra con una forte presa. Il praticante applica una notevole pressione al palmo e alle dita di ciascuna mano grazie alla tensione dei muscoli delle braccia, della schiena e dell'addome. La tensione viene rilassata e le mani ruotano l'una sul palmo dell'altra mentre si muovono attraverso il corpo da destra a sinistra. A questo punto si afferrano ancora a vicenda con forza, usando gli stessi muscoli; questa volta però la mano destra sta sopra la sinistra (fig. 425).

Gli stessi movimenti vengono ripetuti partendo da questa posizione.

13. LA BRUSCA ROTAZIONE DEI DUE CORPI

Le mani sono strette fra loro a livello della cintola, spostate verso destra. La mano sinistra è sopra quella destra. In questo passo magico la stretta delle mani non è intensa come nei due passi precedenti, in quanto viene ottenuta con una brusca rotazione dei due corpi invece che con i forti colpi sferrati nei suddetti passi.

Le mani così unite tracciano un piccolo cerchio spostato verso destra che parte sul davanti e si allunga dietro il corpo, andando a finire nella stessa posizione da cui è partito. Poiché la sinistra

428 *429*

è la mano che guida, essendo in cima, il cerchio viene tracciato seguendo l'impulso del braccio sinistro, che spinge in fuori le mani prima verso destra e poi tutt'intorno, tracciando un cerchio alla destra del corpo (fig. 426).

Le mani strette fra loro passano sul corpo andando verso sinistra, dove tracciano un altro cerchio, seguendo ancora l'impulso della mano sinistra che, essendo in cima, spinge l'altra mano a compiere un cerchio che va prima all'indietro, di lato e a sinistra, e torna infine nella posizione di partenza (fig. 427).

La stessa sequenza di movimenti viene eseguita sotto la guida della mano destra, cominciando alla sinistra della cintola. Questa volta il soggetto segue l'impulso del braccio destro per poter tracciare il cerchio, andando prima a sinistra e tornando poi nello stesso punto da cui è partito (fig. 428). Le mani (sempre strette fra loro) attraversano la parte frontale del corpo fino alla destra della cintola; seguendo poi l'impulso della mano che guida vengono riportate indietro, poi a destra e all'indietro nella posizione di partenza, tracciando così un cerchio (fig. 429). È importante che, mentre vengono tracciati i cerchi, il tronco si giri bruscamente di lato. Le gambe rimangono nella stessa posizione, senza compensare la rotazione con un cedimento delle ginocchia.

14. SPINGERE L'ENERGIA STRETTA CON IL GOMITO E L'AVAMBRACCIO

Le mani, strette fra loro, sono sul lato destro a livello delle spalle. La parte superiore del braccio destro è stretta contro il petto e il gomito è piegato ad angolo acuto rispetto all'avambraccio che si trova in posizione verticale. Il palmo della mano destra è rivolto verso l'alto, mentre il dorso è posizionato a novanta gradi rispetto all'avambraccio (fig. 430).

Il gomito del braccio sinistro è allungato davanti alla spalla sinistra, a un'angolazione di novanta gradi. Le due mani si stringono con forza (fig. 431); il braccio destro spinge lentamente in avanti il sinistro raddrizzando appena il gomito e, nello stesso istante, la spalla e la scapola sinistra vengono spinte in avanti per mantenere la stessa angolazione a novanta gradi del gomito sinistro (fig. 432). Il braccio destro spinge di nuovo la mano sinistra nella posizione iniziale.

Le mani strette fra loro si spostano sul lato sinistro facendo perno sui palmi, a questo punto si ripetono gli stessi movimenti.

433 *434*

15. LA STILETTATA BREVE CON LE MANI STRETTE FRA LORO

Le mani, strette fra loro, sono sul lato destro, proprio come nel passo magico precedente; questa volta però sono a livello della cintola e, invece di spingere lentamente il braccio sinistro in avanti, il braccio destro sferra una rapida stilettata (fig. 433). Si tratta di un movimento potente che richiede la contrazione dei muscoli delle braccia e della schiena. Le mani, sempre strette fra loro, vengono portate con forza a sinistra, come se volessero aumentare la spinta del gomito sinistro che viene tirato completamente all'indietro (fig. 434); si muovono poi intorno alla parte anteriore del corpo verso destra, come se volessero aiutare ancora un potente movimento del gomito destro che viene spinto all'indietro.

La stessa sequenza di movimenti viene ripetuta partendo dal lato sinistro, sotto la guida della mano destra.

È importante notare che quando le mani strette colpiscono davanti al corpo, la mano che sta sotto fornisce la direzione, ma la forza viene data dalla mano che guida, quella cioè che si trova in cima.

435 *436* *437*

16. SCUOTERE L'ENERGIA CON LE MANI STRETTE FRA LORO

Le mani strette fra loro sono posizionate a destra; il gomito destro e la parte superiore del braccio sono tenuti contro il bordo della cassa toracica. Il gomito del braccio destro si trova a un'angolazione di novanta gradi rispetto alla parte superiore dello stesso braccio; anche il gomito sinistro è alla medesima angolazione, in linea retta rispetto al muscolo pettorale sinistro (fig. 435). Il braccio destro solleva quello sinistro, modificando la posizione dei gomiti che da una angolazione di novanta gradi passano ora a una di quarantacinque. Le mani, sempre strette fra loro, raggiungono il livello della spalla destra (fig. 436), e vengono scosse con un brevissimo movimento che coinvolge solo il polso. Le mani sferrano un colpo verso il basso, senza cambiare però il livello a cui sono tenute (fig. 437), e sono poi riportate a sinistra, vicino alla cintola, con un forte movimento che costringe il gomito sinistro a sporgere all'indietro (fig. 438). I polsi compiono una rotazione e le mani ruotano usandosi a vicenda come perni, in modo da invertire la loro posizione. Gli stessi movimenti vengono poi ripetuti sulla sinistra.

17. SCUOTERE L'ENERGIA VICINO ALLE GINOCCHIA

Le mani, strette fra loro, sono a destra della coscia e si spostano quando la mano che sostiene (quella che sta sotto) assume una posizione leggermente più verticale grazie a uno scatto del polso, tenuto sotto controllo con la pressione della mano sinistra (fig. 439). Entrambe le mani oscillano verso sinistra, seguendo il profilo delle ginocchia, e sferrano un colpo la cui potenza viene ampliata dalla spinta verso il basso dei polsi (fig. 440).

Le mani cambiano posizione ruotando una sul palmo dell'altra; gli stessi movimenti si ripetono poi da sinistra verso destra.

18. FAR SCENDERE UN FASCIO DI ENERGIA

Le mani, strette fra loro, sono in posizione verticale con la mano sinistra che guida, e si trovano in un punto a circa tre centimetri dall'ombelico, proprio sulla linea divisoria tra il corpo sinistro e il corpo destro. Entrambe le mani vengono sollevate di pochi centimetri con una leggera scossa ottenuta piegando i polsi, senza muovere gli avambracci, e vengono poi abbassate con la medesima scossa dei polsi (fig. 441).

Questo passo magico coinvolge i muscoli profondi dell'addome; gli stessi movimenti vengono eseguiti sotto la guida della mano destra.

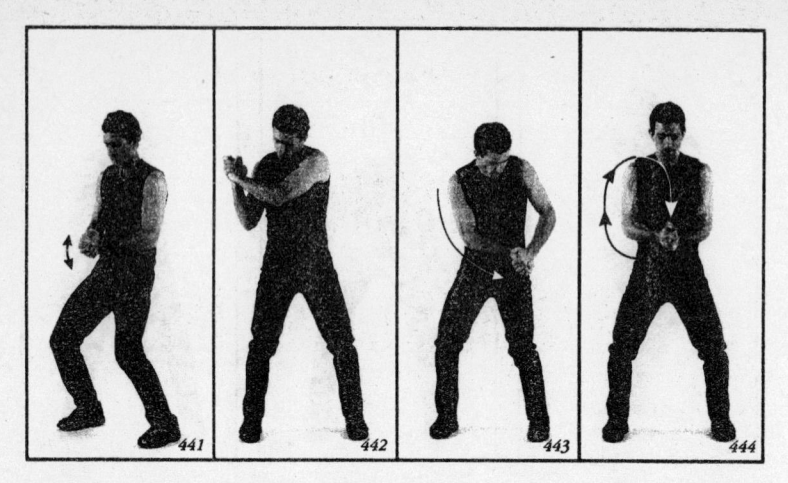

19. USARE LE MANI COME UN'ACCETTA

Le mani, strette fra loro, sono a destra e vengono sollevate a livello della spalla (fig. 442) e sferrano poi un colpo diagonale che le porta a livello dell'anca sinistra (fig. 443).

Gli stessi movimenti vengono ripetuti a sinistra.

20. CONFICCARE UN FASCIO DI ENERGIA

Le mani, strette fra loro, sono a destra e oscillano a livello delle spalle, aiutate dalla rotazione del tronco verso destra. Compiendo un piccolo cerchio verticale davanti alla spalla destra, le mani arrivano alla linea di divisione tra i due corpi, giù al livello della cintola, come se volessero conficcarvi una lancia di energia (fig. 444).

Gli stessi movimenti vengono poi eseguiti sul lato sinistro.

Terzo gruppo

I PASSI MAGICI PER CREARE LA RESISTENZA

21. TAGLIARE L'ENERGIA IN UN ARCO

Le mani, strette fra loro, sono a destra, sopra la cresta dell'anca. La mano sinistra sovrasta la destra. Il gomito destro si protende all'indietro e l'avambraccio sinistro è tenuto contro lo stomaco. Con un colpo potente e allungato, le mani (sempre strette fra loro), tagliano un'arco orizzontale che attraversa l'area davanti al corpo, come se passassero attraverso una sostanza molto densa. È come se le mani stessero impugnando un coltello o una spada o un utensile da taglio che trancia qualcosa di solido davanti al corpo (fig. 445); il soggetto utilizza tutti i muscoli del braccio, dell'addome, del petto e della schiena. I muscoli delle gambe sono tesi per assicurare stabilità al movimento. A sinistra le mani si muovono scambiandosi di posto: la mano destra è ora sopra e guida. Il soggetto effettua così un altro notevole taglio.

22. TRANCIARE L'ENERGIA CON UN TAGLIO SIMILE A QUELLO DI UNA SPADA

Il soggetto tiene le mani strette fra loro davanti alla spalla destra, con la mano sinistra sopra e la destra sotto (fig. 446). Una potente scossa dei polsi e delle braccia spinge in avanti le mani di cir-

446

447

448

ca tre centimetri, in modo da sferrare un colpo potente. Le mani tagliano poi fino a un punto a sinistra, a livello della spalla. Il risultato finale è un movimento che assomiglia al gesto di tagliare qualcosa di pesante con una spada. Partendo da quel punto a sinistra le braccia cambiano posizione ruotando, restando sempre strette fra loro. La mano destra assume la posizione di guida e sale sopra, tagliando ancora fino a un punto a circa sei centimetri dalla spalla destra (fig. 447).

La posizione iniziale delle mani è cambiata e i movimenti cominciano ora da sinistra.

23. TRANCIARE L'ENERGIA CON UN TAGLIO DIAGONALE

Le mani strette fra loro sono alzate al livello dell'orecchio destro e spinte in avanti, come se volessero infilzare qualcosa di solido situato davanti al corpo (fig. 448). Partendo da questa posizione tagliano scendendo fino a un punto a circa tre centimetri di distanza dalla rotula sinistra (fig. 449) e ruotano poi all'altezza dei polsi per cambiare posizione, in modo che la mano destra salga in cima e prenda la guida. È come se l'utensile da taglio che le mani sembrano impugnare sia costretto a cambiare direzione prima di tranciare da sinistra a destra, seguendo il profilo delle ginocchia (fig. 450).

449

450

Le mani cambiano posto e l'intera sequenza viene ripetuta, cominciando da sinistra.

24. TRASFERIRE ENERGIA DALLA SPALLA DESTRA AL GINOCCHIO SINISTRO

Le mani strette tra loro sono al livello della cintola, a destra; si spostano grazie alla mano destra che sta sotto e assume una posizione leggermente più verticale con uno scatto del polso, tenuto dalla pressione della mano sinistra. Le mani si alzano rapidamente fino a un punto sopra la testa, a destra (fig. 451). Guidate dal gomito vengono poi abbassate a livello delle spalle, imponendo al gesto una notevole forza; eseguono poi un taglio diagonale fino a un punto a circa tre centimetri dal lato sinistro della rotula. Il colpo viene favorito da un rapida rotazione verso il basso dei polsi (fig. 452).

Le mani funzionano a vicenda da perno in modo da potersi scambiare di posto e l'intera sequenza viene poi ripetuta, partendo da sinistra.

451

452

25. TRANCIARE L'ENERGIA VICINO ALLE GINOCCHIA

Le mani strette tra loro sono a destra della cintola (fig. 453) e con un colpo potente scendono a livello delle ginocchia, mentre il tronco si inchina leggermente in avanti; tagliano poi un arco davanti alle ginocchia, da destra a sinistra, fino a un punto a dieci o dodici centimetri dal lato sinistro della rotula (fig. 454). Il soggetto riporta poi con forza le mani, sempre strette fra loro, a un punto a pochi centimetri a destra del ginocchio destro. L'esecuzione di entrambi i tagli è favorita da una potentissima scossa dei polsi.

Lo stesso movimento viene eseguito partendo dalla sinistra della cintola. Per eseguire correttamente questo passo magico, i praticanti devono coinvolgere i muscoli in profondità dell'addome, invece di quelli delle braccia e delle gambe.

26. LA BARRA DI ENERGIA

Il soggetto tiene le mani strette tra loro davanti allo stomaco e la mano sinistra sta sopra all'altra, in posizione di guida; le sposta poi in posizione verticale davanti allo stomaco, sulla linea che separa i due corpi. Con un rapido movimento le mani vengono poi portate a un punto sopra la testa, come se stessero seguen-

453 *454* *455*

do ancora quella stessa linea. Il soggetto sferra ora un colpo verso il basso seguendo una traiettoria fino al punto in cui è iniziato il passo magico (fig. 455). Le mani cambiano posizione, in modo che la destra sia al comando, e il movimento viene poi ripetuto. Don Juan chiamava questo movimento *agitare l'energia con una barra*.

27. IL GRANDE SQUARCIO

Le mani strette tra loro sono in posizione iniziale alla destra della cintola e vengono sollevate di scatto sopra la testa, sulla spal-

456 *457*

la destra (fig. 456). I polsi vengono scossi all'indietro, per acquisire forza, e il praticante sferra un potente colpo diagonale che squarcia l'energia davanti al corpo, come se stesse tagliando un lenzuolo. Il colpo termina in un punto a dieci o dodici centimetri a sinistra del ginocchio sinistro (fig. 457).

Lo stesso movimento viene ripetuto partendo da sinistra.

28. IL MARTELLO DA FABBRO

Con la mano sinistra in posizione di guida, le mani sono strette tra loro davanti allo stomaco sulla linea verticale che divide il corpo sinistro e il corpo destro. I palmi sono tenuti verticali per un istante prima che le mani vengano portate alla destra del corpo e sopra la testa, fermandosi un altro istante vicino al collo, come se stessero impugnando un pesante martello. Si muovono poi sopra la testa in una oscillazione decisa e potente (fig.

458) e vengono riportate nel punto da cui hanno iniziato a muoversi, proprio come se le mani stesse fossero un pesante martello da fabbro (fig. 459).

Le mani cambiano posizione e lo stesso movimento inizia da sinistra.

29. TAGLIARE UN CERCHIO DI ENERGIA

Il passo magico inizia con le mani strette fra loro vicino alla spalla destra (fig. 460), che vengono poi spinte in avanti fin dove può arrivare il braccio destro senza però stendere completamente il gomito. Le mani, sempre strette fra loro, tagliano ora un cerchio largo quanto il corpo, andando da destra a sinistra, come se stessero tenendo un utensile da taglio. Per eseguire questo movimento, la mano sinistra (che riveste la posizione di guida ed è sopra l'altra) deve scambiare la propria posizione con la mano destra non appena arriva a tracciare la parte sinistra del cerchio; le mani ancora strette fra loro si muovono di scatto all'altezza della curvatura del cerchio, in modo che la mano destra assuma la guida ponendosi sopra la sinistra (fig. 461), finendo così di tracciare il cerchio.

La stessa sequenza di movimenti viene poi ripetuta partendo da sinistra, con la mano destra in posizione di guida.

30. LO SQUARCIO AVANTI E INDIETRO

Il soggetto tiene le mani strette fra loro a destra, con la sinistra in posizione di guida; un potente colpo le spinge avanti, a circa sei centimetri dal petto; le mani fanno poi uno squarcio, come se stessero impugnando una spada, arrivando il più possibile a sinistra senza però allungare completamente i gomiti (fig. 462). Le mani cambiano ora posizione: la destra assume la posizione di guida, in cima, e il soggetto esegue lo squarcio nella direzione opposta, portando le mani strette tra loro in un punto a destra, pochi centimetri a destra dal punto in cui ha avuto inizio questo passo magico (fig. 463).

La stessa sequenza di movimenti viene poi ripetuta, partendo da sinistra con la mano destra in posizione di guida.

SESTA SERIE

DISPOSITIVI USATI IN CONCOMITANZA CON SPECIFICI PASSI MAGICI

Come ho già dichiarato in precedenza, gli sciamani dell'antico Messico attribuivano un'importanza particolare alla forza che chiamavano *energia dei tendini*. Secondo don Juan essi erano convinti che l'energia vitale si muovesse attraverso il corpo per mezzo di un percorso privilegiato formato dai tendini.

Quando chiesi a don Juan che cosa intendeva per *tendine*, lui mi spiegò che si trattava del tessuto che tiene attaccati i muscoli alle ossa.

"Non saprei come illustrarti l'*energia dei tendini*", aggiunse. "Sto seguendo il comodo sentiero dell'uso: mi è stato semplicemente insegnato che si chiama *energia dei tendini*. Se tu non dovessi essere specifico in proposito, potresti dire di aver capito di che cosa si tratta, vero?"

"Sì, in un senso vago capisco, don Juan", dissi. Mi confonde il fatto che tu usi la parola *tendini* anche dove non ci sono ossa, per esempio nell'addome."

"Gli antichi sciamani attribuirono il nome di *energia dei tendini* a una corrente di energia che si muove lungo i muscoli profondi che vanno dal collo giù fino al petto, alle braccia e alla colonna vertebrale, che attraversa la parte superiore e quella inferiore dell'addome, dal bordo della cassa toracica fino all'inguine, e da qui si dirama giungendo poi alle dita dei piedi", mi spiegò don Juan.

"Questa corrente non comprende la testa?" gli domandai, sbalordito. Da bravo occidentale mi aspettavo che una cosa del genere avesse origine dal cervello.

"No, non include la testa", mi rispose con enfasi. "Dalla testa arriva infatti un tipo diverso di energia, che non ha a che fare con quella di cui ti sto parlando. Uno dei risultati più incredibili ottenuti dagli stregoni è il fatto che alla fine essi riescono a espellere qualunque cosa ci sia nel centro di energia situato sulla sommità del capo, un punto al quale fissano poi l'*energia dei tendini* del resto del corpo. Questo paragone si riferisce a un risultato positivo; per il momento abbiamo a che fare, come nel tuo caso, alla normale situazione dell'*energia dei tendini* che inizia all'altezza del collo, nel punto preciso in cui si unisce alla testa. In alcuni casi l'*energia dei tendini* sale fino a un punto sotto gli zigomi, senza però superarlo.

"Questa energia", continuò, "che io chiamo *energia dei tendini* in mancanza di un termine migliore, è assolutamente necessaria a coloro che viaggiano nell'infinito, o vogliono farlo."

Don Juan disse che secondo la tradizione l'*energia dei tendini* venne usata inizialmente con alcuni semplici dispositivi che venivano impiegati dagli sciamani dell'antico Messico in due modi, creando prima un effetto vibratorio su specifici centri di *energia dei tendini* e poi una pressione su quegli stessi centri. Mi spiegò che gli stregoni consideravano l'effetto vibratorio come lo strumento per allentare l'energia divenuta stagnante, e ritenevano che l'effetto legato alla pressione servisse invece a disperdere l'energia stessa.

Quella che all'uomo moderno può sembrare una contraddizione cognitiva, il fatto cioè che quella vibrazione sia in grado di allentare qualunque cosa rimasta bloccata, e che la pressione la possa disperdere, venne messa in grande risalto da don Juan, il quale insegnò ai suoi discepoli che ciò che a noi appare naturale nell'ambito della nostra conoscenza del mondo non lo è affatto per ciò che riguarda il flusso dell'energia. Disse che nel mondo di tutti i giorni gli esseri umani spezzano qualcosa con un colpo o applicando una certa pressione, e la disperdono facendola vibrare. L'energia che si è fissata in un centro vitale deve essere prima resa fluida per merito della vibrazione, e poi premuta per permetterle di continuare a fluire. Don Juan era sconvolto all'idea di premere direttamente i punti di energia nel corpo senza la vibrazione preliminare. Secondo lui, l'energia che era bloccata sarebbe rimasta ancora più inerte se ci si avesse applicato pressione.

Egli illustrò ai suoi discepoli due dispositivi di base. Spiegò che gli sciamani dei tempi antichi cercavano un paio di sassolini rotondi o piselli secchi che usavano poi come strumenti per favorire con la vibrazione o la pressione il flusso dell'energia nel corpo, che essi ritenevano si bloccasse periodicamente lungo il percorso dei tendini. I sassolini rotondi usati dagli sciamani erano troppo duri, e i piselli secchi erano invece troppo fragili. Questi sciamani cercavano avidamente anche sassi piatti grandi quanto una mano o pezzetti di legno pesante che piazzavano poi sull'addome, sulle zone specifiche dell'*energia dei tendini,* mentre erano stesi sulla schiena. La prima area era appena sotto l'ombelico, un'altra proprio sull'ombelico e una sul plesso solare. Usare sassi o altri oggetti era però un problema: gli oggetti dovevano essere riscaldati o raffreddati per avvicinarsi alla temperatura del corpo; erano inoltre troppo rigidi, e scivolavano troppo.

I praticanti di Tensegrità hanno trovato dei validi ed efficaci sostituti: un paio di palline e un piccolo peso di cuoio, piatto e di forma circolare. Le palline hanno la stessa dimensione di quelle usate dagli antichi sciamani, ma non sono affatto fragili, perché sono costruite con un tipo di Teflon rinforzato da una miscela di ceramica. Queste sostanze assicurano alle palline il peso, la durezza e la levigatezza fondamentali per l'uso associato ai passi magici.

L'altro dispositivo, il peso di cuoio, è lo strumento ideale per creare una pressione costante sui centri dell'*energia dei tendini.* Al contrario dei sassi, è abbastanza duttile da adattarsi al profilo del corpo; il rivestimento in cuoio rende possibile l'applicazione diretta sul corpo e non è quindi più necessario scaldare o raffreddare l'oggetto. La sua caratteristica più notevole è il suo peso, abbastanza leggero da non provocare disagio e al tempo stesso abbastanza pesante da favorire i passi magici che portano il *silenzio interiore* esercitando una pressione sui centri dell'addome. Don Juan Matus diceva che un peso posto su una qualunque delle tre zone sopra citate coinvolge l'insieme totale dei campi di energia del soggetto, e questo porta all'eliminazione momentanea del *dialogo interiore*, il primo passo verso il *silenzio interiore*.

Gli attrezzi moderni usati con specifici passi magici sono divisi in due categorie in base alle loro caratteristiche.

LA PRIMA CATEGORIA

La prima categoria di passi magici che ricorrono all'aiuto di strumenti fisici è composta da sedici passi legati alle palline di Teflon: otto di loro vengono eseguiti sul braccio e sul polso sinistro, e otto sui punti del fegato e della cistifellea, del pancreas e della milza, del ponte del naso, delle tempie e della sommità del capo. Gli stregoni dell'antico Messico consideravano i primi otto passi come il primo passo verso la liberazione del corpo sinistro dal dominio imposto dal corpo destro.

1. Il primo movimento riguarda il lato esterno del tendine principale del bicipite del braccio sinistro: il soggetto applica una pallina in quel punto incavo e lo fa vibrare muovendolo avanti e indietro con una leggera pressione (figure 464 e 465).

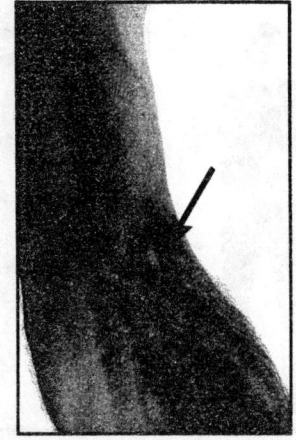

464

2. Nel secondo movimento una pallina viene posta nel palmo della mano destra, con il pollice che la tiene fermamente (fig. 466). Una pressione ferma ma leggera viene applicata alla pallina che scorre dal polso sinistro fino a un punto a una mano di distanza dal polso stesso (fig. 467). La pallina è strofinata avanti e indietro in un canale creato dai tendini del polso (fig. 468).

3. Il soggetto esercita una leggera pressione sulla pallina in un punto dell'avambraccio sinistro, a una mano di distanza dal polso (figure 469 e 470).

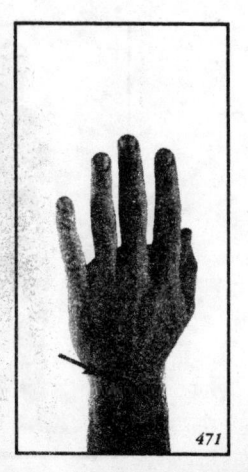

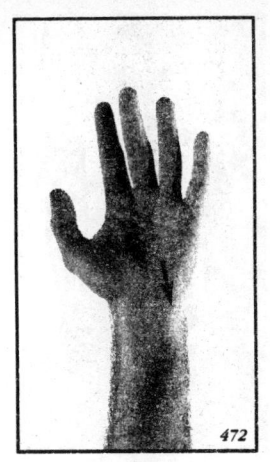

4. Il praticante applica con l'indice della mano destra una pressione moderata sul polso del braccio sinistro, su un punto vicino alla testa dell'ulna, l'osso dell'avambraccio (fig. 471). Il pollice destro ferma la mano all'interno del polso (fig. 472), e fa muovere avanti e indietro la mano (figure 473 e 474).

5. La pallina viene applicata sul lato interno del tendine del bicipite sinistro, e viene fatta vibrare con una leggera pressione (figure 475 e 476).

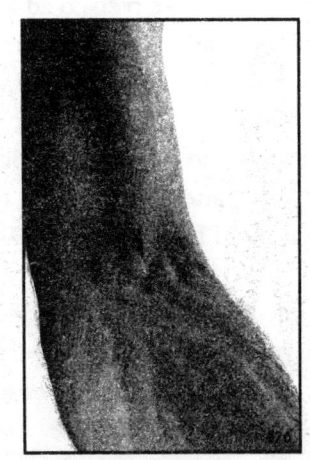

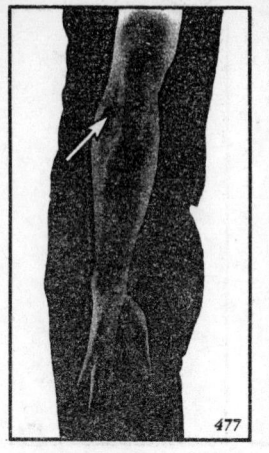

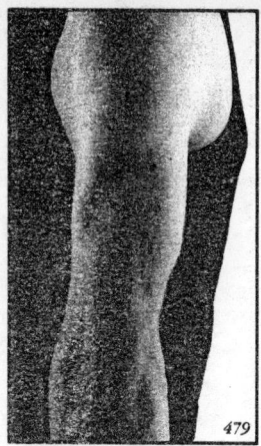

6. Il praticante applica una vibrazione sulla cavità della parte posteriore del gomito, a sinistra del gomito stesso. Il palmo della mano sinistra è girato e rivolto all'infuori per permettere la massima apertura dell'area (fig. 477), il punto in cui viene sfregata la pallina.

7. Il soggetto applica una pressione moderata su un punto al centro della parte superiore del braccio sinistro, nella cavità dove il tricipite si unisce all'osso (figure 478 e 479).

8. Il gomito sinistro è piegato ad angolo acuto ed è spinto in avanti, coinvolgendo la scapola sinistra, per disperdere l'energia dei tendini su tutto il corpo sinistro (fig. 480).

I rimanenti otto passi magici di questa prima categoria appartengono alla parte superiore del corpo e a tre centri di energia: la cistifellea e il fegato, il pancreas e la milza, e la testa.

9. Il soggetto tiene le palline con entrambe le mani, esercita una lieve pressione e le spinge verso l'alto, appena sotto i lati della cassa toracica vicino al fegato e al pancreas (fig. 481), e le fa poi vibrare leggermente.

480 *481* *482*

10. Sulla pallina tenuta con la mano destra applica poi una leggera pressione ponendola sulla zona appena sopra le cavità nasali, tra le sopracciglia, e facendola vibrare (fig. 482).

11. Entrambe le palline vengono applicate alle tempie, facendole vibrare leggermente (fig. 483).

12. La pallina tenuta con la mano destra è applicata sulla sommità del capo, dove viene fatta vibrare (fig. 484).

483 *484*

13-16. Viene ripetuta la stessa sequenza, ma ora invece di farle vibrare il soggetto preme le palline contro i suddetti centri di energia. Durante questa seconda serie di movimenti entrambe le palline vengono premute sui lati della cassa toracica, vicino al fegato e al pancreas. La pallina tenuta con la mano sinistra viene poi premuta sulla zona sovrastante le cavità nasali. Entrambe le palline vengono premute sulle tempie, e quella tenuta con la mano sinistra viene infine pressata sulla sommità del capo.

LA SECONDA CATEGORIA

La seconda categoria prevede l'uso del peso di cuoio al fine di creare una pressione costante su una zona più ampia di *energia dei tendini*. I passi magici usati con i pesi sono due; qui di seguito viene spiegato come impugnarli con il praticante in piedi, mentre in realtà questi passi vanno eseguiti dal soggetto steso sulla schiena con il peso di cuoio che esercita una pressione sull'ombelico o su uno degli altri due punti dell'addome (sotto l'ombelico o sul plesso solare), a seconda di dove risulta più comodo per il praticante.

17. I CINQUE PUNTI DI SILENZIO INTORNO AL PETTO

Il mignolo di ciascuna mano viene posizionato ai bordi della cassa toracica, a circa cinque centimetri dalla punta dello sterno, mentre il pollice si allunga il più possibile sul petto. Le altre tre dita si allargano nello spazio tra il pollice e il mignolo. Il soggetto esercita una pressione vibratoria con tutte e cinque le dita della mano (fig. 485).

18. PREMERE IL PUNTO CENTRALE TRA LA CASSA TORACICA E LA CRESTA DELL'ANCA

Il praticante appoggia il mignolo e l'indice di ciascuna mano sulla cresta dell'anca mentre i pollici rimangono appoggiati sul bordo inferiore della cassa toracica, alle due estremità. Su questi due punti viene esercitata una leggera pressione. L'indice e il medio premono automaticamente i punti a metà strada fra la cresta dell'anca e il bordo della cassa toracica (fig. 486).

Per ulteriori informazioni
sui video e i seminari di Tensegrità
di Carlos Castaneda
potete contattare:
Cleargreen Incorporated
11901 Santa Monica Boulevard, Suite 599
Los Angeles, California 90025
(310) 264-6126
Fax: (310) 264-6130
Web site: httq://www.com/Castaneda
e-mail: infinity@webb.com

INDICE

Introduzione .... *pag.*	7
Passi magici	17
Tensegrità	30
Sei serie di Tensegrità	39

PRIMA SERIE

La serie per preparare l'*intento*	47

Primo gruppo

Schiacciare l'energia per l'*intento*	52
1. Macinare l'energia con i piedi	53
2. Macinare l'energia con tre scivolate dei piedi .	54
3. Macinare l'energia con una scivolata laterale dei piedi	54
4. Mescolare l'energia colpendo il suolo con i calcagni	55
5. Mescolare l'energia colpendo tre volte il suolo con i calcagni	55
6. Raccogliere energia con la pianta dei piedi e farla salire su per l'interno delle gambe	56
7. Muovere l'energia con le ginocchia	56
8. Spingere l'energia mossa con le ginocchia nel tronco	57
9. Calciare energia davanti e dietro al corpo	57
10. Sollevare energia dalla pianta dei piedi	58

11. Abbattere un muro di energia .... *pag.* 59
12. Oltrepassare una barriera di energia 59
13. Sferrare un calcio a una porta laterale 59
14. Rompere una pepita di energia 60
15. Raschiare via il fango dell'energia 60

Secondo gruppo
Agitare l'energia per l'*intento* 62
16. Agitare l'energia con i piedi e le braccia 62
17. Far ruotare l'energia sulle ghiandole surrenali   63
18. Agitare l'energia per le ghiandole surrenali 64
19. Fondere l'energia di destra e di sinistra 65
20. Penetrare il corpo con un raggio di energia ... 66
21. Avvolgere l'energia intorno a due centri vitali   67
22. Il mezzo cerchio di energia 67
23. Stimolare l'energia intorno al collo.................. 68
24. Impastare l'energia con una spinta delle scapole 69
25. Agitare e schiacciare l'energia sopra la testa ... 70

Terzo gruppo
Raccogliere l'energia per l'*intento* 72
26. Raggiungere l'energia agitata sotto le ginocchia   72
27. Convogliare l'energia anteriore alle ghiandole surrenali 73
28. Raccogliere energia da sinistra e destra 74
29. Schiacciare il cerchio di energia 75
30. Raccogliere l'energia dalla parte anteriore del corpo, proprio sopra la testa 76
31. Agitare e afferrare l'energia da sotto le ginocchia e sopra la testa 78
32. Mescolare l'energia della sinistra e della destra   79
33. Afferrare l'energia sopra la testa per i due centri vitali 80

34. Allungarsi per l'energia sopra la testa .... *pag.* 81

Quarto gruppo
Inspirare l'energia dell'*intento* 83
35. Trascinare l'energia dalle rotule su per la parte anteriore delle cosce... 83
36. Trascinare l'energia dai lati delle gambe 84
37. Trascinare l'energia dalla parte anteriore delle gambe 86

SECONDA SERIE
La serie per l'utero 88

Primo gruppo
Passi magici che appartengono a Taisha Abelar 94
1. Estrarre l'energia dalla parte anteriore del corpo con l'indice e il medio 94
2. Saltare per agitare l'energia per l'utero e afferrarla con la mano 97
3. Sbattere l'energia sulle ovaie............................. 97

Secondo gruppo
Un passo magico direttamente legato a Florinda Donner-Grau 99
4. Le zampe della sfinge 99

Terzo gruppo
Passi magici che riguardano esclusivamente Carol Tiggs 102
5. Caricare di energia l'utero 102
6. Stimolare e guidare l'energia direttamente nell'utero 103
7. Estrarre l'energia negativa dalle ovaie 104

Quarto gruppo
Passi magici che appartengono all'Esploratore Blu *pag.* 106
  8. Attirare energia dalla parte anteriore del corpo con le antenne degli insetti 107
  9. Tracciare l'energia dai lati a un angolo 107
  10. Tracciare l'energia lateralmente con un taglio da insetto 108
  11. Perforare l'energia in mezzo ai piedi con ciascuna mano 109
  12. Perforare l'energia tra i piedi con entrambe le mani 110

TERZA SERIE
La Serie dei cinque argomenti: la Serie Westwood 111

Primo gruppo
Il *centro per le decisioni* 113
I passi magici per il *centro per le decisioni* 118
  1. Portare energia al *centro per le decisioni* muovendo avanti e indietro mani e braccia, con i palmi rivolti verso il basso 118
  2. Portare energia al *centro per le decisioni* muovendo avanti e indietro mani e braccia, con i palmi rivolti verso l'alto 119
  3. Portare energia al *centro per le decisioni* con un movimento circolare delle mani e delle braccia, tenendo i palmi rivolti verso il basso 119
  4. Portare energia al *centro per le decisioni* con un movimento circolare delle mani e delle braccia, tenendo i palmi rivolti verso l'alto 119
  5. Portare energia al *centro per le decisioni* dalla parte centrale del corpo 120
  6. Portare energia al *centro per le decisioni* dalla zona delle scapole 120

7. Stimolare l'energia intorno al *centro per le decisioni* con il polso piegato .... *pag.* 121
8. Trasferire l'energia dai due centri vitali nella parte anteriore del corpo al *centro per le decisioni* 121
9. Portare energia al *centro per le decisioni* dalle ginocchia 122
10. L'energia attraversa il *centro per le decisioni* dalla parte anteriore a quella posteriore e da quella posteriore a quella anteriore con due colpi 124
11. Trasferire l'energia dalla parte anteriore a quella posteriore e da quella posteriore a quella anteriore con il gancio del braccio 125
12. Trasferire l'energia dalla parte anteriore a quella posteriore e da quella posteriore a quella anteriore con tre colpi 126

Secondo gruppo
La *ricapitolazione* 129
Passi magici per la *ricapitolazione* 138
13. Formare il tronco del corpo energetico 139
14. Schiaffeggiare il corpo energetico 139
15. Espandere di lato il corpo energetico 139
16. Definire il fulcro del corpo energetico 140
17. Formare i calcagni e i polpacci del corpo energetico 141
18. Formare le ginocchia del corpo energetico 141
19. Formare le cosce del corpo energetico 142
20. Stimolare la storia personale rendendola flessibile 142
21. Stimolare la storia personale battendo più volte a terra il calcagno 143
22. Stimolare la storia personale tenendo il calcagno a terra e mantenendo tale posizione 143

23. Le ali della *ricapitolazione* .... pag. 144
24. La finestra della *ricapitolazione* 144
25. I cinque respiri profondi 145
26. Attirare energia dai piedi 146

Terzo gruppo
Sognare 147
I passi magici per sognare 154
27. Sbloccare il punto d'unione 154
28. Costringere il punto d'unione ad abbassarsi ... 154
29. Convincere il punto d'unione a scendere attirando energia dalle ghiandole surrenali e trasferendola nella parte anteriore 155
30. Muovere i tipi di energia A e B 156
31. Trascinare il corpo energetico verso la parte anteriore 157
32. Lanciare il punto d'unione come un coltello oltre la spalla 157
33. Lanciare il punto d'unione come un coltello da dietro la schiena all'altezza della cintola 159
34. Lanciare il punto d'unione come un disco dalla spalla 159
35. Scagliare il punto d'unione sopra la testa come se fosse una palla 161

Quarto gruppo
Il *silenzio interiore* 162
Passi magici che aiutano a raggiungere il *silenzio interiore* 166
36. Tracciare due semicerchi con ciascun piede ... 166
37. Tracciare una mezza luna con ciascun piede .. 167
38. Lo spaventapasseri nel vento con le braccia abbassate 167

39. Lo spaventapasseri nel vento con le braccia alzate *pag.* 168
40. Spingere l'energia all'indietro con tutto il braccio   168
41. Ruotare l'avambraccio   169
42. Muovere l'energia con movimento ondulatorio   169
43. L'energia a T delle mani   170
44. Premere l'energia con i pollici   171
45. Tracciare un angolo acuto con le braccia
    tra le gambe   171
46. Tracciare un angolo acuto con le braccia
    davanti alla faccia   172
47. Traccia un cerchio di energia tra le gambe
    e davanti al corpo   172
48. Tre dita sul pavimento   173
49. Le nocchie sulle dita dei piedi   173
50. Attirare energia da terra con il respiro   174

QUARTA SERIE
La separazione del corpo sinistro e del corpo destro:
la Serie del calore   175

Primo gruppo
Stimolare l'energia sul corpo sinistro e
sul corpo destro   181
1. Raccogliere energia in una palla dalla parte
   frontale del corpo sinistro e del corpo destro,
   e romperla con il dorso della mano   181
2. Raccogliere energia sul corpo sinistro
   e sul corpo destro in un cerchio che
   viene perforato con la punta delle dita   182
3. Sollevare in alto l'energia sinistra e quella destra   183
4. La pressione su e giù   184
5. La rotazione verso l'interno   184
6. La rotazione verso l'esterno   185
7. Una spinta verso l'alto con i pugni   186

8. Una spinta verso il basso con i pugni .... *pag.* 186
9. Una ruota con le dita contratte all'altezza
   delle articolazioni centrali 187
10. Levigare l'energia davanti al corpo 187
11. Colpire l'energia davanti alla faccia con un pugno
    sferrato verso l'alto 188
12. Martellare l'energia davanti al corpo sinistro e
    al corpo destro 189
13. Tracciare due cerchi esterni di energia e
    spezzarli all'altezza dell'ombelico 189
14. Tracciare due cerchi laterali di energia
    con l'indice e il medio allungati 190
15. Stimolare l'energia intorno alle tempie 191
16. Proiettare un piccolo cerchio di energia
    davanti al corpo 192

Secondo gruppo
Mescolare l'energia del corpo sinistro
e del corpo destro 193
17. Raccogliere l'energia necessaria e disperdere
    quella non necessaria 193
18. Ammucchiare energia sul corpo sinistro
    e sul corpo destro 194
19. Raccogliere energia con un braccio e colpirla
    con l'altro 195
20. Raccogliere energia con le braccia
    e con le gambe 196
21. Spostare l'energia dalla spalla sinistra
    e dalla spalla destra 197
22. Raccogliere l'energia in un corpo
    e disperderla nell'altro 197
23. Martellare l'energia dalla spalla sinistra
    e dalla spalla destra sul punto centrale
    davanti alla faccia 198

24. Un colpo sferrato con la mano serrata
all'altezza della seconda articolazione .... *pag*. 199
25. Afferrare l'energia sulle spalle e schiacciarla
sui centri vitali 200
26. Spingere l'energia sui fianchi con i gomiti 200
27. Tracciare due cerchi di energia all'interno
davanti al corpo e schiacciarli ai lati 201
28. Colpire con entrambi i pugni l'energia davanti
al corpo, oltre che a sinistra e a destra 202
29. Colpire con entrambi i pugni l'energia davanti
al corpo, a sinistra e a destra 203
30. Schiacciare l'energia con i polsi sopra la testa,
a sinistra e a destra 204

Terzo gruppo
Muovere con la respirazione l'energia del corpo
sinistro e del corpo destro 206
31. La respirazione per la parte superiore
dei polmoni 206
32. Offrire il respiro 207
33. Muovere l'energia con il respiro dalla sommità
del capo ai centri vitali 208
34. Frantumare l'energia con il respiro 209
35. Il respiro della scimmia 210
36. Il respiro dell'altitudine 211
37. Il respiro laterale 212
38. Il respiro della farfalla 212
39. Espirare attraverso i gomiti 213

Quarto gruppo
La predilezione del corpo sinistro e del corpo destro   215
I cinque passi magici per il corpo sinistro 216
I tre passi magici per il corpo destro 234

QUINTA SERIE
La serie maschile .... *pag.* 243

Primo gruppo
Passi magici nei quali le mani si muovono
all'unisono ma sono tenute separate 247
1. Pugni sopra le spalle 247
2. Usare un utensile da taglio con ciascuna mano 248
3. Pulire un tavolo alto con il palmo della mano 248
4. Picchiettare l'energia con entrambe le mani 249
5. Scuotere l'energia 250
6. Tirare una corda di energia 250
7. Spingere verso il basso un palo di energia 251
8. Tagliare l'energia con una mano alla volta 252
9. Usare un piano di energia 252
10. Colpire l'energia con un fascio di energia 254

Secondo gruppo
I passi magici per focalizzare l'*energia dei tendini* 255
11. Stringere le mani 255
12. Presa del corpo sinistro e del corpo destro 255
13. La brusca rotazione dei due corpi 256
14. Spingere l'energia stretta con il gomito
    e l'avambraccio 258
15. La stilettata breve con le mani strette fra loro 259
16. Scuotere l'energia con le mani strette fra loro 260
17. Scuotere l'energia vicino alle ginocchia 261
18. Far scendere un fascio di energia 261
19. Usare le mani come un'accetta 262
20. Conficcare un fascio di energia 262

Terzo gruppo
I passi magici per creare la resistenza 263
21. Tagliare l'energia in un arco 263

22. Tranciare l'energia con un taglio simile
    a quello di una spada .... *pag.* 264
23. Tranciare l'energia con un taglio diagonale 264
24. Trasferire l'energia dalla spalla destra
    al ginocchio sinistro 265
25. Tranciare l'energia vicino alle ginocchia 266
26. La barra di energia 266
27. Il grande squarcio 267
28. Il martello da fabbro 268
29. Tagliare un cerchio di energia 269
30. Lo squarcio avanti e indietro 269

SESTA SERIE
Dispositivi usati in concomitanza con specifici
passi magici 271

La prima categoria 275
La seconda categoria 281

BUR
Periodico settimanale: 24 marzo 1999
Direttore responsabile: Evaldo Violo
Registr. Trib. di Milano n. 68 del 1°-3-74
Spedizione in abbonamento postale TR edit.
Aut. N. 51804 del 30-7-46 della Direzione PP.TT. di Milano
Finito di stampare nel marzo 1999 presso
Tip.le.co - via S. Salotti, 37 - S. Bonico PC
Printed in Italy

ANNOTAZIONI

ANNOTAZIONI

ANNOTAZIONI

ISBN 88-17-25817-2